远方有座城

YUANFANG YOU ZUO CHENG

张惜妍 著

山西出版传媒集团
北岳文艺出版社
BEIYUE LITERATURE & ART PUBLISHING HOUSE

图书在版编目（CIP）数据

远方有座城 / 张惜妍著 . — 太原 : 北岳文艺出版社，2017.4 （2025.4 重印）
ISBN 978 – 7 – 5378 – 5130 – 5

Ⅰ . ①远… Ⅱ . ①张… Ⅲ . ①散文集 – 中国 – 当代 Ⅳ . ① I267

中国版本图书馆 CIP 数据核字（2017）第 023404 号

书名：远方有座城
著者：张惜妍
策　　划：邹剑川
责任编辑：李向丽
书籍设计：琥珀视觉
印装监制：巩　璠

出版发行：山西出版传媒集团・北岳文艺出版社
地址：山西省太原市并州南路 57 号　邮编：030012
电话：0351 – 5628696（发行部）0351 – 5628688（总编室）
0351 – 5628695（编辑室）传真：0351 – 5628680
网址：http://www.bywy.com　E – mail：bywycbs@163.com
经销商：新华书店
印刷装订：三河市天润建兴印务有限公司

开本：660mm × 960mm　1/16
字数：184 千字　印张：15.5
版次：2017 年 4 月第 1 版
印次：2025 年 4 月河北第 4 次印刷
书号：ISBN 978 – 7 – 5378 – 5130 – 5
定价：39.80 元

伊犁的土地上有粗犷丰厚的生活内涵，伊犁人有一双粗粝的手，一副挺直的身躯，还有一颗纯朴的、粗粗拉拉的、多情的心……

目录

辑二　城　里　127

【辑一 城外】

好山好水出好酒

街心花园里躺着一个醉汉，在秋日的暖阳里酣睡。多么幸福啊——精神和肉体如此和谐统一，从未有过的松弛和率真。酒是为了消愁才诞生的，不是吗？只有醉得不知自己是谁、身在何处，才能在迷醉与恍惚中忘了尘世的艰辛。

在我们伊犁，酒的气息经久弥漫，是这片土地上的魂，如游丝从地底下缓缓升起，穿越时光隧道，从远古的丝绸之路抵达现在的城市乡村。

我小的时候，带领一群小小孩在外婆院子里爬高上低。外公喝多了，摇晃着走进来，抱住一棵果树仿佛找到了依靠。外婆蹙着眉头，眼里是无奈与厌恶。那咋办呢，对于伊犁男人，没有酒的日子，就像没有盐的抓饭那样没有滋味。生活在伊犁这个地方，小巷里喝醉了徘徊的人、渠边上醉卧的人、树林里打转找不到方向的人，真是太常见了。外公和他的联手们（本地方言：铁哥们），在田间、在麦场、在果园，没有下酒菜依然喝得兴致盎然，半醉不醉地搂着对方的脖子，说着含混不清的话，茶缸子传来传去，或者高兴或者难过地醉了一场又一场。

伊犁河谷天生就是一个大酒坑。《西陲风景线》里《酒趣·鹿趣》中这样描述伊犁河谷的酒文化：“伊犁地区，诸多民族，各具特色，各有所好。哈萨克善游牧，维吾尔能歌舞，俄罗斯擅狩猎，蒙古人精骑术，锡伯族善射，汉族人事耕。唯独对于酒，乃众家之所好。出猎出牧，以酒壮行；婚丧嫁娶，以酒待客；你来我往，以酒会友；凡歌舞，则以酒助兴；遇风雨，则以酒御寒；逢不幸，则以酒浇愁。这里的农场、城镇，大都有烧坊酒厂，以产高粱玉米，用甘泉雪溪之水，酿造出醇香佳醪，负盛名者如‘伊犁特曲’‘伊宁大曲’‘新源大曲’等等。伊犁人惯豪饮，饮酒时少用杯盏，常用海碗；家中盛酒少用瓶壶，常用瓷坛、皮囊。饮酒时，不分场合、地点，或林荫，或草地，或车上，或马背，依崖而立，席地而坐，三五人聚拢，便酣饮起来。”这样的富庶之地，如此深厚的历史渊源，质朴的民俗民风，她的子民们爱喝酒怪谁呢？喝醉酒又怪谁呢？

酒谚有云：“水乃酒之魂，好水酿好酒。”可见水对于一种酒能否成为美酒至关重要。如同人的成长离不开社会和人群一样，酒在什么样的环境中诞生，在成长过程中和谁生活在一起，将直接影响到酒的品质。

伊犁不仅仅只有雪山泉水，还有群山和粮仓。如果说天山是新疆的母亲山的话，无疑母亲是最偏爱伊犁这个孩子的。南有哈尔克他乌山，中有伊什基里山，北有科尔古琴山，南北天山是她的天然屏障，中天山是她坚强的脊梁。特克斯河、巩乃斯河、喀什河从她的胸口喷涌而出，在她的身躯蜿蜒流淌，汇集成新疆流量最大的内陆河——伊犁河，以母爱般的柔情滋润着伊犁河谷。雪山、草原围裹着一片农耕和游牧交织的土地，融注血液，渗透生命，养育着这片土地上的生灵。

伊犁有世界四大河谷草原之一的巩乃斯草原，酿酒名镇肖尔布拉克就坐落在它的环抱里。那拉提草原是世界四大亚高山草甸植物区之一。汗腾格里峰和托穆尔峰终年冰川覆盖，雪线以下分布着原始森林。良好的生态环境为野生动物提供了理想的栖息地，也是野生植物的基因库。

我们伊犁山上的羊都是幸福的——喝的是矿泉水，吃的是中草药，拉的是“六味地黄丸”。每年四月，肥沃的土地经过漫长冬季的修整开始复苏。高粱、豌豆、玉米、水稻、小麦都是一年一季的作物，有大把时间晒日光浴，吸收充足的养分，秋天形成沉甸甸的果实。因为结出异常饱满的果实，伊犁河谷的高粱穗总是要比别的地方更低垂一些，或许它的理想就是成为一滴甘醇，而不是动物的饲料。

美酒是天地的造物，是粮食的精华，是大自然中的山川、河流、植物、动物共同的创造。阳光就像空气的羽翼，随着时间流淌，空间位移，普照到每一样物体的每一个细胞中。阳光不一样的地方，大地的性格也不一样，便有了承载着不一样地域情感的美酒。

伊犁的好山、好水、好粮、好阳光，酿出来的酒想不好喝都难！

伊犁作为中国名副其实的酒乡，不仅白酒声名远播，葡萄酒和冰酒也是天之尤物。早在西汉时期，酿造葡萄酒已成为西域的家常事了。西域是中国葡萄种植的起源地，张骞通西域以后，才将这种佳果传到中原。《史记·大宛列传》记载：“宛左右以蒲陶（葡萄）为酒，富人藏酒至万余石。久者数十岁不败。俗嗜酒。”唐代官书上称其“味兼醍盎”，朝野称道。可见发明葡萄酒的西域人，开辟了一种新的酒源，是对中国酒文化的一大贡献。冰酒是葡萄酒中的极品，它的诞生更像是上帝之手拂过伊犁大地的额头。因为受限于地理和气温的苛刻条件，冰酒在世界上只有加拿大、德国、奥地利等国家的少数地区才能够生产。而伊犁是中国唯一的冰酒之乡。因为葡萄园里婀娜的姑娘，空气中飘浮的果香，树枝上鸣叫的小鸟，伊犁的葡萄酒是神赐予人间的礼物，充满了温情和惊喜。

伊犁人生在酒乡，好客善饮，用伊犁河水来比喻绵绵不断的友情和喝不完的美酒。无论是大小宴席，头三杯是必须要倒满杯的，对初次见面的朋友、对尊贵的来宾，敬酒也须是满杯。和少数民族朋友在一起饮酒，自始自终就用一个酒杯，意思是能坐在一起就是缘分，大家都是“夫刚子”（维吾尔语：兄弟）。伊犁酿酒的许多程序至今还用手工来完成，即使完全可以用机械代替也依然沿用传统工艺，就像流传于世的许多品牌一样，身上永远保留着人工痕迹，这不仅是对品质的尊重，更是对美好与传承的一种敬畏。在酒香中，著名学者余秋雨留下了“明月醉天山，酒香满边城”的诗句，作家王蒙挥笔写下了“一杯伊力特，双泪落君前”的条幅。

八十年代是伊犁酒的辉煌时期，伊犁河谷各县都有酒厂，出品不同风味的白酒。新源县有伊犁大曲、巩乃斯大曲、新源大曲和特制伊犁大曲、新源特曲，后来还有誉满全国的伊力特和肖尔布拉克系列；伊宁市有伊宁大曲和伊宁特曲；霍城县有北疆春特曲；伊宁县有新宁大曲和新宁特曲（俗称黑牡丹）；察布查尔县有乌孙大曲、乌孙特曲。那也是父亲的黄金时代，三十多岁的父亲性格豪爽、身板挺直。葡萄架下常常高朋满座，一瓶酒喝完了，最后一杯酒轮到谁，谁就去买一瓶酒，把场子继续下去。即使出去借钱买酒，也不会丢了男人的面子。在运气面前，叔叔伯伯们心甘情愿地掏腰包，红光满面的脸上闪烁着幸福的光芒。母亲借着加菜，瞟一眼父亲，递一个担心和阻止的眼色，父亲装作看不见，照样扬起脖子灌下去。母亲又指使弟弟趴在父亲耳边说悄悄话，与桌子一般高的弟弟刚走到跟前，父亲就夹起一筷子菜塞进弟弟的嘴巴里，根本没法开口。看到桌子下面横七竖八的酒瓶子，我和弟弟暗自窃喜。每当家里来客人，我和弟弟不但疯玩没人管，还用卖酒瓶子的毛毛钱换成唇齿间的冰棍和沙枣。也正因为有个大方好喝的父亲，我对伊犁酒熟悉得如同幼年的伙伴，时隔二十多年依然记得酒瓶上的各种商标。

酒是大地之子，是有生命和记忆的。否则，它怎能在酒坛中感知四季的变化，又怎能在杯中觉察喝酒人的心情？父亲曾在酒兴中高歌，也曾在酒醉时哭泣。伊犁男人潇洒得很，趁着酒意装装大爷，酒醒了，该回家回家，该干活干活，该妥协妥协。

自古以来，人的命运在酒的助力下充满人间悲喜，酒所蕴含的一切，比酒本身更深远。

如今，我和当年的外婆、母亲如出一辙，丈夫都是好喝酒的人，也在男人喝醉的时候气得咬牙切齿。每当节日，亲戚们聚在一起，一群男人不论年龄不分辈分，举杯豪饮。看着醉得东倒西歪的人，母亲又在惊叹："咋又喝了那么多？"

咋又喝了那么多？这是一个极其简单的问题，简单到可以没有答案。这又是个极其复杂的问题，一代又一代，不仅醉了的人没有办法回答，酒醒了仍然回答不上来。挂在墙上的外公，微笑着注视着眼前的场景，我仿佛听到他的画外音："酒嘛，伊犁河的水，再倒一杯，想当年，我也是快活过的！"

奶茶飘香

有人把新疆文化比喻为"奶茶文化"，这在伊犁表现得尤为明显。历史长河里，伊犁曾经是丝绸北路重镇，东西方文化荟萃之地。一江春水向西流的伊犁河穿城而过，47 个民族和谐共处的人文景观已经成为伊犁独特的一张旅游名片。如果说一个地方的文化是地域造就的，一个地方的饮食习惯也是地域造就的，那么伊犁多民族混居的地域文化特性中最突出的草原文化就浓缩在一碗奶茶里，在每一个阳光初照的早晨，呈现在老百姓的餐桌上。

晨曦微白的时刻，伊宁慢慢醒来。盛过奶茶的碗还没有凉透，我就脚步匆匆往上班的地方赶去。临街有很多店铺，大部分房门紧闭，只有饭馆正是最忙碌的时候。做餐饮这一行最辛苦，店主们凌晨五六点就要起来准备一天的食材。莲莲奶茶馆已经没有位置可坐了，门口等着的人不时焦灼地朝门里张望，即使着急，也不另找一家随便将就。这家奶茶馆在伊宁市已经开了二十年了，从胜利街搬到十五小附近，生意从来都是这般红火。热腾腾的大碗奶茶上浮着奶皮子，白胖胖的花卷，洋芋片、白菜粉条、辣子肉片，不知道暖过多少伊宁人的肚子。这样的早餐惯坏了多少男人的胃，女人在家准备的早餐偏偏不吃，隔三差五邀几个哥们到莲莲奶茶馆扎扎实实吃一顿，尤其是前一晚喝多了以后。也正是这些挑剔的嘴巴和厚道的心肠支撑了莲莲奶茶馆二十年，也将会继续支撑它成为伊宁市的百年老店吧。

对于土生土长的新疆人，喝茶与吃饭同等重要，《唐史》就有“嗜食乳酪，不得茶以病”的记载。民间相传“一日三餐有茶，提神清心，劳动有劲；三天无茶落肚，浑身乏力，懒得起床”。直到今天，伊犁人走亲访友，携带的礼品里少不了茯砖茶和冰糖。人们见面相邀时的话依然是“闲了到家里喝茶来”。我喜欢这样的话语——直爽、亲切，带着茶叶的清香。无论社会怎样发展，世俗如何变迁，那些朴实的、扎根在民间的盘根错节的传统文化，就像一碗奶茶，沉淀着一个地方最悠久的民间智慧。奶茶从诞生的那一天起，它好像从来没有改变过简单的配方，依然沿袭诞生之初的味道。草原文化也一样，在天山脚下的这片土地上依然保留着它最本真的核心。

世居在这片土地上的哈萨克族、维吾尔族、蒙古族、回族……无论是在迁徙与战争中还是在往来与交融中，都充当着民族文化传播者的角色。奶茶既是家常便饭，也是礼仪的表达方式，不自觉地把本民族的心理禀赋表露出来，同时感觉和译读着对方身上的文化特质，互相启发、互相影响。久而久之，伊犁就形成了一个内容丰富的精神家园，在此生活着的人，不可避免地浸染了奶茶的混合文化，成为一个“奶茶人”。

在我眼里，妈妈就是一个典型的“奶茶人”，当她抱着织了一半的毛衣一边穿针引线一边看电视的时候，那张面孔和其他的汉族女人没有什么区别；当她戴着头巾穿着长裙，蹲在母牛肚子下面挤牛奶的时候，她和巷子里的回族大妈们没有一点差别；当她带着我去参加维吾尔朋友家的婚礼，操着和她们一模一样的语言谈笑风生，甚至眉飞色舞的表情都像复印出来的。幼年的我常常怀疑妈妈是从《西游记》里走出来的，她怎么就那么能耐呢，出现在不同的场合总是不同的声音和样子。

灶台上沸腾着一壶酽酽的茶，盆子里微火烤着牛奶，上面铺着一层焦黄的奶皮子，那就像一幅静物画，悬挂在我的记忆里。妈妈烧的奶茶很香，她总是毫不吝啬地把一勺勺奶皮子打散在奶茶里。到了冬季，家里谁要是得了感冒，妈妈就在奶茶里放一些白胡椒面或是丁香粒，奶茶里略带一丝辣味。我不爱喝，趁妈妈不注意就想溜，她拽着我的小辫子，不顾我的挣扎按住我的头给我灌下去。后来我才知道，这也是伊犁民间治疗感冒的一个偏方，发汗排毒，增加体内热量，提高御寒力。

奶茶和馕已经伴随这片土地上的人世世代代生活了几百年。女人们都会烧奶茶，每个女孩子结婚以后，要给她的丈夫精心烧奶茶，像他的妈妈烧得一样好。然后，她们会有孩子，孩子又会喝同样的奶茶，烧同样的奶茶，代代延续。

伊犁人就是这么固执地年复一年喝着奶茶，不会费神去想将来口味会不会改变。当纯白高贵的牛奶缓缓注入粗糙价廉的茶水里，就像绮丽的憧憬在现实生活里打着旋，所表达的意愿是，美好的日子就在当下，始于手边这一碗飘香的奶茶。

乌鸦·榆树

在伊犁河谷，最常见的树木是白杨、苹果树和榆树，占据着乡村的条田、庭院和河边，随处可见的鸟儿是野鸽子、麻雀和乌鸦。有些事物就是这样，当你留意它的时候，常常会发现一些更有意思的连贯——白杨树的枝丫上野鸽子优雅地静立，苹果树上麻雀叽叽喳喳地跳跃，而榆树则是乌鸦的领地，黑压压地盘旋着。

想想真是很有意思，人也是这样，世道再艰险，总有自己的停留之地，总有自己的生存途径。

伊犁自古被誉为“白杨城”，它还有一个更优美的称呼——“苹果之乡”。白杨因为承载着地域的历史内涵而成为伊犁人的精神标志，白杨树得到的赞誉实在是太多太多了。尤其是城市里早已被白蜡和法桐代替了白杨作为主要的绿化树种之后，假若经过乡间，远远地见到白杨掠过车窗，更是泛起一股怀旧和感叹。苹果树就更不用说了，在这片土地上有久远的栽培历史，它们的先祖来自天山的山谷。苹果树是伊犁人的终生伴侣，是俗世生活不可分割的甜蜜。无论城市的小巷还是乡村的农舍，都离不开苹果树的依偎，它是伊犁胸前的一枚徽章，是家园的标志，像妈妈在庭院里操劳，等儿女回家一般温暖。

只有榆树，在某一个角落沉默，那一定是哪个粗心的人砍伐时遗漏的，或者是这棵榆树长在夹缝里，砍起来有点麻烦，既能遮阴，也不影响什么，留就留着吧。乡村的河边、屋后，榆树和桑树为邻，那也是稀稀拉拉的几棵，长得有些歪斜。榆树在农村是很有用途的，大到村民盖房子的椽子，过日子必不可少的桌椅板凳，小到铁锨把子，弹弓叉子，榆树都是出尽了力气的。可是这又能改变什么呢？它始终灰突突、孤零零的，躲在高大的白杨之后，更是远离笑吟吟的苹果树，像是皇宫里卑微受气的马车夫，蒙受着马蹄扬起的灰尘。

渠水每天从榆树身边流淌而过，除了春天绽放出油绿的小叶子的那几天，鲜活的生命显出湿润的光彩。夏天之后，它浓荫密盖的身躯始终是灰蒙蒙的，像是尘土吸附在叶片上，雨水冲都冲不掉，这就让人讨厌它灰头土脸的样子。家族里总有那么一两个相似的人，一身蛮力和一脸憨憨的笑容，少言寡言，无论怎么帮扶，那日子年复一年，过得邋遢贫穷。同一片土地，同样的水土，生命与生命的境遇如此不同，没办法，命运如此。

童年的记忆里，日落前，围绕着村庄的白杨树粗壮高大，觅食归来的野鸽子高高在上，默默俯视着人间大地。庭院里麻雀在苹果树上唱歌，除了调皮的孩子玩弹弓惊动一群麻雀以外，没有人觉得一树一树的小东西是多余的。乌鸦成群结队且飞且鸣，声音嘶哑，飞过菜园，主妇免不了厌恶嘟囔几句不好听的话。乌鸦好像也知道自己不受待见，并不会停留。村庄之外的河边、田地里成排或者成片的榆树，那是它们的栖息地，它们自觉地躲在人们的视线之外，自由地呼吸，自由地唱歌。乌鸦是有自知之明的，被人们忽视的榆树成了它们的家，榆树和乌鸦，同病相怜。乌鸦在榆树上搭窝筑巢，黑色的身影掩映在灰蒙蒙的树枝里是不是有安全感呢？我不知道乌鸦心里是怎样的无奈和心酸。我只知道，凡是很有榆树林的地方，必定有大群的乌鸦。在其他地方，它们没有这么自在，即使屏住呼吸急速飞过，落在谁的视线里，也会遭来唾骂。

乌鸦招谁惹谁了？自古以来就不招人喜欢，不就是外貌丑点吗？这和以貌取人有何不同。由此可见，从古到今，人的审美习性似乎从未改变过。

古诗词中的乌鸦，便以一个孤寂苍凉的意象流传着，无论是“老树昏鸦”，还是“寒鸦万点”。如果喜欢欣赏中国古代字画的人，不难发现古人也喜欢画“雪后寒鸦图”，上面的乌鸦，有些穿着白色的小褂子，有些是黑色的小精灵。这些笔下留下乌鸦影子的诗人画家，作品中都承载着他们心中感伤惆怅的思绪。几千年来，乌鸦始终在现实社会得不到人们的垂怜。

据说在唐代以前，乌鸦在中国民俗文化中是有吉祥和预言作用的神鸟，有“乌鸦报喜，始有周兴”的历史传说。唐代以后，方有乌鸦主凶兆的学说出现，唐段成式《酉阳杂俎》：“乌鸣地上无好音。人临行，乌鸣而前行，多喜。此旧占所不载。”我想，乌鸦心中一定恨死唐代以后发出“乌鸦主凶兆”声音的那个人了。唐代以前，也一定是它们心中怀念的盛世天堂。

那时候我还不懂这些。乌鸦只是从我童年时代飞过的一种鸟，和白杨、麦田、麻雀、苹果、庭院、渠水、炊烟等构成了一幅乡村美景图。年幼的我心里对乌鸦还是有一些怜爱的，这种怜爱来自一篇课文，我至今仍能流利背诵出来：“一只乌鸦口渴了，它到处找水喝……”乌鸦是多么聪明的鸟儿，自己想办法填石子喝水，就像妈妈不在家自己把饭吃到嘴里的小孩一样可爱。为什么人们要讨厌乌鸦呢？其实，乌鸦在有人的地方是不敢干坏事的。坏事都是那些外表讨喜的家伙们明目张胆地干的。蜜蜂嗡嗡，葡萄架下哪串葡萄先熟了一粒，蜜蜂就抢先品尝，每一串葡萄，都有几粒颜色最红艳的被蜜蜂掏空。夏初，草莓结出娇嫩的果实，每天放学回家的第一件事就是蹲在菜园里看着草莓变大变色。草莓慢悠悠地一个一个地变红，等得我心焦。学不能不上，也不能坐在草莓边上看着不被麻雀偷吃。麻雀灵巧的身子穿梭在庄稼地和院子之间，草莓刚红了一粒，还没来得及摘，就被麻雀偷吃了一半。从六月开始，屋顶上铺上布单，先是晾晒着杏皮，然后苹果干、桃干、西红柿干、辣皮子轮换着在上面睡觉。嘴馋的孩子偷偷顺着梯子爬上去，常会发现被斑鸠扒得乱七八糟，还有鸟粪落在上面。男孩们手拿弹弓打斑鸠、麻雀，不是为了淘气也不是为了吃肉，奥秘就是它们总是从小孩子嘴里抢东西吃。孩子告状的时候，妈妈宽容地一笑，麻雀、斑鸠能吃多少？你少吃一口，他就吃饱了，你看麻雀的肚子，还没有你的小拳头大呢。甚至还会在寒冬的雪地里撒下一些麦粒和谷物的渣头喂给麻雀斑鸠野鸽子吃。真想不通慈爱的妈妈们为什么助长麻雀的恶习而容不得乌鸦飞过院子，更别说给它一口吃的了。乌鸦吃不上东西，只能寻觅过路人扔下的果核、垃圾堆里的残渣剩饭，还有水渠边、荒滩上动物腐烂的尸体。

人们就是这样放纵自己的偏见，用自己的行为把乌鸦逼到生存的边缘，还会找出种种粉饰偏见的理由。乌鸦这个物种，既然没有被物竞天择淘汰，人们再讨厌它，它也得以自己的方式存在并且坚强地活下去吧。

伊犁的旱田梁、河滩上、山脚下，少有人烟的地方，荒瘠的土地里，只有榆树在旷野里扎根。这片土地有无数个叫"榆树沟"或者"老鸹林"的地方。走进去你一定会发现，只有榆树守护着这片土地，只有榆树才能和风沙、孤寂以及酷暑严寒不离不弃。也只有乌鸦，和荒原中的榆树相依为命。是乌鸦本性中的善良？还是榆树性情中的忍耐？谁能解密榆树和乌鸦的内心世界？

我长大了，离开了父母的庇护和唠叨，在看不到野鸽子、麻雀和乌鸦的城市安身立命。经过了处世艰难之后，我倒认为，人们干吗带着成见讨厌乌鸦呢？如果一个人活得像只乌鸦，那他这一生一定是幸福踏实的。

乌鸦是坚强的。在人们歧视的眼光里，乌鸦旁若无人地对着月亮沙哑歌唱。现实中到处都有这样的生命，活得处境如乌鸦一样卑微艰难，他们打拼着属于自己平实、苦涩和美好的日子。

乌鸦是孝顺的。当老乌鸦年纪大了无法觅食的时候，儿孙辈的乌鸦会给父母寻找食物，还会耐心喂食，像人类吐哺养育子女一样。

乌鸦是忠贞的。乌鸦十分专一，雌雄一对相伴终生。天亮成双成对去觅食，吃饱了回来筑巢，终生以建设家庭为己任。乌鸦还喜欢群居，不会轻易搬家，和邻居和谐相处。几百个乌鸦巢汇聚在一起，构成一个地地道道的乌鸦村。

有一次户外徒步返程穿过一片榆树林，春寒料峭，河滩上冰雪还没有融化，枯黄的草紧贴着地皮，没有牛羊啃食，其他生灵还在冰冷的泥土里沉睡，一群群的乌鸦栖伏在榆树上。这是它们的领地，没有噪声喧闹，没有灯光闪耀，只有群山丛林中的空旷和寂寥。我们走进了林子当中，乌鸦扇开翅膀，低旋嘶鸣，似乎期待着我们吃剩的食物能在寒风中温暖它们的肚皮。驴友们纷纷将背包里的食物撒在地上。顿时，乌鸦在我们身后黑压压地覆盖了地面。天色渐暗，太阳消失在厚厚的云层中，山峰慢慢被黑暗吞噬，只留下青黑的轮廓，我看不见乌鸦的表情。

在中国远古的神话里，乌鸦是光芒四射的太阳，而且还是十兄弟，所以每每看到乌鸦，我便觉得它们是因为长久地背负着为人类带来光明温暖的火焰而被烤黑的。它们经历了千万年的沧海桑田，不知道在那些亘古年代里发生了什么样的故事，使它们落入了现在的境地，被人类遗忘着、误解着、嘲笑着、歪曲着，好像一群寂寞的英雄，孤傲地漂泊在它们的祖先曾经辉煌过的天空。

乌鸦

——词曲：小柯

谁想听我唱歌在没有人的地方找我
我的传说很多却没有好的结果
他们说我是个不好的角色没有人欢迎我
因为我的颜色让人们看到以后感到不快乐
随便别人怎么说我可我还在这个世界生活
虽然没有好的歌喉却能自由自在唱歌

其实我也没有犯错只是有些人在背后说我
如果是你换作了我我想你会感到寂寞
树枝下的城市我可以轻松地从它头顶飞过

有谁能够像我这样无忧无虑生活

虽然没有温柔的影子靠在我身边陪着我

却也没有热闹的情景让我感到不知所措

尽管有时心情会像你们一样没有着落

可谁能像我这样整夜对着月亮唱歌

星空下的歌声

月亮的光给大地镀上了一层清辉，广阔的田野在秋风里散发着干爽清冷的气味。大地无言，正是秋与冬、暑和寒更迭的季节。马路上响起“嘚嘚”的马蹄声，划破了夜晚的寂静。这声音越走越远，走进了夜幕深处，终于在回忆里盘踞下来。

我的家毗邻218国道。在我的童年，一年四季，黄昏和夜晚总是在歌声的飘扬中到来的。尤其是夏天，黄昏时分，从农田下工回家的男女老少，走路的，骑自行车的，赶驴车的和坐马车的，即使疲惫的身躯沾满灰尘，传出的歌声依然高亢嘹亮。夜间的歌声更是热闹，好像一切没有睡下的人都在歌声中寻找自己的依托。那些此起彼伏的调子从来没有离开过我的耳朵。每当夜深人静，月光隔着窗子把葡萄叶的影子洒在我脸上的时候，歌声婉转而来。我虽然听不懂歌词是什么意思，仍然能分辨出唱歌的是浇水的还是扬场的，是赶路的还是乘凉的，是喝醉还是谈情的，更不用说男的和女的，老的和少的，喜悦的和悲伤的。

印象最深的是深秋时节，伊犁的夜是寒冷的，赶着马车拉煤的人在星空下唱出忧伤苍远的旋律。你想啊，路太长了，看不到尽头，又冷又饿，走夜路怎么能不放声歌唱呢？

这些赶马车的人都是壮年的维吾尔汉子，通常三五个人结成一队，也有独行的，从秋收后就开始出发了，日夜兼程。我不知道他们从哪里来，到哪里去。我在放学路上见到的赶马车的汉子都是一样的，脸色黝黑，戴着皮帽子裹着棉大衣，脚上穿着毡桶和套鞋，腰间扎着绳子，棉大衣和马车上的煤块是一个色系，整个人都像是从煤坑里刚爬出来的。

马车上码放着大煤块，煤块摆放齐整，缝隙很小，可以看出干活人的精细。除了装馕的布袋，军用水壶，几捆草料，马车上再没有多余的物件。赶马车的汉子有时候斜坐在车架上，任由马慢悠悠地踱步；有时候精神抖擞地步行，与马并排，时不时拍一下马的脖子，像亲密的伙伴在同行。更多的时候，在黑夜里，赶马车的汉子手拎着一瓶大曲，喝上几口，从口腔里传出被酒浸润过的歌声——他唱起来了，其他人跟着合唱起来，唱着青春的流逝，唱着生活的艰辛，唱着亲人的思念，唱着姑娘的眼睛……

夜幕里，赶马车的人高声唱着歌从国道上走过，歌声隔着白杨林、隔着院子、隔着菜园传入我的耳鼓。《黑黑的眼睛》《故乡》《沙枣树下》《伊犁河的月夜》……歌声时而沙哑，时而高亢，时而舒缓，像一个个波浪涌起又落下，包含着希望、企盼、离弃而又不甘心沉默的坚持与痛苦。他们嘶哑的、呼喊式的歌声，常常使幼小的我无端地落泪，还有比落泪更沉重的心灵的战栗。常常，我在欢愉的旋律中睡去，又在孤独的嘶喊声中醒来。在那些童话一样灿烂而神秘的夜里，我沉迷在歌声的气息里，那种来自生命深处的清冷和悲恸感动着一个不懂音乐的孩子。

一年又一年的秋冬，一队又一队的赶车人从国道上走过，从我的视线和耳膜中穿行。那些拉煤的人走在遥远的路途，漫长的黑夜，歌声让他们温暖，让他们期盼，让他们感觉到家离得不远，苹果树下的泥灶上炖着骨头汤，妻子在巷口等着呢。到煤矿拉煤是个苦活，那些人都是养家糊口的忠厚汉子。我知道巷子最东边的阿布都拉大叔就是其中之一，白杨树叶开始泛黄，苞米秆子堆到巷子里的时候，他就一趟一趟地给巷子里的人家送煤了。我们年年冬天的炉火，就是他挨家挨户堆卸在大门口的煤块点燃的温暖。阿不都拉大叔收钱的时候，谁家有小巴郎在跟前打转，他就出其不意地伸出黑手调皮地在小巴郎的脸上抹一把。他手里的钞票，都是皱巴巴的、沾着煤灰的。他也喜欢唱歌，有一副好嗓子，每当雪后初晴，他带着孩子们上房顶扫雪，第一声嘹亮的歌声就是从他的喉咙里唱出来的。孩子们也跟着唱，邻居们也加进来，哄笑的、跑调的、打口哨的、隔空喊话的都插进来，时断时续的曲调里，房顶上的雪哗哗地落到房背后的水渠里。当主妇们仰着脖子喊着下来吃饭，一场轰轰烈烈的扫雪劳动才算结束了。那些在路上行走的车夫，在我眼里都是阿不都拉大叔，我与他们感觉如此亲近，他们和我的父辈一样，有责任，有叹息，有各式各样的经历，有各式各样的情感，有各自的爱，眼泪和梦。

有一年冬日的下午，家里的大人都去参加巷子里一位老人的葬礼，我一个人在家，屋子里炉火红彤彤的，一壶开水咕嘟嘟冒着热气，炉灰里埋着洋芋，散发出香味。有一个赶马车的壮汉走进了院子，棉大衣被煤灰掩盖了原来的颜色，脸上也是煤灰粉尘，露出一双蓝灰色的眼珠。我一点也没有惊慌，撩开门帘让他进屋。他在炉子旁坐下，搓着黑手烤火，我感到了他身上散发的寒气。我兑了一盆热水，做了一个让他洗手的手势，他的手伸进去的瞬间，清水就变得混浊墨黑。我沏了一碗奶茶递给他，又切了几块馕，抹上酥油和蜂蜜，放在洋炉盖子上烤，屋子里弥漫着腥甜的香气。他吃完以后，拿出水壶递给我，我给他装满热茶，又从煤灰里刨出两个烫手的洋芋，用旧报纸裹上塞给他。走出院门的时候，他回头看我一眼，对我笑了，露出一口白牙，至始至终，我们没说过一句话。

三十年以后，当我留下孩子一个人在家的时候，我一定会叮嘱一句千万不要给陌生人开门。我并没有忘记自己在她那个年龄曾经在严寒的冬天打开房门，用一碗奶茶温暖过一个陌生的赶路人。那时候，人和人之间是友善的，没有戒备的，这样的事比比皆是。可是，面对她无邪的眼睛，我无法向她解释明白三十年的社会变化，就像她的童年与我的童年注定是不一样的。她住在城市的水泥堡垒里，从来没有见过赶马车的夜行人沧桑的背影，也从来没有听到过星空下的歌声多么动人心魄。

成年以后，我去过很多地方，那些有着各种各样地域文化和千年传说的名胜古迹依然吸引着我。可是我词不达意的文字从来都没有离开过我的伊犁，伊犁的土地上有粗犷丰厚的生活内涵，伊犁人有一双粗粝的手，一副挺直的身躯，还有一颗纯朴的、粗粗拉拉的、多情的心。这是来自我的童年和少年时代那些夜行人的歌声给予我的启蒙和教育。阿布都拉大叔去世两年多了，我有一次陪妈妈回乡里参加巷子里邻居女儿的婚礼，遇到了他的大儿子，他右手抚胸向我妈妈问好。那一刻我有一种时光倒流的恍惚，四十多岁的他和他的父亲真的太像了——那卷曲的头发，那调皮的笑容，当然穿得要比他父亲光鲜多了。马车拉煤的年代早已过去，从我年少的光阴里走过的那些赶马车的人也都很老很老了吧。他们在星空下唱出的那些欢欣与哀愁的，那些忧郁和神妙的，那些孤芳自赏与顾影自怜的，那些不屈与梦想的歌声在我的记忆里沉睡，又时时刻刻提醒我，擦掉眼泪放声歌唱吧，生活像苹果一样香甜！

失去星光的明澈和滋养，大地的夜晚该有多么黯然冷寂。住在天边一样遥远的伊犁人是何其幸运，他们诞生在一个多么智慧的民间啊。这片土地即使地域荒远，文明被阻隔，他们依然用歌声与苍穹对话。这是只属于边疆的一种生活方式——走夜路的时候，干活的时候，聚会的时候，出嫁的时候，失意的时候，离别的时候，总是情不自禁地放声歌唱。他们不需要舞台和掌声，山坡、田野、桥头上、水渠边、葡萄架，那是多么舒服自在的舞台，高耸的雪山，无垠的土地，坚硬的石头，滔滔的伊犁河，杂花和野草，鸟雀和羊群，亲人和邻居……都是听众。前方的路那么长，四季轮换不停歇，地种也种不完，麻烦今天解决了明天还有，在那巨大的空间里，如果不唱歌，卑微渺小的人儿怎么确认自己呢？爱情和力量又从哪里来呢？

洋葱与少女

春天，真是个好季节。

给好朋友发个短信：阳光明媚的，一起吃个饭吧。

西餐厅，静谧温馨，两人面对面一边美食一边八卦。我们都是平凡女子，生活寂静而心满意足。音乐响在耳畔，伤感的歌词灌入耳朵。

“如果你能听到心碎的声音／沉默的守护着你沉默的奇迹／沉默的

让自己像是空气 / 如果你眼神能够为我片刻的降临 / 如果你愿意一层一层 / 一层的剥开我的心 / 你会发现你会讶异 / 你是我最压抑最深处的秘密 / 如果你愿意一层一层 / 一层的剥开我的心 / 你会鼻酸你会流泪 / 只要你能听到我看到我的全心全意”。

听着听着，我的心随着旋律往下坠，如一片阴霾的云端悬挂着泪滴。这是谁写的歌？怎么会有如此感悟？洋葱在作者的人生里扮演了什么样的角色？

这首歌低吟着恋爱中的小姑娘隐秘的痛。有哪个女孩子青春岁月里没有这样的一段剧情呢？青春多么美好——那心无旁骛追求理想的情怀，那义无反顾奔赴爱情的决然，那无怨无悔情意相牵的灿烂……在人的一生里只有青春那个阶段，也只能是青春才能够拥有的啊！

我只是好奇，她为什么把自己比喻成洋葱，在种类繁多的水果蔬菜以及调味品中，不是橘子不是西红柿不是香菜，而偏偏是孤僻的洋葱？

洋葱？谁没有品尝过洋葱的味道？尤其是新疆人，饭菜里顿顿离不开洋葱。这种从土里刨出来的、猩红色的、圆圆的家伙，俗名叫“皮牙子”，是新疆风味菜肴里必不可缺的调味品。正如新疆民族团结教育“两个离不开”一样——“汉族离不开少数民族，少数民族离不开汉族”。在饮食上，新疆也有两个“离不开”——“羊肉离不开皮牙子，皮牙子离不开羊肉”。无论是特色美食：拌面、烤包子、抓饭，还是百姓的家常饭：粉汤、汤面片……甚至新疆人的早餐，也是从拌个最简单的凉菜开始的：一个皮牙子、一个西红柿、两个辣椒，切成细丝，撒点盐，就是一盘清爽的“皮辣红”。同时摆上餐桌的还有滚烫的奶茶、焦黄的馕——越是素净简洁的食物，越发充满对食物的尊重，透着信仰般的虔诚。

如同每一片新疆大地上，空气中飘浮着草原、河流、冰雪、果香、泥土、粮食、美酒等混合的气味一样，每个新疆人身上都散发着一种若有若无的气味，仿佛一个人身上的暗香，是一种只能意会不可言传的气味。身处异地时，旁人在接触到你的一瞬间就能敏锐地捕捉到气味的飘忽，只是新疆人自己却感觉不到。洋葱并不能完全代表新疆气味，但是在西域大地芬芳与膻腥为主调的饮食秘方中，洋葱的确是最主要的配料，没有之一。

南方人常惧怕洋葱特有的辛辣香气，而在国外它却被誉为“菜中皇后”。洋葱也是西餐最主要的配料，披萨、罗宋汤、蔬菜沙拉……洋葱含有硫化丙烯，是一种油脂性挥发物，洋葱的辛辣味就是这种物质，它能抗寒，抵御流感病毒，同时还有刺激胃、肠及消化腺分泌，增进食欲，促进消化的功效。新疆作为中国长寿地区之一，洋葱是功不可没的。据《水经·阿水注》记载：“新疆西南部有一座葱岭，其山高大，上生葱，故曰葱岭。”新疆的原著民在南征北战、逐水而居的雪山草原上繁衍生息，洋葱可以作为药品的特质使它成为新疆各民族饮食不可缺少的贴心伴侣，也可以说洋葱就是大碗喝酒大块吃肉的新疆人天然的“健胃消食片”。尤其是辛辣的洋葱与膻腥的羊肉同食堪称绝配，这不仅是民间智慧在毡房里撞击出的火花，更是游牧民族在蛮荒之地对“生存”一词最深层的诠释和运用。

年少时蹲在厨房里剥着洋葱流泪的情节像电影里特写镜头闪现在脑海——青涩含羞的少女，有多少心事隐藏在洋葱里啊！我含了一口冰激凌对女友说，你上学时有没有藏着心事一个人哭？有呀，感觉自己就像丑小鸭一样，好长一段时间，盼着天黑，可以躲在房间里流泪。

我小时候生活在农村，邻乡有个村子，以盛产皮牙子远近闻名，这个村子居然就叫“皮牙子大队”。初中开学那天，一群结结实实的孩子来到我们学校，编进了不同的班级。每当放学的时候，夕阳下，男孩女孩唱着歌，骑着自行车，浩浩荡荡驶向白杨掩映的土路。我是多么羡慕他们呀，不，简直就是忌妒！因为我只需要步行五分钟就到家了。放学路上，除了偶尔碰上邻居打个招呼之外，就没有其他任何一点乐趣。妈妈做饭的时候，我要帮忙摘菜，扁圆紧实的皮牙子在我手里滚动着，一层又一层。

我一边剥，一边流泪。

从童年迈入青春期的门槛，在传统又保守的环境里，女孩子面对自己的生理变化，常常会有一种莫名其妙的恐惧和忧伤。不知道未知的哪一天，初潮像海水一样涌来，不知道一天比一天鼓胀的身体里隐藏着什么样的秘密……在对身体、发育、成长逐渐好奇的过程中，内心常常会承受一场又一场的地震。

巷子里家家户户都有一个很大的葡萄架，蜜蜂飞舞，藤蔓纠缠，正午的阳光从繁密的葡萄叶间泻流出细碎的温暖，地面上是光影斑驳的图案。我们不知疲倦地在海霞家的葡萄架下玩游戏。突然，海霞大声哭叫：妈妈，快来呀，我流血了，是不是要死了……海霞粉红的花裙子下面，顺着小腿往下流淌着一道细细的红线。我们全都吓傻了，光影打在每个孩子表情惊恐的脸上。海霞妈妈把我们全都轰回家去。第二天，海霞表情严肃地对我们说，我是大姑娘了，以后我再不和你们这些小丫头玩了。

海切力才十七岁，梳着又黑又长的大辫子，每当说起在城里上高中的漂亮女儿，阿琪古丽大妈就掩饰不住一脸的笑意。是啊，那时候有几个维吾尔家庭妇女能有她这种见识，不让女儿做家务早早嫁人而送去上学呢？况且，阿琪古丽大妈还是个寡妇，一个女人养着三个未成年的孩子有多么不容易。可是我从来没见过她掉眼泪，坐在葡萄架下削洋芋的时候，歌声翻过院墙飘过来，风刮都刮不走。噩耗降临的那一天，巷子里的女人全都涌到海切力家的院子里，陪着阿琪古丽大妈抹起了眼泪。妈妈红着眼睛告诉我，海切力跳进了伊犁河，却不肯告诉我自杀的原因。后来，从邻居们神神秘秘的传言里听说了海切力跳河的真相。海切力长得太漂亮，引来了社会上一个小伙子的追求。海切力怀孕了，眼看藏不住了，却找不到小伙子躲到哪里去了。羞于见人的她无颜回家，只有跳入伊犁河永远消失了。从那以后，邻居们再也没听到过阿琪古丽大妈的歌声。

阿仙姐姐已经二十六岁了，从来没上过学。她有八个兄弟，全家老老小小十三口人，她每天都在忙碌着家务和饭菜。我妈妈经常在菜园里摘菜时，隔着爬满了啤酒花藤蔓的矮墙和阿仙妈妈拉家常，说该给女儿找婆家了，不能耽误了阿仙。要知道三十年前的少数民族村子，一个回族女孩二十六岁还没嫁人那可就是老姑娘了。她妈妈总是一脸无奈，家里不是没有媒人上门，是阿仙心疼妈妈劳累，不肯嫁人。兄弟们一个个成家了，阿仙韶华逝去，也没有媒人来提亲了。阿仙四十岁那年，媒人踏进了阿仙爸爸的屋子给邻村一个丧偶的男人说媒。阿仙就这样出嫁了，成了四个孩子的继母。

深秋，葡萄藤上的叶子落光了，只剩下几串秋葡萄挂在架上。霜降以后，葡萄染上着一层白霜，最美味的葡萄就在这一刻，口腔里弥漫着冰凉的、醇酒般的味道。难道女人的一生就是那酡红的秋葡萄吗？真的，不知道，不知道和谁商量年幼的心事，不知道怎么宣泄内心的恐慌，不知道长大的人生是怎样的颜色……我在黑暗与困惑中独自承受成长的忧伤。妈妈永远在忙碌着，好像根本看不出我的脑子里装满了疑惑。再说了，大人们严肃的脸上根本看不出来她们也曾经从懵懂无知到跨过一道又一道命运的门槛。她们淹没在生存的艰辛里，早就遗忘了自己的幼年时光。也许她们的幼年更孤苦，她们根本就不想提起。选择遗忘，或许是治疗伤心最好的方式。

常常，我在黑夜里睁着好奇的眼睛望着屋顶，好像那个黑洞里有我要寻求的答案。白天，抿着倔强的小嘴，上学、写作业、帮妈妈做家务，只有剥洋葱的时候，硫化丙烯刺激着泪腺，眼泪流出来也不去擦，任由泪水绵绵，掩饰着心事，尽情释放心底的伤感。谁也不会发现，小女孩怀揣着无数的疑问，眼里都是迷茫，借着洋葱的辛辣，既没有挨打也没有挨骂，流着委屈的眼泪，默默无语。一层又一层的洋葱，就像少女遥远的未来，谁也不知道，命运一层层剥开以后，等着她的是不是明明白白的青春或者其他更为秘密的轨迹。当洋葱和西红柿香浓的味道飘在葡萄架下，汤面片端上桌来，小女孩已经恢复了活泼的笑容。就这样，亭亭玉立的女孩，在一层层剥洋葱的日子里，假装平静地长大成人。

洋葱意味着日常生活的日复一日，我并不知道缓慢其实也是一种幸福。我一边上学一边困惑，抱怨日子过得太慢，我盼望快快长大，自由，挣钱。还有，坐着马车带着嫁妆当新娘子。我更不能体会到的是“缓慢”象征着一种混杂的西域文化在我生长的土地上蔓延。每一种地域文化都有它内在的灵魂，散发出独特的芳香，就像洋葱一样，一层层拨开繁复的外衣，剥去表象与符号，最后只剩下纯白的葱心，那就是它最本真的核心。

成长是一个缓慢悠长的过程，时光在农村就像浮尘，悬在那里，看似静止、若有若无。洋葱成为传递少女懵懂心事最为含蓄的表达介质。少女的成长是一个多么不平静的过程啊，仿若一个深深的梦，穿过阴郁冷寂的冬季，忽然有那么一个春天，黄昏的作业本上落满了葡萄花的碎屑，少女跳起来，伸着海娜花汁液染红的手掌，跑过菜园的小径，她的头顶上是碧蓝的天空，一群鸽子扑啦啦地飞过。

少女时代蹲在厨房里一边剥洋葱一边流泪的情景，就像一部黑白电影，银幕打出一行字来就是多年以后。

如今我也做了母亲，操持家常生活，在菜肴和水果的芳香里向家人传递爱意。有人说只要切洋葱之前把洋葱放在冷水里浸一会儿，再切就不会流眼泪了；或者把洋葱先放在冰箱里冷藏一会儿，味道也没那么冲了。可是，如今洋葱是怎么回事呀？不再是扁扁地紧实难剥的圆球了，而是怪怪的椭圆形，松垮垮地裹着几层皮，味道也不那么辛辣刺鼻。即使不采取什么防御流泪的措施，切上一大堆，也不会流出几滴泪来，是洋葱变种进化了，还是我被岁月无情地改变了？没有了蓝色庭院，没有了葡萄架，没有了沙瓤子西红柿，没有了晒在廊檐下的洋葱，没有了盛开的波斯菊和大丽花——当失去了托起它的西域乡间背景，楼房里钢化玻璃餐桌上的汤面片从颜色到味道，都已经变得面目全非。

世间还有什么比岁月的力量更强大？我的女儿正是青葱萌发出嫩芽的年龄，但是她已经和当年的我太不一样了。一脸自信阳光的笑容，百度和书店里诸如《女孩的秘密书》之类可以解答她的疑问，她可以毫不避讳地向我提问在我那个年代难以启齿的问题而不感到害羞，和她的同学讨论大胆的话题，对于我的说教总有一百个反驳的理由。随着岁月变化的何止是洋葱呢？唉，算了，不去想了，时代不同了，往事终究要放在往事的烟云里！

现在的我，像一只辛苦的蜘蛛，爬过无数心事密结的网，穿过时光长廊，迎来了饱满明亮的中年。

“听你说你和你的他们暧昧的空气 / 我和我的绝望装得很风趣 / 我就像一颗洋葱永远是配角戏 / 多希望能与你有一秒专属的剧情 / 大家都吃着聊着笑着今晚多开心 / 最角落里的我笑得多合群 / 盘底的洋葱像我永远是调味品 / 偷偷的看着你偷偷的隐藏着自己”。

歌声依然在耳边。当然，我也知道了这首耐人寻味的歌，名字竟然叫——《洋葱》。

芥末与女人

阳光像维吾尔女人的眼波，明媚而热情地射向每一个角落，碧空上丝丝缕缕的云，像她们裙裾上的蕾丝花边，点缀着异域风情。

我和霞相逢在乌鲁木齐。我们是自幼一起长大的伙伴，住在同一条巷子里，她比我晚八天来到人世间。我们打小就在一起玩耍，结伴上学，在同一间教室上课，直到十七岁我去乌鲁木齐求学，她去阿克苏当兵才分开。她复员安置在乌鲁木齐工作，成了新疆首府的市民。而我毕业回到生我养我的伊犁，像一颗秋后遗落在马路上的黄豆，弹跳进人海寻找生存的夹缝。

失去联系的这些年，她就像我脖子后面发际里藏着的痣，以为自己看不见就忽视它无比真实的存在，然而修剪头发时稍微疏忽就会流血。

想念，是一种看不见的痛，是黄昏里太阳淡淡的影子，不温不火，似有还无，却又难以真正挥散。

她的隐藏是因为婚姻失败，我知道她是刻意回避所有熟悉她的人，她要把自己藏起来，像受伤的猫自己舔伤口愈合。我给了她时间和空间，只是这段空白实在有点长，竟然是十年。二十五岁到三十五岁，女人一生最美好的十年光阴。我们在牵挂里张望。多少次，我们在彼此居住的城市逗留，却没有通过一个电话。除了沉默等待，我还能做些什么？

在变幻莫测的生命里，岁月是一个无声无息的小偷。

她独自疗伤了好几年，走出了第一次婚姻的阴影与羁绊，遇到一个比她大九岁的热爱户外运动的男人，再婚两年多了。我决定打破坚冰，见与不见，我都要再试一次。我不能失去她，从小她就是个精致的瓷娃娃，被我护在身后。小学时，我为了她和男生打过架，发疯似的举起书包把欺负她的男生打出鼻血；中学时妈妈去了一趟上海，给我买了一条连衣裙，因为她羡慕的眼神，裙子在我身上还没有焐热就毫不犹豫地脱给她；大学时她来信说想我，暑假我一个人扛着装满零食的大包坐上了开往阿克苏的班车；工作了，她说乌鲁木齐的冬天太冷，我连续几天熬夜给她织了一件毛衣，手指都磨肿了。她每天都来叫我上学，从小学一年级到高中毕业从未中断。她手里常攥着留给我的一颗糖或者几粒花生米，甚至是手绢里包着的桑葚；我的成绩没考好，爸爸暴揍我的时候，她扑在我身上挡着，树枝抽在她的小腿上；她恋爱了，所有的欢喜和眼泪都铺在信纸上说给我听；人离家散，她痛苦得不吃不喝关门自闭，也只有我能敲开她的门任由她抱着号啕大哭。她是我生命里的一缕头发、一颗眼珠，过去的时光那么美好，我恨不得统统压缩打包收藏，我们已经迷了路，未来的岁月里，我怎么可能再失去她呢？

趁着去三亚休假回来在乌鲁木齐停留，我拨了那组烂熟于心的阿拉伯数字。冬日暖阳里的她，笑容安详地走下台阶向我伸出双臂，表情竟然还带着少女时的羞涩。啊，高高隆起的肚子里孕育着一个小生命，这真是一个意外的惊喜！我深深地吸了口气，镇定情绪向她走去，这几步路不过数十米，我们却走了十年。我想起小时候两人在院子里种下海娜花的种子，因为迫不及待要学着邻居索菲娅姐姐染红指甲，每天放学后第一件事就是看看种子发芽没有。当发现一如昨天无影无踪时，失望地对视，然后一个人用树枝扒开覆在上面的泥土看个究竟，另一个人飞快地跑去舀水。每次，蹲在那里扒土的是她，舀水的是我。如今，我的女儿五岁了，她的孩子还在肚子里孕育，就像春天不慌不忙发芽的海娜花，着急的是种花的人。

来之不易的相逢却没有想象中的热泪飞洒，只轻轻牵手，相视而笑。她带我坐在一家高档海鲜餐厅里，递过菜单说点你喜欢吃的，除了享受什么都不要想。我给自己点了三文鱼和白灼芥蓝。三文鱼蘸芥末酱油碟，热烈刺激，一入口，芥末浓厚的味道，如一根游丝般钻进鼻内，瞬间直达心脏，泪腺受到强大刺激，随即泪盈满眶。我们的友情空白了十年的光阴啊，我怎么可能什么都不想呢？芥末是多好的东西，借着它浓烈辛辣的味道，我肆无忌惮地流泪，掩饰着我的伤心。我为她的狠心委屈，为了成全她的自尊，让我度过了十年牵肠挂肚的日子。很多时候，食物的作用不仅仅是填饱肚子，调料是食物的暗香，每个人的习性与经历不同于他人，同样的食物在口腔里捕捉到的味道也是不同的。味道是一种多么奇妙的东西啊——无影无形，在口腔里回旋，味蕾却丰富玄妙，破解着无法言传的另一种语言，包含着许多只能感觉却无法准确表达的内容。

毕竟是三十多岁的人了，十几年的社会磨砺，足以把一个人改变几个来回。即使再深厚的友情底色，我也不可能冲她咆哮出我的怨愤。我只有嘲笑自己，这芥末太厉害了，我失恋也没流过这么猛的泪。

芥末是一种根茎植物，将芥末的根研磨之后做成调味料，从周代起就已开始在宫廷食用，自古以来都被当作一种自然药草。芥末有很强的解毒功能，能解鱼蟹之毒，是海鲜料理必需的调味品。芥末呈现浅绿色，具有黏性，散发出清新的气味和辛辣的味道。世间每一个人都是独立的个体，却与世界有着千丝万缕的联系，纠缠不清直到生命的终点。也许，每一种植物也是如此，毕竟它是生命的另一种存在，暗藏着对这个世界的隐喻与启示，等待着与它产生关系的人来解密。比如陶渊明与菊花，梵高与向日葵；食物也是如此，比如杜康与酒，潘伯顿与可口可乐。在我看来，爱情的滋味就是芥末，没有比芥末这种物质具有更强烈的爆发力——令人感官燃烧、流泪不止的同时而欲罢不能。

女人就是这么一个怪物。古今中外都说女人是感情动物，我却想不明白为什么女人永远不能控制自己的感情，永远都是感情在控制女人，很多时候，只能做个感情的傀儡……在爱情面前，能有几个女人刀枪不入，没有受过伤呢？芥末与食材结合产生的玄妙滋味令多少食客欲罢不能。犹如女人渴望爱情，无法拒绝爱情的诱惑，一旦被饱含情欲的烟草味道击中，就会昏昏然钻进铺展扩张的一张网里。爱情的网没有一丝线头，织得绵密精细，女人则是被捕获的动物，被牢牢困粘在网中，动弹不得，任其宰割，甚至被宰割得心甘情愿，欢欣若狂……爱情最可怕的地方就是它总是令人猝不及防闯入心房，没有人会做好迎接的准备。更可怕的是，任何东西和它一比，都显得微不足道。爱情，可以让你神情恍惚，可以让你如痴如狂，完全忘记自己是谁，存在的价值。一切道德观念，一切自尊自傲，一切的一切，都得为爱情让道……

不可思议的是，伊犁是中国距离大海最遥远的陆地，吃海鲜是极为奢侈的享受。我却非比寻常地喜欢上冷僻的芥末。在家里常用它来拌凉菜，五颜六色、清脆新鲜的蔬菜切好码盘，芥末不需要那么多，只是一点点，气味冲动而强烈，吃进嘴里的一瞬间，让人的大脑一下子产生短暂的失忆，感到一种不可置否的恍惚。芥末的分量极不好掌控，少一点不够味，多一点又会让人流泪。这种量的把握就像一首老歌中唱的“不要那么多，只要一点点，别人的爱情像海深，我的爱情浅”。这或许就是我嗜好它的原因吧——太神奇了，绿色膏体里隐藏着巨大的情感和力量，我常常会在芥末的辛辣刺激中喷嚏连连，麻痹了心灵的疼痛。我和霞都是外型瘦弱单薄、内心敏感细腻的女人，她喜食辣椒，我偏爱芥末，难道口味的偏好也暗示着我们内心蕴育的勇敢因子——我们都是在爱情面前飞蛾扑火的女人。

餐毕，我们要了菊花茶，透亮的杯子，沸腾的开水，几朵饱满的白菊在水中舒展，散发着淡淡清涩的菊花香。我笑着说，这么好的阳光下，很普通的一杯菊花茶也像艺术品一般精致，难怪都说女人如花，在不同的环境里开不同的花。她接过话茬，咱俩是什么花？彼岸花？玫瑰花？狗尾巴花？我们相视哈哈大笑，过去了，都过去了，往日爱情的伤害和隐痛都过去了。把伤口交给时间吧，世界上再没有比时间更有效的止血药了，好好生活下去，这比什么都重要！

女人有一种通病，总想爱得干净、单纯、明朗、彻底，总以为爱情是可以由自己把握的。其实爱情的本质像风、像水、像云、像空气、像闪电，谁也不可能用曾经来预定明天以及将来的种种变数。道理都在书上和别人嘴里，认字的人都能看得懂听得到。然而哪个女人能拒绝爱情的诱惑呢？除非她失去嗅觉，闻不到费洛蒙的味道。因为爱情，生命就像调料里芥末的味道一样充满了刺激与想象。谁能了解一只毛毛虫羽化成蝶的过程是多么神秘而艰难，对于女人也是一样，完成生命中不可思议的巨大蜕变到成熟是一个多么艰辛的过程。在这个过程里，爱情和婚姻是必经的桥，也许桥下河流湍急。那又怎么样呢，以爱情的名义犯过的错，都是可以被原谅的。

一个人经历的每一件事都是岁月赐予的礼物，人和人的区别就在于，有些人得到的礼物一看就是好东西，紧紧搂在怀里；有些人看到不起眼的东西会漫不经心地扔掉；有些礼物包装得太紧密，不拆开看怎么知道命运都给了你什么呢？对于女人来说，爱情不就是这样的礼物吗？那是她一生的传奇。

墓园

天地无语，万物清明。四月的村庄，麦苗青青，榆树吐出油绿的小叶子。这是最好的季节，你不认为吗？告别了寒冷，酷暑还没到，不冷不热的气温，不火不燥的暖阳，所有的心事都被太阳抚慰着。日子一天天晃过去，好多东西在岁月里找不见了，一如童年，一如白杨，越来越城市化的我们已经渐渐远离了乡村与自然。很多时候，我们忙得已经忘记了儿时院子里海娜花的颜色，包括永远值得我们感恩的土地和那些曾经生活在我们周围的生命。

清明节的前一天早晨，我们来扫墓，这也是个古老的习俗。这片墓园从我记事起就在这了——紧挨着麦田，相邻着果园和一条大渠。这是一个用生命建筑的永恒的世界。我的亲人们，母亲的爷爷奶奶、叔叔婶婶、我的外公外婆、我的奶奶都长眠在这里。还有巷子里那些看着我出生和长大的人，憨厚实诚的王三爷、神神叨叨的温三奶奶，倔强自得的姚五爷，眼瞎心明的发子妈……他们一个个住进去，亲戚还是亲戚，邻居还是邻居，依然相亲相敬。每年这个时候，父亲都带着晚辈们来为故去的亲人扫墓，男人们往坟堆上添几铁锨土，女人们清理四周的杂物。这座坟头的草向那座坟茔上的草点头致意，还有蜥蜴蹿来蹿去，忙得无边无际，头顶上是不同速度游动的云和忽然飞过的鸟群。以前父亲对我们说过，来看过世的亲人，都不要悲伤，我们来看他们，就是来见个面，我们记得他们，他们也不要忘了我们。父亲还说躺在这里的人很幸福，因为我们将来会烧成灰，在一个黑色匣子里永无天日，看不见蓝天，更闻不到苹果花香。而他们躺在踏实的大地里，听河水日夜流淌，看庄稼年年丰收，多好。在中国语言里，大地是有生命的，像一个人一样，每一部分都非常具体。《尔雅》里对“地”的解释是：“地，底也，其体底下，载万物也。”土地是最低最低的承载万物的摇篮，世上还有比这更好的归宿吗？父亲每次来扫墓，都要拿着厚厚一沓黄纸围着整个墓园转上一圈，给相熟的人都烧几张，说几句话。他的另一个目的是看看还有没有扩展的空间，将来有没有他挤进去的位置。他毫不掩饰自己的心思，人死了入土为安是最圆满的结局，他想依偎在自己母亲的脚下，我们能说什么呢？他也知道，想法归想法，我们这些站在这里看着纸灰扬起的人，谁也做不了这个主，包括他自己。

每一段记忆，都像装在密码箱里，我以为我早就忘记了久远的人和事，早就丢失了开启记忆箱子的钥匙。然而，只要某个时间和地点契合，那些往事和人物无论尘封多久，那人那景都会在遗忘中重新苏醒，活生生地向我走来。

那时候，老人们总是在黄昏时分，晚霞满天时刻，围坐在谁家大门口的条凳上，或蹲在白杨树下，打牌、下棋、吹牛皮，天不黑透不散去。我经常带着弟弟坐在屋顶上看下面的人，看他们舞动的手势，看树枝上跳跃的鸟雀，看女人吵架，看小孩洗澡，看鸡鸭归巢，看菜园里碧绿生机……那是万物中无尽流变的光阴。

那些老人们讲的故事至今还时常出现在我的脑海里，哪个故事是谁讲的，哪个笑话是谁说的，从未远离的还有朗朗笑声和狡黠表情。我记得每个人的相貌，脸上的胡子，头上的帽子，高矮胖瘦，连同走路姿势。他们中有兽医、木匠、印报纸的、照相的、教书的、种地的……他们来自江苏、河南、湖北、安徽、甘肃、四川……原本他们也是长江和黄河的子民，命运却将尸骨埋在万里之遥。他们是出生之地的过客，是他乡之地的外来者。他们也是有故乡的，他们的故乡存在于乡音与故事里，存在于怀想与遥望里，那个地名成为他们和后人履历表上必填的地理名词，却是他们一生再也回不去的地方。为了生活，他们穿越了千山万水，他们终将自己和自己的后代变成了他乡的主人。我一直认为人人都是传奇，时光留不住这些人的容貌和身影。在天地之间，我知道，他们来过，他们将勤劳、厚道、仁义留在了人间，也留给了我们。

那些风趣幽默的老人呢？那些树荫下的欢声笑语呢？那些随风飘散的炊烟呢？那些暮色中燃起的莫合烟呢？那些在岁月里流淌过的故事呢？那些和我一起静静坐在老人们中间侧耳聆听的孩童们呢？一年年我

们在长大，一年年老人在减少，一年年墓园又增添了几座新坟。从父亲带着我扫墓，到我带着女儿扫墓，光阴之舟划过了三十年。世间没有什么能赢得了时间，是时间埋葬了老人，散失了孩童。我经常想起那些故事，只是我不再有惊奇或者害怕，我的疑虑已经消散在成长的路上。老人们一个个走了，没有留下金银和存款，只留下岁月里说也说不完的故事。可爱的老头老太太们还教给我们生活的常理——要好好活着，面对食物要虔诚，面对家常的一切要尊重。无论是做饭、缝衣服还是带孩子，生活的质感就在这些琐碎里，生活其实不需要太多的东西，只要健康活着，真心爱着，就是一种富有。一想到这些，在我心中起伏的只有愉快。因此我更加确信，那些故事他们其实是讲给我们听的，是无意又用心的馈赠，是我们在人生道路上不期而遇的，是我们在每一个拐角撞个满怀的。如今我也算是虚度了半生之人，那些在路上困惑过我许久的、像墙壁一样挡着我的问题，他们早就在故事里给过我答案了。

我再也见不到他们，但是我经常做梦，梦见我还小，在巷子里跑，梦见温三奶奶扯我的小辫子，梦见奶奶和她睡过的床，梦见外公坐在廊檐下晒太阳……母亲的大伯，我叫他看麦子爷爷，是个上过几年私塾的白胡子老头。在我还没上学的时候经常带着我，手里拿着语录本教我认字。我对汉字最早的认识来自他白色的搪瓷茶缸上印着的“为人民服务”五个红色大字，学会书写的第一个词是“人民”。他手指着语录本一字一句教我念：“毛主席说：无数革命先烈为了人民的利益牺牲了自己的生命，让我们每一个活着的人想起他们就心里难过。让我们高举起他们的旗帜，踏着他们的足迹前进吧。”当我站在他面前，背着小手，微仰着头，流利地背诵出一段段语录的时候，他一只手端着茶缸，一只手得意地捋一捋山羊胡子，把他的茶奖励给我喝。我看看酱油般赤黑的浓茶，摇摇头。他当即站起来牵着我的小手，到供销社买糖给我吃。我认识的字越来越多，蛀牙也越来越多。我不确定自己别无所长、唯爱文字的今天是不是来自他的启蒙，但是，无论何时何地看到“人民”这两个字，内心油然而生的敬重之感与最初书写时的一笔一划紧紧相连。奶奶去世以后，有一只黑猫天天傍晚来我家院子，在葡萄架上蹲着闪着亮森森的眼睛四处张望，我一看见它就转身跑进屋里再也不敢出来，由不得自己就想到了灵魂一类的传说。

天空碧蓝，良田沉默，不动声色的树林，夜晚来临时必然有冷峻的月亮以及千年如一的星空。一切的一切，惊人的辽阔和宏伟，我在这种无边的辽阔下面，突然就不知所措。好像空气中有什么压力迫使我去想些古怪的诗句，脑海里窜出来的却是“使我们每个活着的人，想起他们就感到心里难过”。看麦子爷爷的坟就在我的脚边，我洒下一杯酒。我不能想得太多，死是人世间最难过的事，无论怎么留恋都不能改变。浩淼宇宙，每一个生命，都有一个停泊之处，他们走在我们的前面，我们步着他们的后尘。

女儿有一本彩绘本《阿狸·永远站》，有一晚她读一段给我听。阿狸问隔壁的皮特叔叔世界上有没有鬼？皮特叔叔说：“有时候有，有时候没有。”阿狸问：“为什么是有时候有，有时候没有？”皮特叔叔说：“比如走夜路的时候，我们总期望没有鬼的，如果有一天亲人不在世了，我们却总是期望有鬼的。”她读到这里停下来一本正经地问我，妈妈，世上真的有鬼吗？你见过吗？比如姥姥想太姥姥的时候有没有在梦里相见？我无法回答她的问题，谁又能够告诉我，什么是连接生与死的锁？什么是阴阳相隔的桥？什么是满脸笑容又泪流满面的从前？什么是天高地厚的大事，什么又是义无反顾的初衷？先辈们躺在这里，他们这一生迎来送往过多少人，繁衍了子孙，最后一程是自己的后人、亲朋和邻居的高抬深埋。所幸，他们安歇的墓园，是这样一处好地方，还有后人年复一年的祭奠，身边躺着的还是熟悉的人。他们看得见也听得到，是谁在黄土下陪着他喝酒划拳，是谁踏着雪为她送来寒衣和冥币。

我的父母比我来得勤，他们一年至少跑上好几趟，他们的至亲在这里，他们将这里视为家。高兴的时候，难过的时候，都来看一看，坐一坐，他们那种“不见爹娘面，还闻往日声”的心情我还体会不到。他们也将这里视为自己以后的葬身之地。他们也是上一辈人的孩子，与父母相依，是孩子本能的选择。我曾见过父亲有一次喝醉了，跪在地板上，抱着奶奶的遗像大哭，嘴里叨咕着伤心的话，怎么劝都劝不起来。父母走在老去的路上，也走在与儿女别离、与高堂相聚的路上，这是我们晚辈不想承认又不得不面对的事实。

我回顾着，也同样在遗忘着。在世间，有些人、有些事、有些经历，似乎都有某种特定的安排。当时也许不觉得，但是日后想起来，却总有一种深意让你不得不问自己，这难道就是所谓的宿命吗？蒲公英开得肆无忌惮，带着好似可以恒久不变的安然感，自顾自地占领了一片又一片野地。高大肃穆的白杨站在道路两旁，沉甸甸地目送了多少个没有归途的逝者，又迎来多少来来往往扫墓的人。夏天正向这里赶来，来得气势汹汹。还不到正午，太阳发出炽热的白光打消了我叙说的欲望，把欲言又止的话语装进了结束的口袋。

她的眼睛

我童年的记忆犹如春光，在雨丝一样的往事里，常常涌出来照亮灰暗的天空。

那个小村子，那条巷子，有这样一户人家，男人是接骨匠，女人是个瞎子，他们有个独子叫发子。邻居们叫男人发子爹，叫女人发子妈。外人串门找谁家时，指路的人就会说："就是发子妈他们那条巷子进去第几家"。

他们是那个巷子的名片。

那时候男人五六十岁吧，络腮胡子盖满下巴。除了下地干农活，他还给找上门来的人接骨，察看伤情后，配上草药涂抹，打上绷带。伤者家属随便给多少钱他都不在意。夏天的黄昏，下地的人回来，偶尔带回来一两条蛇扔给他，他就蹲在大门口取蛇胆。我们一群小孩子围着看他剖蛇，他会示意我们摸摸，胆小的就往后退。他用微笑望着我，我的小手胆怯地伸向蛇光滑冰凉的皮肤，然后，在他的眼神鼓励下，帮他提着蛇，看他褪皮、取胆。回家后，用香皂洗好几遍手，我才敢拿馕吃。下一次，听说有蛇，不管在玩什么，总是撒开脚丫就跑去了。一年到头，四邻八乡总有人找他接骨，他需要好多蛇胆配药。

发子爹常年咳嗽，妈妈说他得的是气管炎。咳得厉害的时候，他的胡子上溅着痰，从中山装衣兜里掏出皱巴巴的手绢，一边喘一边擦。往往这个时候我们一群肆无忌惮的孩子正在他家的果树上上蹿下跳。没几年，他死了，在他死以后很长一段时间里，还有人慕名来找他接骨。

发子妈瘦小单薄，什么也看不见。她给爷俩做饭洗衣，还给人带孩子。村里有几户公家人，他们的孩子就放在发子家，让发子妈给带着。每天，巷子里的人都能看到这样一幅画面：阳光透过高大的白杨树洒在斑驳的土路上，两个五六岁的小女孩一左一右牵着发子妈，身前身后跳跃着两三个男孩。这些毛孩儿是发子妈的眼睛，护送发子妈到我家找我奶奶。两个小脚老奶奶坐着拉话时，一群孩子在院子里疯玩，到晌午了，又前呼后拥地回去了，天天如此。

那会儿的人和现在想法不一样，没有人顾虑一个瞎子带孩子是否安全，饭菜是否卫生，她们都那么信任善良的发子妈。一拨孩子上学了，又一拨孩子送来了。她带过的孩子，总在大年初一爬起来，争着抢着第一个去给她拜年。放学路上遇到她，还会牵她的手送她到要去的地方。即使在发子爹死后，发子也没有辍学，这些乡亲给发子妈的保姆费，把发子培养成了一名教师。奶奶经常让我给发子妈送菜，果树荫荫的院里，孩子们围着发子妈叽叽喳喳不消停。

发子妈已经六十多岁了，她佝着背，花白的头发在风里飘着，连她自己都说不清带大了多少个孩子。她终于苦尽甘来，儿子娶了媳妇，有了孙子。媳妇也是老师，很贤惠，邻居们说，发子妈算是熬出来了。她乐呵呵地带着孙子，依旧每天背着孙子来我家玩。放学以后，胖孙子就在我们这些大孩子背上传来传去，在我们的皮筋、毽子飞舞中，时光如梭，小的长大了，老的更老了。

发子妈也死了，在一大群孩子给她拜过年以后的一个飘着雪花的午后，邻居们送走了她。她带过的孩子大大小小戴着孝布跪了一大片，巷子里女人们抹着眼泪说，发子妈这一辈子没有白活，这些娃娃都是她的眼睛。

一年又一年，小巷和从前一样，经历着人间的生离死别和大自然的风霜雨雪，苹果树依然在春天静悄悄地绽放。

闪光的日子

呢喃的燕、飞扬的麦粒、墙角的坎土墁、晚风中飘扬的炊烟、灶台上焦黄的奶皮子、眉毛涂着奥斯曼的小丫头、打羊髀石的儿娃子，唱着忧伤情歌赶马车的男人、葡萄架下搓拉条子的女人、拄着拐棍晒太阳的老人……这些留在记忆里的碎片，拼起来是一种叫“日子”的东西。

这日子是金色的，是如今染着麦草黄头发却从来没有见过麦草的小年轻们从来没有经历过的。

农民们在麦田里头顶烈日挥着镰刀收割麦子的时候，小孩子却是满心欢喜的。父亲买来一马车的西瓜，用麻袋装着，孩子们涌上去抢着往床底下滚。梨木果子在枝头笑，葡萄染上一抹红晕，偷吃会酸倒牙齿。男孩子下河洗澡，女孩子比着谁的花裙子好看，对孩子来说，还有什么事比暑假来了更过瘾呢。

宽宽的巷子都是土路，两边是粗壮高大的白杨，渠沟虽然窄，潺潺流水却清清凉凉。勤快的母亲们把自家门前打扫得干净利落，大门两边种着海娜花、大丽花、美人蕉、夹竹桃，一条条巷子悠长洁净，两边花团锦簇。打完麦子，家家门口堆起高高的草垛，金灿灿的，这是牛羊过冬的粮草。傍晚，草垛成了孩子们玩打仗的战壕，一群群的孩子尖叫着，从一个草垛冲向另一个草垛，还顺着梯子爬到房顶上往麦草垛上跳，比试谁勇敢。二十年后，我在大连第一次玩蹦极，在五十米高的跳台上吓得打着哆嗦不敢跳。想起来童年跳草垛的情景，真是年少无畏啊，跳进去就找不见了，好几个伙伴扒拉半天，拽出一个草人来。"喂喂，土匪一个样儿！"阿琪古丽大妈仰起头看着，惊叫着摇摇头，舀起渠水浇花。

主妇们这时都做好了晚饭，站在大门口，唠着家常，迎接劳动一天的丈夫，也迎接牧归的奶牛。这里的人过日子是离不开奶茶的，伊犁的农村谁家没有奶牛呢？牛是必不可少的家庭成员，到了巷口就认得自家的大门。放牛的老汉大多是五保户，受人尊重，主妇们时不时还塞给放牛老汉一个馕、几个西红柿或是一把芹菜。

农村的黄昏，温馨的家庭生活画面就是从奶牛回家这一刻展开的：爸爸坐在葡萄架下，光着背喝着酽茶，妈妈牵着牛穿过菜地，我拎着水桶跟在后面。那时候妈妈真年轻，头上裹着花头巾，裙摆摇曳，沐浴在余晖里，白净的脸上漾着笑，夕阳给她的轮廓镶上一层金色。她双手灵巧地揪住奶牛的乳头上下跳跃，一股股白色的液体喷射到水桶里。现在想起来，那就是所谓的"现世安稳，岁月静好"吧。

新麦面磨回来，第一顿饭是最香的，家里的气氛喜气洋洋。掀开锅盖，雪白的馒头结着一层黄金甲。我在灶下烧火，蹙着鼻子吸麦子的香味，一把把麦草化作红彤彤的火苗在灶膛里跳舞。即使那灰不溜秋的草灰都能派上用场，奶奶把凉透的草灰收起来，拌上盐水，水桶里泡着鸭蛋，我把鸭蛋洗净捞出来，看奶奶用黏糊糊的草灰裹鸭蛋，整齐地码放在坛子里。入秋以后，咸蛋就端到早餐桌上，渗着油的蛋黄也是黄澄澄的。

白杨树的叶子黄了，地上落下厚厚的一层，像一个个大蝴蝶随风旋转，小女孩把树叶穿成长长的串儿，当水袖甩着，闹着玩。不知谁的妈妈一声呼喊，呼啦啦都跟着跑去。有一年，网络上流行起一句话：“贾君鹏，你妈喊你回家吃饭！”看到以后，我笑着笑着眼眶就湿润了——我所经历的童年，这样亲切的呼唤，就在耳畔，穿过悠长的小巷，穿过时光长廊，永远留在记忆里。

秋日天高云淡的午后，葡萄架上果实所剩无几，叶子枯黄稀疏。阳光透过藤蔓打在母亲们祥和的笑脸上。大白菜已经洗好剖开挂在铁丝上晾着，一个个大盆里装满了青、红辣椒，黄萝卜，白萝卜，韭菜，芹菜，四五家主妇聚在一起腌酸白菜、花花菜呢。阿琪古丽大妈说笑着，也不看手底下，菜丝在刀下排着队齐刷刷地出来了；阿舍嫂子是新媳妇，还有点羞涩，也不言语，往菜里撒盐搅拌；妈妈腌酸白菜最拿手，味道谁也比不上，她一个人忙乎着往白菜上抹辣面子；她们一会儿用维吾尔族语讲笑话，一会儿用汉语拉家常，热热闹闹准备过冬的小菜。这也是一场庆祝丰收的家庭聚会，男人们在炕上喝着茶谝着闲传，主家索菲亚婶婶煎油香（本地方言：油饼），锅里煮着酸辣的粉汤，闻着香味的孩子们都围过来，吃几口又到院子里打闹，廊檐下一盆盆花花菜静静地等候着主人把它端回家。

那时候的人，就像花花菜一样清贫、友善，心里有着五彩斑斓的向往。那时候的日子，也像麦草一样温暖、朴素，闪着金子一样的光。

光是什么？是暖，是爱，是希望！

冬天，草垛上顶着雪，像一排巨大的蘑菇立在巷子里。弟弟放学后，挽着一个大筐子，在草垛下面掏一个洞，装一筐麦草，牛圈里有一个铡刀，他的任务是把麦草铡碎，拌上麸皮、胡萝卜，喂给牛吃，小手冻得通红。他以自己属牛而得意，吵嘴的时候常嘲笑我属鼠，老鼠多招人讨厌，哪像牛忠厚勤劳，我常常因为这个而闷闷不乐。麦草垛还有一个功能，弟弟受委屈的时候，准能在草洞里找到他，那是他的避风港。

放学后男孩子约着到井台赛陀螺，把陀螺叫“牛牛”，木头的或是铁的，顶着一个钢弹，一个个吸着鼻涕，扬着布条做的鞭子，抽打着“牛牛”，不玩到天黑不散去。

奶牛是弟弟的宝贝，夏天给它割草，骑在牛背上下河洗澡，戴着草帽威风凛凛，那骄傲的神情就像一个凯旋的王子。冬天给它除粪，怕牛冻着给它垫上厚厚的稻草，那时候他还没有一把铁锨高，却俨然一个小当家的，农家的孩子哪个不是小小年纪就分担家事。

农村孩子的学前教育，都是在牛背上或者麦田里自学完成的，没有人教孩子背唐诗，也没有人给孩子说“人生”“梦想”之类的深奥道理。从蚂蚱认识昆虫，从蒲公英认识植物，从四脚蛇认识动物，从牛羊身上认识感情。农家的牲畜，都是和主人通着心的。过节宰羊主人舍不得自己下刀，请邻居们来帮忙。卖牛时，主人在屋里议论是避开小孩和牛的，也不知道牛是通过什么方式感知的，默默流泪，不吃食。谁说动物没有人敏感、没有人情感丰富？牛离开家的时候，扭着脖子磨蹭，眼睛无助地看着主人，大颗泪水滑落。主人也红了眼圈，不忍看牛的眼睛，小孩子抱着牛脖子大哭，过后也是不吃饭不理人，闷闷不乐好几天。

童年的我在自己家、巷子里常见这样的场景。牛和主人的告别，其实和父子告别一样心酸，只不过牛用眼神替代了说话，沉默的表达往往比隆重的仪式更刻骨铭心。多年以后，我们离家告别父母，已经学会克制感情，假装潇洒。能吃苦、懂得承受却不善于表达，是农家孩子的特质，也是牛的秉性。

什么时候麦草消失在巷子里了？是康拜因出现不用镰刀割麦子了吗？什么时候馍馍闻不到麦子的香味了？是乡里拆了水磨建了面粉厂吗？什么时候渠沟干涸不流水了？是家家户户通上自来水把水抽干了吗？什么时候见不到成群的奶牛回家了？是像水一样稀的袋装奶伤了养牛人的心吗？

已经当了奶奶的阿琪古丽大妈在街上开饭馆，摆在桌上的绢花油腻腻的，当年她种的花可是巷子里开得最灿烂的。我走向她，用乡音呼唤她，她惊叫着扑过来拥抱我。我把一条头巾搭在她的肩上，头巾上的石榴花多像她年轻时笑靥如花的脸啊！

一年又一年，世道在变，巷子还是那条巷子，日子却再也不是从前的日子了，不管怎么说，这是岁月留下的一段闪光的日子。

捡麦穗

在杂志上看到一幅油画：一条乡间土路，水渠和白杨树，黄灿灿的麦田，这是丰收前的沉静。

我的心揪了一下，类似的场景常常出现在我的梦里，不，是刻在我的记忆里。童年的我，每天走这样的土路去上学，在白杨树下和小伙伴嬉戏。还有夏天烈日下悠闲的牛，水渠里光屁股的小男孩，稀稀落落捡麦穗的人……

每个暑假，我都跟在四奶奶身后去田里捡麦穗，她是妈妈的婶婶，因为没有儿女，老两口年老了来投奔侄辈们。她是个精明利落会过日子的女人，即使没有土地耕种，她的日子也比种地的农民过得富裕。她天天提个袋子到地里转悠，捡麦子、捡黄豆、捡苞谷棒子、捡甜菜疙瘩、捡稻穗；有时候还有花生、洋芋，直到第一场大雪落下来，她才会停止劳作。田野每天给这个勤快女人满满一袋子粮食，她的快乐，她的零花钱，她的积蓄，她的尊严，都源于土地的馈赠，源于风调雨顺的丰收。只有丰收的盛景才使农民们不在乎洒落在地里的零零星星，给那些没有户口没有土地的外来人一条生路，这些苦累又丢面子的活儿，本地人是不会干的。

十一二岁的我，在天刚亮的时候，就被她从床上拽起来，一碗奶茶打发了睡意，夹着袋子跟在她后面走向田埂。草叶上露水打湿了我的布鞋——这鞋也是她在灯下一针一线做的，土气而舒服。麦地里洒落的麦穗真是不少，我俩各占一片领地，弓着腰，小手忙不迭往袋子里塞。太阳越升越高，晒得脸蛋发烫的时候，沉甸甸的袋子“站”在腿边，这是劳动的收获，我的心里涌起一丝自豪。坐在白杨树下休息，把脚丫泡进清凉的渠水里，望着丝丝缕缕的云彩，想着什么时候才能长大呢，想着开学要上初一了，是不是很难弄懂那些数学题……

如果捡麦穗的过程是愉悦的，那么扛着麦穗回家的路就显得格外漫长痛苦，沉重的袋子压得我抬不起头，只能看到沾满尘土的鞋尖。麦芒透过衬衣弄得肩上脖子上刺痒难受，手也火辣辣得疼。更难为情的是，我已经是个知道害羞的姑娘了，上了大路，不停地遇到熟人。我低着头，眼里噙着泪，走得飞快。进了院子，狠狠地把袋子摔在地上，有时候还会更发狠地踹几脚。冲到压井下，一股股清冽冽的井水哗哗流出，冲去的不仅是我的眼泪，还安抚着我的委屈。

吃完午饭，我沉沉睡去，感觉有人在摸我的手，迷迷糊糊睁开眼睛，门边闪过父亲的背影——他是心疼我的，偷偷看看我的手扎烂了没有、肿了没有。来不及想什么，就又睡过去了。

那些年的暑假，我每天清晨都去捡麦穗，我不关心捡回来的麦穗是磨成面粉吃了还是被四奶奶卖了。总之，我喜欢跟着她去田里劳作，清凉的露珠溅到腿肚上，空气里飘浮着烧荒过后的烟火味。在麦地里完全主宰我自己，可以沉默不语，可以听她絮叨，可以打口哨，可以自顾自地采一大把野花，可以闭上眼睛感受风从脸上掠过的快意。田野里有一种植物，结着一串串黄豆珠子一样的黑紫色浆果，酸甜，吃得嘴唇牙齿舌头都是乌紫的；我还捡过野鸭蛋，淡青色；淋着大雨爬过拖拉机，受过蛇的惊吓……

我每天走好远的路，路过的都是同样的风景，看着一样的白杨一样的水渠。难道土路的那头还是麦田吗？常常一大片麦地里只有我一个人蹲在那里捡麦穗，瘦小而孤独。我的童年到少年走了多长的距离，是一块麦田到另一块麦田的距离吗？还是这个夏天到那个夏天的距离？我在麦田里无数次幻想，长大了我会是什么样子，像妈妈一样坐在办公室里打算盘吗？像四奶奶一样在地里寻觅吗？像邻居女人一样坐着男人的马车下地干活吗？不是，我要和她们都不一样，我会离开这里，永远不会再捡麦穗！我虽然喜欢在麦地里撒欢，把心事说给野草听，说给流云听，但是我不想一辈子走这样的土路，只认识地里这几种庄稼。我要像电视里的人那样去没去过的地方吃没吃过的东西。我曾经浅薄地顶撞父亲，土地除了给你吃的，还能给你什么？把我们都耽误在这个破地方。

父亲说，我们住的房子，还有你们的学费，都是土地给的，我的祖祖辈辈都在土里埋着，我不亲土地，还能亲啥呢？等到了我这个岁数，你就知道了。

求学、谋生，我真的离开了乡村，像蒲公英的种子一样飘走，再也没回去。我也不可能回去，外面的世界如此大如此精彩，那是一片多么广阔的麦田啊！我一直走在捡麦穗的路上，我系之衣食的工作是我在路上的通行证，我操持的家庭是我在路上的平安符，我的同事我的朋友是我在路上的同行者，我的文字是我在路上的一丛丛野花。有风有雨有大雪的路上，我会遇到谁？谁会递给我一把伞？我会不会迷路？我会和谁走散？我走的轻快还是步履蹒跚？我一直在麦田里寻觅，只是为了找到一颗更饱满的麦穗，人生路上太多的麦穗等我一颗颗去捡拾。

经历了生存奔波的艰辛，我才开始明白，离开只是一种生存方式的结束，另一种生存方式的开启。谁说离开了乡村就脱离了劳作，脱离了汗水和隐忍？生命的高贵与卑微都只是形式上的区别，本质不过是大地之上的一颗麦穗，经过摔打碾压，有些成了酒店里精美的点心，有些只是一碗家常汤面。每个人都在挖掘生命的黄金，同样也在接受不一定亨通的命运。这有什么呢，拥有认真活着的过程、善良的心灵，不就是一片丰美的麦田吗？在人生的麦田里，即使生活的领域那样的小，蕴含着的共性和未知却是那么多，足够让我用一生来发现和抵达。

我还没到父亲当年的岁数，麦田、土路、白杨一次次在梦里出现，还有捡麦穗的小女孩，扛着重重的袋子踉踉跄跄地走着。我常常在不经意中发疯似的想念麦田，想念麦地里稀稀拉拉的麦穗，还有田埂上的蒲公英，甚至想念牛车经过的辙痕，白杨树的绒絮……这想念是不是当年泄愤被我摔在脚下的麦穗啊，要不，怎么像麦芒一样扎在我的心上，刺痛呢？

炉火

又一年的冬天来到伊犁，来到村庄，来到我家。我躺在大炕上，裹着厚棉被支棱着耳朵听黑夜的声音，屋顶上的苇席里窸窸窣窣，是壁虎还是小老鼠？外面刮着寒风，已经刮了一整天了。我听到有人开门出去又进来了，廊檐下传来跺脚的声音，门缝里闪过父亲低沉的声音——下雪了！

黑暗中我看不见雪，喜悦的心在怦怦跳，我知道雪来了，雪花在飘，屋顶上、麦草垛上、菜地里、矮墙上、马路上、校园里、田野和山谷……雪花飘入我的梦境，使梦呓的我终于闭上眼睛沉沉睡去。

当我醒来的时候，炉火正旺，水壶盖子被蒸汽顶得噗噗作响，屋里暖烘烘的，飘着奶茶的味道。炊烟在房顶上飘散，烟火气息弥漫在村庄上空，密密绵绵的雪将大地包裹在白色的温柔里。

很多年以后，我的梦境里总是反复出现童年的场景：漫天遍野的雪，燃烧的炉火，飘浮的炊烟……我无法解释这代表一种什么隐喻。有一天黄昏，我打开燃气灶的旋转开关，看着蓝色火苗，似乎明白了，没有了炉火的冬天，在一种叫作“暖气”的被动温暖里，我们不再主动去寻找温暖，一天天地怠懒，丧失着乐趣。依然是冬天，依然下着雪，少了炉火的照耀，暗淡的冬天像少了一种说不出的感觉。

想起小时候，上学的教室都是土坯房。一到冬天，学校给每班分一个铁皮炉子，叫“洋炉”，高年级用旧的，低年级用新的，各班领回去自己收拾。男生们特高兴，因为他们一方面可以理直气壮地玩泥巴，另一方面也是各班比试谁的手艺好。炉子糊起来是有技巧的，比如，泥里放多少盐、掺多少羊毛、炉膛应该是怎样糊的……做这些是为了让洋炉既省煤又保温。有经验的大都是那些比较调皮的男孩子，他们早就在大人边上模仿过多次，现在终于有机会展示，那份得意自不必言说。他们糊好炉子，指挥着大家架烟囱，在烟囱的接口处糊上泥巴，以防止烟油滴落和泄煤烟。炉子架好了，其他同学找来废纸、柴火，当红红的火苗呼呼地燃烧起来时，全班同学围着洋炉七嘴八舌，个个兴奋地得跟过节似的。

那时候的快乐，就是那么简单。

铁皮炉子好用，伊犁的煤更不用说，出奇地好烧。不用柴火只用纸就可以点燃。漫天飞雪中放学回家，到家第一件事就是到煤棚子里捡煤块生火。看上去灰烬冰凉的炉子，只要有一点火星，架上煤就会燃起熊熊火光，炉子烧得红彤彤的。那时电压很不稳，灯泡也不亮，晚上灯光昏黄。那有什么关系，守着炉火，写着作业，或是和爸妈聊聊天，再多的烦闷都烟消云散。

有一天家里多了一个大家伙，很威武地立在厨房中间，还是第一次见到造型这么漂亮的炉子。炉子是翻砂的，黝黑的铁板很厚，不容易烫伤，还带着烤箱。炉火烧起来的时候，把洋芋、花生或者馒头片放在烤箱里，香气四溢，一个个美好的黄昏都是在温暖和香味里到来和溜走的。伴着炉火燃烧的还有我们多少话语啊。炉子上一壶酽酽的茶，平底锅上翻炒着葵花子，盆子里微火烤着厚厚的、焦黄的奶皮子，抹着酥油的馕软乎乎的。黑白电视星期一三五演着哈语节目，星期二四六演着汉语节目。炉火照着父母年轻的脸庞和我们幼稚的眉眼。说些什么记不得了，一家人围坐在一起吃着说着笑着，那样的日子真是神仙一般。

从小一起长大的伙伴，现在散布在全疆各地，都有了各自的家庭和生活。我们现在还有联系，但很难聚在一起回首年少时候喝着茶磕着瓜子畅谈理想的夜晚，以及那跳跃的红红的火苗。可那一幅图景却在我心底定格，那是人生中最容易轻视却又最宝贵的一段岁月。

天气越来越冷了，蜷缩在沙发里看着上百个台的电视节目，遥控器摁来摁去，不知道到底要看哪个台。望着窗外大街上匆匆行走的人们，感觉生活中缺少了什么，有一些黯然无色的感觉。也许日子本就该如此，在平淡中度过岁岁年年吧。有时候下班路上，时间宽裕的话，我会绕远一些，穿过城郊即将搬迁的村庄。一些房子已经拆除了，还有一些房子还在坚守，依然有炊烟在房顶上飘散。只要屋里有人住，就有炉火燃烧，就有炊烟升起，告诉人们日子还在继续。那散不去的炊烟也给远行的人一个归家的信号，走进村口，只要看到门前的白杨，看到屋顶的炊烟，就仿佛看到了母亲慈祥的脸。

有一天妈妈打电话叫我过去，进门的时候，她正在厨房熬果酱，她说煤气熬出来的果酱就是没有煤火熬得味道好，还说煤气太贵了，她用着都心疼。

望着一丝不苟守在灶前操作的妈妈，我的眼前又浮现出清贫的年月里，年轻的她在炉火前忙碌着的样子。给我们熬果酱，熬糖稀，铁锅里滚着骨头汤，从烤箱里拿出配方简单的面包……如今妈妈老了，却依然想让她的孩子在冬天的早餐桌上吃上亲手熬制的果酱，与我一起回忆岁月的味道。

在变幻莫测的生命里，岁月是一个无声无息的小偷。它偷走了炉火，就像它从未在我的生活中出现一样。然而，岁月偷不走回忆，我试图学会遗忘，可它总是在梦境里出现。我真的能遗忘炉火吗？它照亮的是我的年少，我的青春，我不再回来的纯真岁月。

麻雀在苹果树上唱歌

白杨树叶还没落光，第一场雪就飘来了，又一年的冬天来到伊犁。

从秋天到冬天的过渡，只需要一夜的大风刮过。凌晨的雨点下着下着就变成了雪花，漫长的冬天就这么包裹了伊犁河谷。这片土地个性鲜明，纵然是冬天，只要太阳一出来，蓝天依然透明，雪山近在眼前，高山的雪冠洁白炫目。远远望去，洁白中又有一道道清晰的褐色线条，像刀刻出来的一样。

伊犁河谷的雪一场又一场，总比别的地方下得厚密。树木上挂满晶莹的冰凌，雪扑簌簌地抖下来，那是乌鸦、斑鸠、麻雀在枝丫上跳跃。

我穿着厚厚的棉衣棉裤，像一只笨拙的小熊，呼吸着清冷的空气，带着弟弟走在咯吱作响的雪地上去上学。我非常喜欢这样的清晨，我的发梢、眉毛、眼睫毛都染着白霜。我们沿着没有脚印的雪路，深一脚浅一脚地往前走，走在长大的路上，也走向不可知的未来。

那时候的冬天特别冷，如果不小心触到生铁，手上的皮都会被粘下一块来。早晨醒来，脸是冰冷的，我伸出小手，摸摸自己的小鼻子和耳朵还在不在，感觉自己是一只小狗蜷缩在被窝里。扭头往窗外看，每个玻璃格子里的霜花都不一样，有的像树林，有的像怪兽，有的像花朵……

雪停了，太阳照在雪上亮得刺眼。我靠在廊檐下的柱子上晒太阳，葡萄藤都裹在稻草里埋在地下，木架子上的雪高高在上挂着冰棱。院子里热闹极了，声音是从苹果树上发出来的，密密麻麻的小麻雀跳来跳去，我就看着这些小可爱，心里充满喜悦，那是一个孩子没心没肺的喜悦——对冬天的喜悦，对大雪的喜悦，对生灵的喜悦，对世间万物无知的喜悦。

农村的院子里都有一个储物棚，储存着粮食和牲畜的草料。这种棚子有一种特别原始的风貌，几棵树锯倒了，按照一定的长度锯成几截，连树皮都不用扒，圆咕隆咚排在一起，再用粗大的铁钉把树段钉到一块，立起来就是一面墙了。四面墙都是这样做成的，其中的一面墙留着宽敞的门洞，再用同样方法做一个大木排支撑在顶上，棚子就成功了。

我偷偷地跑到储物棚里，小手伸进细铁丝扎口的麻袋里抓一把谷物，撒在空地上。麻雀扑啦啦地飞过来，抢着啄食，野鸽子、斑鸠混在其中，数量无论如何是比不过麻雀的。所有的果树上全是麻雀的领地，它们从哪里飞来，日落后飞往哪里去？哪里是它们夜宿避寒的地方？我来不及想也想不明白。我一把一把地抓着，开心地撒着，我离麻雀那么近，我清楚地看到麻雀的眼睛像小小的珠子转来转去。它们快活地啄食着谷粒，坚硬的喙因为啄击发出细碎而有节奏的声音，嘴里好像还嘀咕着什么。可惜，没法听懂它们说什么，但是它们吃到食物的欢快心情，还是通过啄击声传递出来了。

麻雀吃饱了，在暗褐色、光秃秃的枝条上飞来跳去、叽叽喳喳。在富饶的伊犁河谷，在人们不认真地把粮食从田地里收净的那些年，鸟儿大概比人还吃得足实一些，发育得饱满。乡野里随处可见的麻雀，它们的小肚子总是圆乎乎的，精神饱满地在苹果树上唱着歌。

麻雀的家就在储物棚里，它们幼小的身子休憩在木头之间的宽缝里，还有的窝就搭在苹果树上，树杈是鸟雀的乐园。庄稼人是在梦里被树上的鸟雀叫醒的，这些可爱的小东西把啼叫声谱写成乡村生活的背景音乐。对我来说，没有一种鸟比麻雀更亲近了。它们每天都活跃在我的视野中，有时在窗外的树上扑腾，有时就飞到窗台上溜达。麻雀头大脖子短，褐色羽毛，形象并不美，但很可爱。它们似乎没有一分钟停止活动，永远成群结队地在那里蹦蹦跳跳。有一次正上课，有两只麻雀飞落到教室的窗台上，发出极其欢快的鸣叫，全班同学都被那兴奋婉转的鸣叫声吸引。在几十双眼睛的注视下，它们不停地欢叫着舞蹈着，仿佛要没完没了纠缠下去。老师走过去打开窗户，赶走了那两只麻雀。它们飞走后，就停落在旁边的屋顶上，从教室里虽然看不到它们，但它们的欢声依然随风飞扬，飘进每个人的耳朵。这一课老师讲的什么内容我已经没有一丝印象，而那两只麻雀春心荡漾的鸣叫却清晰如昨。

麻雀是那种非常聪明机警的小精灵。我听老人们说过，得到人救助的麻雀会对救助过它的人表现出一种亲近，而且会持续很长的时间。在麻雀居住集中的地方，当有其他鸟类入侵时，它们会表现得非常团结，直至将入侵者赶走为止。麻雀在和鸽子、斑鸠、乌鸦这些体格比它大几倍的同类争抢食物时，也是毫不畏惧的。当然，它们都在一个屋檐下栖息，相处的也是和谐而美好。麻雀常常是弱小的代名词，这种在人类生存空间里经常惊恐万状的小鸟儿，其实有着顽强的生命力和适应能力，即使当年全国规模地除四害，也没有把麻雀的种族灭绝。乡下的孩子顽皮，捡起石子往树上扔去，一只麻雀飞起来了，一树的麻雀群起而飞。如果分析麻雀这种盲从行为，作为自然界食物链中弱小一环的生物，它们是没有安全感的，盲从心理是为了保护自己。我们人类何尝不是一样吗？

黄昏时漫步，身边的人步履匆匆，车辆飞驰而过。为什么缓慢的乐趣消失了呢？以前那些闲逛的人们到哪里去了？那些遥远记忆里的麻雀，它们都在哪里呢？城市哪里能挤出一点麻雀生存的空间？或许，城市的楼房越盖越高，麻雀飞不过去，没有它们的落脚之处；或许，城市的柏油路上没有散落的谷粒，麻雀找不到充饥的粮食；或许，它们曾经来过，飞累了就停在高压电线上，仿佛五线谱上的音符。我的耳畔，还是常常能听见麻雀欢快的啁啾，它们的声音，远比城市里的人喊车啸要美妙得多。

元旦那天，雪后初晴。我到伊宁县英塔木乡夏合勒克村拍摄天鹅。乡间的冬天寂静寥落，穿行在巷道里，我看到了久违的一幕：一群飞倦的麻雀停落在麦垛上，静静地睡着了。正午的阳光下，它们是在做着暖暖的梦吧。梦境中是不是出现金黄的麦田，麦浪起伏，它们就在浪尖自由地追逐？

我仰头看着熟睡的小精灵，就在这一刻，我一点点变小，回到了童年。

看麦子爷爷

照看老宅的邻居来电话说今年核桃结得可多了，果实成熟了，让赶紧回去摘。

我带着女儿爬到树上，用力揪着青皮核桃，往地下扔。她兴奋地问："妈妈，核桃原来长这个样子啊，这棵树是谁种的？""是妈妈的爷爷种的呀。""那是谁呀？我怎么不认识呢？"我笑着说："这是秘密，不告诉你。"

秋日午后的阳光很温暖，风吹落一树的记忆，往事在枝条上跳舞。

他是个倔老头，身板挺直，一缕山羊胡子刚好是我手掌的长度。奇怪的是，搞不清楚他的胡子跟着我的手在长，还是我的手跟着他的胡子在长。五岁用手掌量他的胡子，一样长，十五岁用手掌量他的胡子，还是一样长。只有幼年的我可以肆无忌惮地把玩他的胡须。他特别注重仪表，任何时候衣服都干净整洁，散发着好闻的皂香味。

那时候他五十来岁吧，在粮站上班，经常带我去玩。院场上晒着麦子，粮垛堆得几乎和房子一样高，我躺在晒得热烘烘的麦堆上打滚。幼稚的我以为爷爷的工作就是天天在这里看着这些麦子，就叫他看麦子爷爷，表姐妹们也跟着叫，直到他七十岁去世，我们都这么称呼他。

他是妈妈的大伯，没有自己的小家庭，却是这个十几口人的大家庭的一家之长。五个侄儿侄女中，他最偏爱妈妈，孙辈里，唯独最疼我。

是他把六岁的我送进校门，抹去我的眼泪鼓励我走进陌生的教室；下雨天在教室外面等我，给我送伞；常常等在我放学的路上，从口袋里掏出杏干、沙枣或者几颗糖塞给我；他的偏心造成表姐妹们对我的孤立，我闹脾气不让他到学校，不吃他的东西，可这些零嘴常常变魔术般出现在书包里、枕头下面。

舅舅们相继成家，我们这个大家庭分家了。尽管这样，耳环、遮阳帽、电子表，无论市面上出现什么新鲜玩意，他总是第一个买给我。而且，只有他记得我的生日，一次也不曾忘记。有一年冬天下着大雪，都半夜了，大门拍得啪啪响，狗也跟着狂吠，父母亲吓坏了，以为出了什么大事，打开门，他递给父亲一个纸包转身就走了。妈妈打开，是一件粉红色的新衣裳，才想起来是我十岁的生日，说你看麦子爷爷最偏心眼，你长大挣钱了，要好好孝敬他。

粮站院子里有一棵核桃树，核桃成熟的时候，他在路口等我放学，把书包掏空，给我装满核桃。我抱着书本，领着弟弟，背着一书包核桃喜滋滋地回家。写完作业，一家人围着桌子剥嫩核桃仁吃。有一次路上被调皮的巴郎子（维吾尔语：小男孩）抢走了书包，我在院子里一边哭一边等妈妈下班。看麦子爷爷手里拿着一个新书包和一棵树苗进来了，他说："不哭了，旧的不去新的不来，咱们把核桃树种在院子里，看谁还来抢。"我擦干眼泪，和他一起种下了树苗。

那时候我并不知道这棵树对我来说意味着什么，日后对我有怎样的影响。我一边上学一边疯玩，抱怨日子过得太慢，我盼望快快长大，自由、挣钱，还有，坐着马车带着嫁妆当新娘子。

家里人谁也不提看麦子爷爷的经历，他为什么没有自己的家自己的孩子。妈妈再三叮嘱我不许好奇不许问，说这不是一个小毛孩操心的事。尽管看麦子爷爷对我百般娇宠，我也不敢斗胆冒犯。我不知道去问谁，孩子的好奇心往往如同脑瓜子里住进了一只猴子，臆想凭空丰富，像孙悟空一般翻滚着。有一天壮着胆子问了姥姥一句，被姥姥举着锅铲撵了出来，就再也不敢提了。

后来我上高中了，迷上了阅读课外书。看麦子爷爷房间里有些历史类和战争类的书，我经常去翻着看。他已经退休了，和大舅一家生活，舅妈生了一个小男孩，也是看麦子爷爷新的乐趣所在。每天推着孙子溜达，和邻居们下棋，说说笑笑，他不再是那个不苟言笑的怪老头了。

有一个傍晚，我去找书看，他兴致很好。可能觉得我长大了，突然说起过去的经历："我当兵打仗的时候，就是解放军打过长江。我还有一个兄弟，是老二，让国民党抓了壮丁，我们到新疆来的时候，都不知道是死是活"。我吃了一惊，怪不得妈妈的父辈弟兄三个都在伊犁，最小的叔叔我们叫四爷爷呢。"我打仗去了，几年没有给家里音讯，兵荒马乱的，家里头逃难，也不知走到哪去了，我只见过娃一面，是个四岁的女娃子。解放了我找了十年也没找到，到新疆来了，你四爷爷留在老家打听，几十年也没有下落……"我豁然明白了他为什么那么喜爱妈妈，竭尽所能供她念书，又是多么娇宠我——只缘于他的女儿，停留在他心里的、昏暗的油灯下羞怯的小小影子。他再也没有组建家庭，一大家子二十多年吵吵闹闹都不曾分家。他仪表整洁气宇轩昂，为人处世外表冷漠内心火热，他雪白飘逸的胡子里还藏着多少故事，丝丝缕缕由黑转白孤老一生啊！

看麦子爷爷静静地躺在草席上，肺癌的折磨使他咽气时骨瘦嶙峋。我还在上学，没能挣钱孝敬给他一块糕点一包香烟。我跪在他身边最后一次给他捋捋胡子，握住他冰凉如柴的手。

最疼爱我的人走了，我的看麦子爷爷，他再也见不到明天的太阳了。

光阴荏苒，我成家了，也有了一个粉嘟嘟的女儿。我从来不提有关看麦子爷爷的往事，他藏在我心深处，于我来说，是一本从不打开的书。

有一天看电视，播放的是一台访谈节目。王蒙先生说起他曾给某大学少数民族研究生班上过一堂课，让学员说说他们感动的事。一个哈萨克学员说他最感动的事是自己的父亲去世时，父亲的一位老朋友对他说的一番话："你的父亲不在了，和他一起吃过饭的人还在，接受过他帮助的人还在，和他一起劳动的人还在。他的朋友、亲人还在，都记得他，所以他还活着，活在我们心里。"王蒙先生说完情绪很激动。看到这里，我的眼泪不可抑止，想起我的看麦子爷爷，想起我拿着打火机给他点烟，假装要烧他胡子，他躲闪着和我嬉闹的情景……

看麦子爷爷走了好多年了。他的核桃树替他活着——躯干粗壮、枝繁叶茂、果实累累，一如他把青壮年给了国家，把晚年的关怀给了亲人。那棵核桃树已经长得与我的腰身一样粗壮，靠着斑驳的树干，仿佛趴在他的背上，树叶随风舞动，仿佛他的胡子在风里飘。一把绿色的巨伞遮挡着阳光，我的女儿在树荫下玩耍，这就是中国人讲究的血脉相连、香火延续。

芸芸众生，生离死别，都是这样的吧——疼爱我们的长辈一个个都走了，他们躺在冰冷的地下化为泥土，可是我们一直都不曾忘记他们给予的爱。记忆永不褪色，他们以各种各样的方式活在亲人们心中。

湖北奶奶

湖北奶奶是我姥姥。她出生于一九二七年，七岁失去父亲，母亲无力抚养，被同村我姥爷的父亲收养，留作童养媳。十八岁与跑码头的姥爷成亲，不到三十岁拖家带口支边来到新疆，从此背井离乡再也没有踏上过故土。我妈说没听说过她有兄弟姐妹，她一辈子最遗憾的事就是没有回过娘家。作为母亲，她拉扯五个儿女长大成家。作为长媳，她服侍公婆入土为安。与同在一个屋檐下的妯娌们相安共处，靠着贤良谦卑的脾性维系着一大家子的和睦团结。

因为她祖籍是湖北，家族里老人多，都住在一个大院子里，我们这些孙辈们在称呼上都加了前缀以示区别。不知道当时谁那么随口一叫，姐妹们都跟着，叫了几十年，现在想想，我们那时也不过五六岁吧，咋都那么有水平呢。

湖北奶奶有五个孩子，我妈是老大，我有三个舅舅一个姨姨，每家两个孩子，我又是孙辈里的老大，在亲戚里格外受宠。

我的脖子上有一颗痣，湖北奶奶和我妈妈脖子左侧都有这样一颗痣。我姨脖子上没有，舅舅们也没有，湖北奶奶三个嫡亲的孙女也没有。小时候，大舅指着这颗黑痣说，你丢了凭这个记号也能把你找回来。两个年龄与我相近的表妹还因为她们没有记号而哭泣过，怀疑我姨不是湖北奶奶亲生的。

湖北奶奶最大的优点是善良、宽容、不势利。特别是不势利这一点，在两个女儿的婚姻大事上最能得到体现。

我妈妈是老大，她从父辈们面朝黄土背朝天的境遇里最早悟出了“知识改变命运”的哲理。六十年代，她带着弟妹协助母亲操持家务，还能坚持不懈地用功学习考上中专院校。当她的伙伴们一个个成为农妇的时候，她已经坐在办公室里拨拉着算盘端上了公家的饭碗，每个月自豪地给父母上交工资了。我妈身材高挑容貌秀丽，有文化有工作，偏偏看中了在粮站当勤杂工的父亲。那时父亲还是所谓的“黑户”，就是没户口的盲流。湖北奶奶并没有歧视贫穷卑微的父亲，在问询了两个年轻人的意见之后，腾出一间偏房做了两床被子就成了亲。直到父亲落了户口，分了宅基地，我姥爷又带着亲戚们帮忙盖起了房子，一个新的家庭诞生了。湖北奶奶还让父亲回老家接我奶奶，说现在安稳了，也该接老母亲养老了。我奶奶来了之后，旧式的衣衫鞋子都是湖北奶奶一针一线缝制的，还教会我妈裁样子、盘扣子、做小脚鞋。妈妈家的亲戚们也很尊重我奶奶，我奶奶说我父亲这辈子最幸运的就是在伊犁遇到了好人家。

相比我妈妈，我姨的命就很苦了。姨姨性格活跃，一坐在课堂上屁股底下就冒钉子，小学上完死活不愿意上学了。她身体强壮，勤快能干，干起农活来是一把好手。那时大舅当兵去了，二舅小舅还在上学，家里全凭她和姥爷挣工分。二十岁时，有个湖北老乡介绍她认识了来支边的姨夫，对上眼后就嫁人了。结婚时姨夫没有告诉姨姨老家还有个老母亲和瞎眼的弟弟。半年后，当年迈的婆婆牵着瞎眼的小叔子走进家门的时候，确实给我姨扔过来一个大闷棍。她强忍着委屈把饭端上了桌子，自己却一口也吃不下去，连夜走回了二十公里外的娘家。湖北奶奶听完我姨的哭诉，淡淡地说了一句，这就是你的命，你要受着。我姨在娘家待了半晌，默默无言地走了。她和姨夫为了多挣几个工分终日劳苦耕作，养着体弱的婆婆、瞎眼的弟弟和年幼的三个孩子。其间还发生一桩惨事，婆婆去菜园子浇水，五岁的孙子留给瞎子照看。男孩子调皮，玩着院里的半缸水，一头栽进去一声不响溺死了。邻居发现了孩子跷在缸沿外的脚，赶紧通知还在打场的姨姨，我姨听到噩耗便昏厥过去。没过几年，姨夫赶马车拉煤翻了车，瘸了一条腿。从那以后，我姨就成了家里唯一的劳力，好在她性格豁达开朗，坚强地承受着种种磨难，不抱怨不诉苦。湖北奶奶嘴上不说，疼在心里，我妈我舅孝敬她的钱，也都贴在我姨家里了。我姨始终善待瞎子，困难的年月，半导体收音机是奢侈物，却是瞎子的随身物件。瞎子从收音机里学会了唱歌，经常晚饭后，树荫下聚着邻里，围着瞎子听他唱歌。瞎子跟着我姨生活了四十年，屋内齐整，衣服洁净，无论贫穷困苦一家人都不离不弃。算来，姨姨和瞎子也是六十岁的人了。女儿们出嫁后，也很孝顺父母和瞎子叔叔，我姨终于熬到了苦尽甘来。一生吃苦操劳太多，她看起来比同龄人苍老许多。每次见到姨姨，我都很心疼她，心里也更钦佩她。我姨之所以能撑下来，是身后有湖北奶奶用她的坚韧和宽慰砌起了一道墙，帮她挡着风寒。长长的岁月里，其实一个母亲的心所受的煎熬比儿女要多得多。

从妈妈、姨姨的经历里，我不得不承认，尽管经历过时代风雨的母亲们没有文绉绉地读过“执子之手，与子偕老”之类的诗文，却以亲身实践走过了沧桑岁月，从青丝走到了白头。

一九九四年初春，我姥爷病逝了。湖北奶奶从七岁起，命运就和这个男人连结在一起，吃苦受累休戚与共。姥爷走了，她最坚强的支柱倒掉了。我赶回去奔丧，她没有号啕大哭也没有卧床不起，有条不紊地打理着一切，她那默然柔韧的坚强更让我放心不下。我真怕亲人们散去之后，她会怎样身心涣散。听我妈说，她还是老样子，照顾着孙儿，养鸡种菜，守着老房子独居，不给儿女添一点麻烦。

我小时候总觉得湖北奶奶更偏心我姨家的两个表妹，和她不怎么亲近。姥爷去世之后的第二个秋天，我遇到工作上的困境和感情上的背叛，挨不下去，那种崩溃的感觉就像等不来天亮般绝望。除去精神状态不好之外，身体状况也极差，整个人瘦成了一根筷子。思来想去，像一只流浪狗溜进了湖北奶奶的家门住了下来。她不问我为什么不去上班，也没告知爸妈我混得灰头土脸躲起来了。每天由着我睡懒觉，给我摊小时候爱吃的葱花煎饼，炖骨头汤。我也无话和她交流，每天晒太阳发呆或者看反反复复看动画片。她不问也不说，好像心里都明白，静静地做着针线活，陪着我。一个月过去了，我的睡眠趋向正常，脸色红润起来。湖北奶奶是真心疼爱我的，否则，怎么黑痣就单单遗传给了我呢？这真是奇妙的血缘赐给我的礼物，仿佛是上天特意为我们的身体打上相认的标签。她一直那么端庄秀美，只是那自私又骄傲的爱，让我不曾发现。我也苏醒过来，自己不能逃避和消沉下去，机器猫只存在于漫画里，世界上没有随意门，没办法轻松抵达目的地。所以我只能暂停，不能休息太久，还要扛起行李继续上路。

我结婚时夫家条件不好，加之婚后要面临两地分居，反复犹豫，下不了结婚的决心。我妈对我说，结婚和别的没关系，就看两个人有没有真心。这番话让我不再纠结，这就是我们家族的家风。从湖北奶奶和我妈身上，我看到母亲们就是有一种奇怪的本事，即使没受过什么正规教育，只凭着直觉、巧嘴和一种母性的沉稳，就能在灯火和茶饮的日常氛围里，把隐埋很深的生活哲理灌输给她们的孩子。我出嫁那天，湖北奶奶含着眼泪捏捏我的脸蛋说，以前吃过的苦，都是为了今天的好，收起你的小性子好好过日子噢。是啊，以前吃过的所有的苦，都是为了今天的好！一个人只有经历了离家、受挫、疼痛、噩梦之后，才会明白这句话多么意味深长。

湖北奶奶晚年过得很幸福，三个舅舅孝顺，舅母们一个比一个朴实善良，别人家那些厘不清的婆媳问题，她和舅母们从不曾发生过。四代同堂的天伦之乐也是她长寿的原因之一吧。她性格温婉心灵手巧，在乡邻里口碑极好，巷子里老人去世婴儿降生，都请她手工缝制衣服。我的女儿出生时，七十多岁的她还在替我打点，小鞋子和小衣服上细密的针脚，绣着花鸟，像工艺品般精致。我庆幸她的长寿，吃到了我孝敬的糕点，穿上我买的毛衫，送我出嫁，看着我的孩子牙牙学语。二零零四年，湖北奶奶被一辆农用车撞成脑震荡，昏迷了好几天，家里人都以为七十七岁的她躲不过这场灾祸了。一周以后，她可以下床行走却失语了。足足两年，湖北奶奶就像一个哑巴，只能用眼神和手势表达她的意思。二零零六年春节，吃完团圆饭，我女儿在嬉闹时从床上摔下来，她居然清楚地喊出了女儿的名字，并且利索地跑过去抱起了她，让在场的人惊诧不已。此后，她慢慢恢复了一部分语言功能。写到这里，我停下来问正在旁边涂画的女儿，你还记得我湖北奶奶吗？就是姥姥的妈妈。她半仰着头想了一下说，是那个瘦瘦老老的，不说话的老太太吧。她回答我的问话时，一粒黑芝麻般的痣在她的睡衣领口处冒头。

二零一零年冬天，湖北奶奶在睡梦中溘然长逝，安详的容颜和一副黑木匣子终结了她八十三年的人生之旅。没有病痛，没有意外，甚至没有任何预兆，黄昏还和儿媳谈笑，夜晚就去了另一个世界，再也没有回来。亲友们都说她修得好，才能有这样没有苦痛的走法。或许，这就是她活着的信念——以前吃过的所有的苦，都是为了今天的好。所以她的生命才有如此圆满的结局。

湖北奶奶走了的日子，她就像我脖子上的黑痣，以为自己看不见就忽视它无比真实的存在。然而，怀念是一根看不见的肉刺，总在不经意的时候跳出来戳着心窝。人生的路看似漫长，实则短暂，我们与亲人一起共度的也不过是那么一小段，余下的日子却要用一生来怀念。

挖渠爷爷

挖渠爷爷是我姥爷，个子不高，长得深目高鼻，很英武的一个男人。支边新疆时不到三十岁，我妈说他不愧是走南闯北跑码头的，很快就适应了伊犁的农民生活，喝酒，抽莫合烟，还能说一口流利的维吾尔语。

我妈也搞不清楚跑码头到底是一种什么样的营生，她那时候太小。在我妈的爷爷带领下，三代直系亲属全都来到了新疆伊犁支边，没有留下牵挂和后路。从那以后，“湖北”就成了填写各种表格时“祖籍”那一项里的地理名词。我的先辈们是以一种什么样的信念，从辽阔的长江来到了更为遥远的伊犁河，他们在寒风露宿的路途上怀揣着怎样的愿望，我都不得而知，也无从问起。

对于挖渠爷爷，我的记忆总是停留在童年的一些碎片里。挖渠爷爷很勤劳，为了一大家子吃饱穿暖上学而起早贪黑地劳动，我见到他的时候，多半都是戴着草帽扛着坎土镘（新疆一种扁圆形铁制农具）收工回来。幼年的我扑上去叫他“挖渠爷爷”，这个称呼从我记事开始一直到他一九九四年离世，我叫着，他乐呵呵地应答着。

我来说说“挖渠”这个事。一九六五年冬天，我小舅出生。当时，伊犁地区三县一市和兵团农四师联合大会战改建大皇渠，据说伊犁的壮劳力们全都上阵了。在吉尔格朗、皮里青两河交汇处新建节制闸、水弯道、泄洪闸，还有西岸总干渠和分水枢纽等工程。这是伊犁建设史上的一件大事，工程结束以后，大皇渠更名为“人民渠”，成为造福伊犁人民、促进伊犁工农业发展的重要水利动脉。作家王蒙《你好，新疆》这本书里就描写了当年修渠的辉煌场面。挖渠爷爷去参加总干渠修建，几个月没回家，还在寒风雨雪里落下了支气管病的顽疾。等挖渠爷爷回家时，小舅都过百天了。我姥姥让他给儿子起名字，他随口说，叫“水渠”吧，挖渠时候生的嘛。等小舅上学时，姥姥带着他去报名，老师问，叫什么名字？小舅稚气地问答，姚渠。老师笑了，渠？水渠的渠吗？还有叫水渠的，真好玩。这一调侃，小舅不愿意了，当时就闹开了。我哥叫兵，叫军，你们叫我渠，太难听了，我不要这个名字。我姥姥一时也不知道咋办了。老师说，那你就叫姚杰吧，比你哥哥还厉害。后来，大舅二舅都当了兵，小舅初中毕业就务农了，一辈子和土地分不开了。每当弟兄们聚在一起说起往事，小舅就自嘲说，我的穷命一出生就让阿达（本地方言：父亲）给定了，水渠，一辈子浇地。“挖渠爷爷”这个称呼是怎么来的，还真想不起来了。我问妈妈，妈妈说那不是你们自已叫的嘛。或许就是小时候问爷爷是干什么的，没准是小舅在一边恶狠狠地回答，挖渠的！我只能这么猜想了。

如果说一个人沉迷于酒精里寻找快乐就是个酒鬼，那么挖渠爷爷也算得上一个。他家的院子有两亩地，前院栽的都是果树，后院种满蔬菜，房子夹在绿荫中间。我带领一群小小孩在树上爬高上低摘果子。挖渠爷爷喝多了，摇晃着走进来，抱住一棵果树仿佛找到了依靠。我姥姥蹙着眉头，一脸无奈与厌恶地打扫着树下的秽物。我一看他喝醉了，就溜下树，飞快地跑到巷子另一头给妈妈报告。我妈会放下手里飞针走线的毛衣，一路疾走回到娘家。对着蜷缩在树下的父亲没好气地喊道，阿达呀，你就不能长个记性，少喝点嘛，咋又喝醉了……一边嘟囔一边架起胳膊，吃力地往屋里拖。

挖渠爷爷性格豪爽，为人仗义，人缘好。那用什么来体现呢？在伊犁就是喝酒嘛，最直接的体现方式，朋友多酒场子就多。挖渠爷爷和他的联手（本地方言：铁哥们）们，在田间、在麦场、在果园，没有下酒菜依然喝得兴致盎然，半醉不醉地搂着对方的脖子，说着含混不清的话，茶缸子传来传去，有时高兴有时难过地醉了一场又一场。

男人嘛，爱喝酒没什么好奇怪的，为人仗义也没什么大惊小怪的。可是挖渠爷爷是个例外，他喝酒仗义到什么程度呢？能把儿子送给需要的朋友，这绝对算得上是个例外中的奇葩了吧。

故事是这样的，挖渠爷爷有个维吾尔族好朋友，他们是劳动中关系最铁的联手，也是和他在一起喝酒最多的人。维族爷爷心头的遗憾是没有孩子。挖渠爷爷有两个女儿三个儿子，尤其是二舅和三舅，十岁上下，活泼机灵，在马背上跳上跳下让维族爷爷喜欢又伤感。终于有一天，他们两个人又喝着酒时，维族爷爷为没有孩子流下难过的眼泪，拍着挖渠爷爷的肩膀说着令人心酸的话。挖渠爷爷当时恐怕被酒精烘热了脑子，拍着胸脯说，我的三个儿子，你拿走一个，儿子娃娃（本地方言：男子汉）说话算话。

第二天，穿戴整齐的维族爷爷夫妇牵着马来接儿子时，我姥姥一脸茫然。挖渠爷爷醉得一塌糊涂，想不起来发生了什么，压根就没商量这事，但又确信自己真的许下了诺言。挖渠爷爷不敢看老伴的眼睛，把两个舅舅叫到一边商量去了。平时，挖渠爷爷忙于劳作，疏于管教孩子，家里一摊子事都是姥姥操心。他对孩子们的爱，结实而粗暴，喜欢的时候心疼得不得了，惹火了拖过来就是一顿猛捶。正值青春期的男孩子巴不得离开家呢。胆大调皮的二舅跳上马，自豪地坐在高头大马上跟着才认下的父母走了。

挖渠爷爷是一家之主，有绝对的权威。姥姥传统，凡事给足男人面子，这一次即使眼里蓄满了眼泪也一样没有让丈夫难堪。好在两家离得不远，维族父母待二舅如心头肉，姥姥伤心得哭了好几天，渐渐平息了心情。几年以后，二舅的维族妈妈病逝了，维族爷爷把二舅送回来到南疆投亲去了，他说他舍不得儿子，但是骨肉不能分离。维族爷爷走后，挖渠爷爷喝酒的次数渐少，他说和说不到一起的人喝酒没意思。后来年纪大了，支气管炎的顽疾治不好，只好戒了烟酒。冬天，寂寞的他倚炉而坐，装酒的军用水壶挂在墙上落满了灰尘。

挖渠爷爷也有温情细腻的一面。每年大年三十中午，亲戚们都聚在挖渠爷爷家，男人一桌，女人一桌，娃娃们一桌，鞭炮炸响后，大家伙一起吃团圆饭。只有这一天，平时不上灶台的挖渠爷爷围着围裙，端上他拿手的粉蒸羊排、平锅烤肉，还有清炖伊犁河鱼。刷着红色油漆的大圆桌子上绘着大朵粉色的牡丹花，上面摆着一年中最丰盛的年饭。饭后，挖渠爷爷还请来照相的，在廊檐下照一张全家福。傍晚，各回各家之前，小孩子们按大小个排队，挖渠爷爷手里捏着红纸包，挨个给我们发压岁钱。那时候没有大彩电，没有电脑，没有手机，也没有眼花缭乱的零食。然而，老人小孩是那样热爱和盼望过新年，水果糖、爆米花、葵瓜子、一桌年饭、一张全家福，构成了过往岁月里最温馨的幸福年。

去年夏天，妈妈搬家，翻出一沓黑白照片，都发黄了。我和妈妈挑出里面几张全家福，仔细寻找岁月的痕迹。有一张是一九七七年的，我小脚奶奶最年长，挖渠爷爷和湖北奶奶还显得年轻，舅舅们青春勃发，我梳着小辫子靠着小脚奶奶怀里，弟弟还是两三岁吧，坐在挖渠爷爷腿上，我们那样稚气，笑得龇牙咧嘴。还有一张是一九八一年春节，大舅当兵探亲回家。女孩子全部坐在穿着军装的大舅两边，穿着一模一样的哈拉提样式的罩衣，做出少女矜持的表情。老人们都站在最后一排，高昂着头。我和妈妈一边看着一边话说当年，我清晰地记得我们穿的衣衫颜色是水红的，是妈妈在缝纫机上一件一件轧出来的。我们说着笑着就哽咽了——照片上疼爱我们的老人，都不在了。

老照片让我产生一种穿越感，我们这一家是怎么走到今天的？今天的我们曾经还经历过哪样的生活？人到了一定年龄后，总会忍不住回过头看看走过的路，想想经过的事。虽然说一代人有一代人的命运，但一代人和一代人之间不可能毫无关系，过去的日子不可思议，但又无比真实。感谢胡子拉碴、满嘴酒气的挖渠爷爷，在贫困的年代里给我们留下这些珍贵的黑白相片，以及永远也抹不掉的难忘回忆。挖渠爷爷，当我写下这些怀旧的往事，不是因为那个年代有多么美好，而是那个年代，我还小，你还在。

小脚奶奶

我奶奶出生在清朝光绪年间，公元一九零七年。家中独女，父母早逝，十七岁经舅舅做主许配给我爷爷。她没上过学，也不识字，心智单纯，以男人孩子为重。无论遇上什么样的年景，战争还是和平，丰年还是灾年，蹲在灶头把炊烟升起，想办法端上杂粮填饱家人的肚子，就是她唯一职责和愿望。

一九六零年，遭遇到了建国以来最严重的大饥荒，举国上下被饥饿笼罩。我爷爷在一九六一年饿死，那时父亲才十一岁，辍了学跟着杂技班子走南闯北讨口饭吃。很多年后，我躺在她怀里听她絮叨陈年往事，说从前饿饭时，树皮草根都吃尽，常见有人饿得浑身浮肿，走着走着就倒在地上起不来了。我也听出了她话语里的释然，即使家里失去了顶梁柱，但是乱世荒年饿殍遍地，没有饿死过一个孩子，也算是做母亲的欣慰。

奶奶在皖北的小村庄里生下我父亲时，已经四十二岁了。每个孩子之间出生年限间隔很长，都是七八岁。我父亲是四个孩子中最小的一个，上头有一个姐姐两个哥哥。我大姑嫁人以后，大伯参了军，后来转业到了新疆建设兵团农四师七十团。奶奶和二伯在老家务农。淮河两岸旱涝不断，老家还是很穷，还是饿肚子。奶奶无奈之下打发我父亲到新疆来找大伯，说要是有口吃的，有活干，就不要回老家了。父亲几经辗转找到了落户伊犁河畔的大伯，大伯即将结婚，怕新娘子接受不了年少气盛的父亲，不敢收留，就想到他在地方粮站结交的一个朋友，热心肠、仗义，肯定会想出解决办法。那人打量了面目清秀的父亲，听说父亲上过几年学，就留在粮站打杂了。几年后，等父亲存足了路费，落户伊犁，第一件要办的大事就是赶回老家，把我奶奶接到了新疆。

从我记事起，我奶奶就是头发花白的老人了。她缠足，穿清式大襟短褂，和别人家的奶奶不大一样。年幼的我为了区别家族里几位长辈的称呼，便叫她“小脚奶奶”。她每天早晨起床坐在床沿上，套上宽大的棉布裤子，伸手到腋下摸索着扣好藏蓝大襟短褂上那些布盘扣。黑色的裹脚布很长很长，她缠了一圈又一圈打好绑腿。奶奶的头发掉落得稀稀疏疏，她从来不用梳子梳头，拿一把褐色沉暗的篦子对着窗外篦头发。她将手心里那可怜的一小束白发在后脑勺上挽一个小小的发髻后，插上一支纤巧的银簪子。收拾停当，蹒跚着一双小脚，到厨房洗漱烧茶了。属于奶奶的私有物品只有一个从老家带来的黑漆木箱子，那是她的嫁妆，也是故土的见证。上面有一个小锁守护得很紧实，好似那里面封存着奶奶一生的岁月。奶奶并不常开那个箱子，可每当她取开搭扣揭起箱盖时，我都会好奇地往里瞄，想探究奶奶的秘密，希望她能拿出个传家宝什么的。可每次只见几件新旧衣服和几双尖尖的鞋子，那都是我姥姥为她缝制的。姥姥小她二十岁，隔着一条巷子住，两人却像是隔着很长的岁月之河。姥姥大脚片子，上过扫盲班，会写自己的名字，还有一个秀气的小名任人呼唤。名字是人的符号，来到世上的每个人都有一个名字，一个在人群里和别人区分的符号。而我奶奶没有小名，更没有学名，她一生的称呼都是跟在别人的符号里。她在老家被人称呼“永新他娘”，来到伊犁被邻居们叫作“燕奶奶”。我奶奶身上有两个谜，一个是她的名字，另一个是她的小脚。我不只一次追问奶奶叫什么名字，她总是说那时候的姑娘是不上学不起名字的。直到十来岁，我还是不相信一个人怎么可以没有名字呢？我对奶奶名字的好奇和对她的小脚的好奇一样，始终觉得是个秘密。奶奶泡脚时我盯着那双形状奇特的小脚翻来覆去地琢磨，骨肉畸形得不可思议。问她裹脚疼不疼。她说疼啊，骨头都扭断了，疼得夜里睡觉都哭。我说疼为什么你妈妈还要给你裹呢？她说那时候女孩子都是裹脚的呢。我想奶奶的妈妈真是狠心啊。裹脚太残忍，不是个好事，我不明白不好的东西为什么还要盛行，不明白为什么盛行了还必须紧跟。

我常常猜想奶奶年轻时会是什么样子。当年那个没有名字的年轻姑娘，是否也同别的姑娘一样，有过一条乌黑的长辫子？爷爷娶她的时候，豆蔻年华的奶奶是否也曾迎风哼唱过一些低婉的歌谣？可是奶奶不会讲故事，也很少追忆往事，她不上街，不串门，对父母在饭桌上讲的事情只是安静地倾听，无论我们惊呼、愤怒还是喜笑颜开，她对任何事情既不抱怨也不评判。奶奶自来伊犁后，一直和我们一家生活在一起，每天操持家务，从没有和母亲有过口角之争。因为小脚的缘故，日子富裕了，她也没有机会见识外面繁华的街市。奶奶双手粗糙、眼神安详，穿着大襟褂子，终日围着长及脚踝的蓝布围裙，安安静静地坐在院子里摘青菜削洋芋。她没有自己的生活，她的日子是以儿孙为轴心的，她与外界的联系是通过我和弟弟描述的。晚上看电视的时候，眼睛里尽是茫然和惊奇。我记得风靡一时的《射雕英雄传》热播的时候，我们围坐在电视前看江湖好汉飞檐走壁。奶奶天真地说，那里面的人真自在，不上班也不种地，到处闲逛，想花钱了从袖子里一掏，就能摸出银子来……我们听完笑到肚子疼。此后，只要看到武打片，就能想起奶奶的幽默话语，对她的精彩点评忍俊不禁。

伊犁河谷粮食富足，家家养着牛羊，院子里果木成荫，蔬菜满园，奶奶已觉得非常满足。长年累月在两亩地的院墙之内打转转的奶奶无法想象外面的世界如何日新月异旋转变化，妇女的地位在二十世纪从服饰到思想都是多么巨大的飞跃。她的小脚像是古董，隐含着中国历史上女人所承受的苦痛，她就像一件有生命的遗物，悄无声息地存在，似乎从不知人心尚有算计，也不知三餐之外更有人世。

窗台上的瓷坛里塞着一个个纸包，全是奶奶收藏的辣椒、茄子、长豆角、黄瓜、南瓜等各样蔬菜种子。每年清明前后，天气转暖，燕子频频飞返于檐下，正是空气舒朗、和风如煦的春天。父亲翻好了地，奶奶就取出这些种子，用微温的水浸湿之后，放在灶台上催芽。奶奶蹒跚着一双小脚，走路也不快，随时要跌倒的样子，却总能稳稳地立住。她成天忙个不停，种菜养花，洗衣做饭，养猫养狗，还随时管教我们姐弟俩。譬如大人说话小孩不许插言，吃饭得左手掌心托住碗底，筷子不能插在饭里，长辈不上桌小孩不许动筷子……她一见我走路蹦跳，就说我没个走路的样子，像个活猴一样。她最见不得我们剩饭，碗底子剩下一口汤，也要叫回来喝干净。她还把亲戚来看她拎的饼干点心叫“高价粮”，惹得我们大笑不已。奶奶虽然给我们立规矩，却从不因任何事情责骂我们。在她眼里，成长是没有错误可言的。葡萄架下晚风吹来，她握着我和弟弟洗干净的小脚丫笑眯眯的，欣慰我们如同她所种下的黄瓜豆角一样，见风就长。在奶奶的精心呵护之下，我们姐弟也真如小动物般快活，在宁静的小天地里自由成长。

到我上高中的时候，奶奶都八十多了，我还是和她住一个屋。有一阵子我嫌学习辛苦，嘟嘟囔囔，牢骚满腹。有天睡前她在黑暗中说，你要好好念书，像你妈一样有文化，当个公家人，拿工资，想干啥都自在。那一刻，我意识到奶奶并不是吃饱穿暖了什么都不想，她羡慕姥姥坐马车逛巴扎（本地方言：集市），她也默认妈妈领着工资穿时兴的衣裳，还可以理直气壮地补贴娘家。她从心里渴望新社会妇女的生活，只不过，她从来都不说，一个连名字都没有的小脚耄耋老人，她的心事说给谁听呢，说了又有什么用呢？

我奶奶在一九九三年农历正月十八去世，享年八十六岁。她和我们全家过了最后一个元宵节，没经过病痛，也没有牵挂和遗言，没有任何征兆地睡在白雪纷扬的黑夜里再也没有醒来。她的一生以水泥墓碑上刻着“陈张氏”作为了终结。每年过年、清明，我们家族的人都去扫墓，我牵着女儿的手，即使什么也不想，就静静地站一会儿，眼泪也会止不住地往外流，堵都堵不住。

我奶奶去世整整二十年了，我遗憾她走得早，没有吃上我孝敬的“高价粮”，没有等到我出嫁，没有分享我做母亲的喜悦。我只是想让她看看，她亲手接生一手带大的孙女过上了她希望的那种自力更生、自给自足的生活。或许带着这样的遗憾吧，我经常梦见她，梦见我们家的老院子和菜园里碧绿的生机，甚至梦见奶奶睡过的床和屋角立着的扫帚。梁文道在一篇文章里这样写道：“无论我们去到哪里，我们住过的房子都跟着我们的身体走。我从一间屋搬到另一间屋，最早的那个家依然存在，轮回再生。”——真的是这样！不仅仅是屋子，还有屋子里的人！

记忆深处的家

我出生在一个距离伊宁市二十公里、叫“愉其翁”的回族乡。三十年前，住在愉其翁的大部分是维吾尔族和回族，汉族人只占相当少的一部分。因此，维吾尔语是这里的主打语言。所到之处，说的都是维语，只有在家里，家庭成员之间的对话，才讲母语。

印象最深的是十二三岁时有一回去姥姥家，新过门的小舅妈和她的姐姐不知为什么事情发生争执。先是用维语争得热火朝天，一会儿又改成山东方言，吵着吵着，又换成回族话。她们掌握语言的本领，让我目瞪口呆。那是迄今为止，我见识过的最有意思的吵架场面。

妈妈也在这里长大，说一口流利的维语。她的单位只有两三个汉族人，周围的邻居也是回族和维族，我们家混住在他们中间，吃着馕喝着奶茶啃着牛羊的骨头，快乐地过着平静的日子，一年又一年。

两亩地的院子里种满了果树、桃树、杏树，家家都有大大的葡萄架。维族人是不善于种菜的，院子里种的都是花——菩葵、乌斯曼、萱草、海娜、大丽花、丁香、石榴，院子里种得最多的就是玫瑰，大妈们也叫它刺玫花。长大以后，我对城里花店里娇弱的花向来是不屑一顾的，我家的院子一采就是一大把，还带着露珠，那些躺在冰柜里的花有什么稀罕的。直到现在，我都固执地一厢情愿地认为，维吾尔人的生活是最有诗意的，因为她们一生都和鲜花生活在一起，她们的女儿都是

“古丽”，都是花儿……

过节的时候，是不分民族的，邻居们互相串门，聚在一起吃肉。小孩子们在葡萄架下穿梭、尖叫、打闹。夏天，小女孩的眉毛被妈妈们涂上乌斯曼的草汁，像两条又黑又长的虫子粘在额头上。邻居姐姐用海娜花掺上明矾捣碎给我染红指甲，连手掌都染成红彤彤的。我每天坐在妈妈的自行车上，带着小画书跟着她上下班，孤独地在那个大院里的拖拉机上爬上爬下，或者在杏树下看着看着就睡着了。保管的儿子和我同龄，是个智障的孩子，不会说话，很乖，天天和我一起玩，从来不欺负我。我去了先找到他，把口袋里零食分给他吃。弟弟更小，是那些叔叔们逗乐的对象，他叫“诚诚”，让他们叫出来就是“虫虫”。不知谁嫌不顺口，干脆给起了个维族名字“伊明”。叫的人多了，原来的名字就没人叫了，他的小名就一直叫到现在。那时家家都好几个孩子，像我家两个小孩的家庭很少，经济条件要比邻居们好得多。我和弟弟穿得干净体面，小画书、零食也丰富，是很让伙伴们眼馋的。妈妈爱干净讲漂亮，弟弟调皮的时候，往菜地里钻，在西红柿地里冲妈妈喊，来抓我呀！他知道白净的妈妈绝不会为进去捉他而弄脏身上的衣衫。到弟弟找对象的年龄，凑在妈妈跟前问找什么样的，妈妈淡淡地说会做拉条子就行啦。

我和弟弟相继离开了家，外出求学，留在城里工作，结婚成家。爸爸妈妈依然住在那儿，院子绿树成荫，弟弟亲手种的杏树，年年果实累累。一畦玫瑰从春开到秋。逢年过节，邻居们陪着孤单的父母；我出嫁，阿姨们来送行；弟弟的儿子过满月，他们来看小伊明。我和弟弟的孩子都在老房子牙牙学语、姗姗学步，和一群小不点和泥巴。当年，我们也是和小不点的父母们一起跳绳、爬树、抓石子、荡秋千，玩耍着长大的。

孩子上学了，爸妈给我们带孩子，跟着儿女的节奏走，老屋还在那儿，邻居给照应着。他们成了流动的家，在不同的省市，在我和弟弟之间游移。他们在楼房里，像两个哑巴，失去欢笑，如两棵枯萎的树。我知道，他们没有一天不挂牵老房子，也挂牵那里的乡音，他们的苦乐年华都在那里定格。为了儿女，为了成全我们自私的孝心，他们却连根拔起……

父母常去和乡亲们欢聚，去回首往昔，那是他们久违的欢乐。时间一路奔流，我和父母的话题也越来越多，我们不出家门，有一个共同的地方随时可去，那个地方叫——回忆。

听理想说话的树

沿着218国道，从伊宁市到愉其翁乡大约二十公里。公路两边是高大的白杨和粗壮的榆树，每次经过这里，我都会看着一排排齐整的树木会心一笑，如同相会童年的伙伴。

公路两边的树，大部分是我上学的时候由乡里、学校组织群众和学生栽种的。从小学五年级到高中毕业，连续种了七年。这一路的白杨、榆树贯穿了我整个学生时代。每每想起我们像一群小鸟扑进树林的情景，都禁不住心潮涌动。

我记得是八十年代，每当春季，乡里都会动员所有的单位和学校植树造林。五年级的时候，第一次去植树，同学们都很兴奋。那是多么欢愉的三天呀，碧蓝的天空，丝丝团团的白云，天气和心情一样明朗。清晨，浩浩荡荡的学生队伍骑着自行车，大杠上绑着铁锹，书包里装着馕和鸡蛋，斜挎着水壶，合唱着《在希望的田野上》，奔向林带责任区。林带约有十米宽，长度沿着公路延伸，看不到首尾。渠水依着农田哗哗流淌，青翠的麦苗正在拔节，嫩黄的蒲公英花铺满了田埂，桑树油绿的小叶子伸展在春风里。

我们都是农民的孩子，根本用不着老师教怎么挖坑、怎么栽种。三人一组，男女搭配，干活不累，大家抡起铁锹有模有样地干起来了。休息时间，大家围坐一圈，老师让每个同学说说自己的理想。农村孩子的见识少得可怜，理想也就局限在视野所见的范围内。我想全中国的学生几乎都写过《我的理想》这样的作文吧。我懵懂的心里其实并不真正明白“理想”的含义，只是觉得离长大太遥远了，说理想是不是太早了，却不敢对老师说出自己的疑惑。尤其对着四十多个同学说出来，这和写作文是不一样的。作文里的理想只有语文老师可以看到，在人群里大声宣布还是有些害羞的。我喜欢看小人书，我的理想是画连环画，我在作文里也是这么写的。即使没有学画画的条件，我只不过是在废纸上涂涂抹抹，但是却感觉无比神圣，坚信自己画的小人书一定会出现在新华书店最明显的位置。

同学们以玩“丢手绢”的游戏方式，被捉住的同学站在圆圈中间，大声宣布自己的理想。男生声音洪亮，表情也很自豪，有说理想是当拖拉机手的，有说要当生产队长的，有说要当解放军的，有说要当民兵连长的，更有豪情万丈要学开飞机的……女生有些扭捏，微红着脸，不敢直视老师的眼睛，声音也如小猫般娇柔。女生的理想当然要比男生好听得多，大多是老师、医生、护士，居然还有一个女生的理想是当妈妈，引来大家的哄笑……去植树的路越走越远，白杨树年年在增多，理想也随着年级变化。等我上初二的时候，我的理想已经变成记者了。高一的时候，又觉得图书管理员是最好的职业，不用花钱还有那么多书想怎么看就怎么看。

高三那年春天，即将面临高考，那是最后一次植树了。那些听着理想长大的树，伴随着我们成长，已经能为我们遮荫纳凉了。因为中考的原因，从小学一起上来的同学已经换了一半了，高中的同学来自四邻八乡，显然，我们已经到了“为赋新词强说愁”的年龄。乡村中学考上大学的概率简直低得只能以个位数来表示。我们对于所谓的理想，也知道实现的可能性有多么渺茫，尤其当老师在课堂上说，同学们，你们的前途是光明的，但是要靠你们的努力……感觉无非是老师善意的安慰而已。那时候高考实行预考制，预考过后，高三年级三分之二的同学将会在校园消失，回到农村广阔天地大有作为去。面临着一个月以后的别离，大家的伤感不言而喻。班主任景老师没有让大家说理想，而是改成了唱歌，一首接一首，唱到《小草》时，女生开始哽咽，全班同学都围着老师哭了。

光阴荏苒，被迫谈理想的岁月已经过去了两个十年，不谈理想的日子在光阴里流转，我们这群孩子，迎来了结结实实的中年。

今年五月，高中毕业二十年同学聚会，令人惊喜的是全班四十六名同学到了三十六人，还有从奎屯、乌鲁木齐赶回来的。景老师头发花白，牙齿脱落，却零差错地叫出了每个学生的名字。女生相互拥抱，男生们自信潇洒。再看我们这群同学，不得不承认社会是个多么神奇的魔术师呀，让我们见识了什么叫传说中的面目全非。想学开飞机的成了养牛大户，被一只死老鼠吓哭的文弱男生成了警察，坐在我后边天天看武侠小说的成了政府秘书，想当老师的开着药店，最调皮捣蛋险些被学校开除的经营木材加工厂，成了同学中最有钱的老板，一门心思要当局长的辞职成了书商，要当生产队长的成了兽医，经常抄我作业的同桌成了出租车司机……我是既没成为画家也没当上记者，成了机关单位蝼蚁般忙碌的小职员，工作之余写点豆腐块文章安抚疲惫的心灵。农村的孩子起点低，大部分同学在农村务农或经商，自力更生，日子过得都不错。大家感慨除了极少数人按照既定方针实现了理想，大多数都找不到年少时理想的跑道了，只有那个把当妈妈置为理想的女同学真是高瞻远瞩呀，不但实现了自己当年的理想，我们所有人前赴后继、无一例外地成了孩子的爹妈。

那些听我们高谈理想的树啊，和我们一起经受风吹雨打，度过春夏秋冬，成为国道上逶迤绵长的绿色长城，成为田野里的一道风景。如今回头看看，多亏老师们用心良苦，在春天里给我们留下了纯真美好的纪念，使“理想”这个词成为我们永远难忘的青春印记。那时候我们顽皮潦草，也许并不太真诚地对着阳光、对着老师、对着栽下的小树苗说出的远大抱负是那么的幼稚，但是美好的向往就像星空下飞来飞去的萤火虫，引着我们不停地追逐希望之光，这才迎来了饱满明亮的现在——我们每个人，都是一棵扎根在伊犁大地上的白杨！

我常想起那些树，根须盘踞在我的生命里，时间无法将它连根拔起。每当回忆的云彩不经意地飘过，仿佛一场场春雨轻盈地扑面而来，把心浇得湿淋淋的。还有那些无从联系的同学，就像路边的白杨，生活在我寂寞的想念里，悄无声息。

伊犁河谷春天的舞蹈

野果林的华尔兹

到达新源野果林的时候，刚下过雨。整个山谷刚洗完澡，出浴的美女总是另有一番妖娆，美得惊心动魄。

新源野苹果保护区位于那拉提山北坡科克萨依，海拔约一千六百米，以野苹果为主形成了我国著名的天山原始落叶阔叶野果林区，属濒临灭绝的珍贵稀有种质资源。伊犁野生苹果也叫塞威氏野苹果，是古地中海区温带落叶林的残遗植物，一般五月开花，八九月成熟。

青草、松柏、花香、泥土都被雨水浸润过，空气湿漉漉的。这一刻，如同走进由无边无际的花树组成的迷宫，人在仙境，如同淹没在花树的海洋，无法不渴望沉醉。

这就是所谓的花海吧。有人告诉我，符合花海的定义需要两个条件，首先面积要足够大，大得让你瞠目结舌，忘记一切计量单位。这大山里有几百亩或是上千亩野苹果吗？行走在果树林中，一会儿跌入谷底，一会儿又被抛上浪尖，随着山峦起伏，野苹果树就在山坡上、沟底下汹涌激荡。如同在花朵的海面上随波逐流。花海的次要条件是色彩纯净。满山遍野的野苹果树，全部都是孪生姐妹，这是野苹果的地盘，没有别的杂树能够扎根其中。一树树白色的花，点缀着星星点点的粉红花蕾，花蕊上的雨滴，如同少女睫毛上的泪珠，惹人爱怜。绿叶被花朵隐藏起来，只是为了映衬繁花怒放的狂野。

一阵清风吹过，吹落花瓣如云似雾，随着风的方向，雨点一样飘飘洒洒。闭上眼睛，花瓣掠过脸庞，带着雨滴的凉意。

置身于没有边界的野果林里，被盛开的花树一层层包围着，你无法不陷入其中，忘了自己是谁。

地上是厚厚一层白色的花瓣地毯，脚踩上去的那一刻，真是不忍心，尽量让脚步轻一点、再轻一点。“落红满路无人惜，踏作花泥透脚香”。落英终将化作春泥，把真挚的爱献给故土。而我将把花香带到文字里，带到回忆里。

塞威氏苹果在世界苹果栽培史上曾发挥过重要作用，是某些栽培类型的直系祖先，许多古老的苹果品种均由塞威士苹果选育而成。它对于揭示亚洲中部荒漠地区山地阔叶林的起源、植物区系变迁等有一定的科学价值。近年来，由于人为活动的干扰和虫害的危害，新疆野苹果自然种群数量和分布面积日益减少，目前总面积仅有十五万亩，已处于濒危和灭绝的边缘。

春天的尾音里，数以万计的野苹果树在寂寞的山谷里奉献一场盛大的华尔兹舞会，舞出春天的盛宴，让我们领略了天山野生植物舞动的优雅与浩瀚。希望通过各种保护措施，这片山林，连同野苹果林里的所有生灵，为蓝天、雪山永远蝶舞翩跹。

库尔德宁的桑巴

沿着吉尔格郎河驶向库尔德宁，高耸入云的喀巴班依峰在阳光下闪耀着银色的光芒。

行驶在山道上，不必急着赶路，慢慢欣赏沿途的风景。

山水相映，沟岭交错，毡房点点，车子不时被羊群阻止，牧人和善地微笑，鞭子拨动着领头羊的耳朵。追逐水草而居的游牧民族，总是向着草盛水美的地方迁徙。

库尔德宁景区是国家级雪岭云杉自然保护区，总面积三百一十二平方公里，森林、草原、雪山、溪流、峡谷、瀑布构成了库尔德宁壮美的北国风情画卷。

库尔德宁被动植物学家誉为"生物物种资源的天然基因库"，森林草原植被系统、生物状态环境是天山山脉保存最完好的区域。这里还是雪岭云杉的原生地，雪岭云杉已成为代表伊犁哈萨克自治州形象的州树。2005年，伊犁哈萨克自治州第一部电影、也是全国第一部反映伊犁自然风光和哈萨克民族浓郁风情的音乐电影《我的家在伊犁》就是在这里拍摄的。

女儿第一次见到如此壮阔的草原，兴奋得难以自抑，对着松涛尖叫，在山坡上打滚，野花就在她的身下压扁了又瞬间顽强地抬起头来。

满山遍野的野花，仰着黄灿灿、紫盈盈的笑脸，肆无忌惮地向着太阳盛开。如果形容库尔德宁的野花在春光里舞蹈的话，那就是热情的桑巴舞了。桑巴舞有这样的说法，拉美人不分男女老幼，平时跳，节假日更跳；在舞台上跳，在大街上也跳；白天跳，通宵达旦地跳。每当激越的音乐声起，人们总是激情难抑，如醉如痴，欲休难止。

谁能说清楚库尔德宁山坡上的野花开了多少年？就像有人问我伊犁大地上盘根错节交融的中亚民俗文化有多少种一样玄妙而难以解答。这又有什么关系呢，不知道就不知道吧。这丝毫不影响我对雪山、对草原的热爱，扑倒在洋溢起舞的野花毯中的那一刻，我就被幸福击中眩晕着，像年少时突如其来的暗恋，喜欢上一个人来不及和谁商量。

每当春天降临到库尔德宁，沉寂的山谷抖落积雪，化作潺潺溪流滋润着植被的根茎。草原与森林交织，草甸与林灌相间，林灌之下，草莓、马林、野芹菜、野蒜、野葱……迎着春雨欣欣然伸展。各色野花伸出腰肢，舞起强劲的桑巴。如果说新源野果林如同优雅孤傲的宫廷华尔兹，那么，我可爱的库尔德宁山坡上的野花就是来者不拒的街头桑巴狂欢，跳得畅酣淋漓，蔓延着世俗的热闹，充满了尘世的烟火气息。

有一首歌唱道："花开的地方，就有希望在生长。"哈萨克人号称"马背上的民族"，花草旺盛、猎鹰飞翔的地方，就是他们的家园。生命在深峡与阔谷里生长，当然，甜蜜的爱情也在生长，和库尔德宁的野花一样，一季又一季，生生不息。

恰普其海的芭蕾

亲眼见到恰普其海的芳姿之前，我只在别人的照片里见过一片碧蓝的海。新疆是距离大海最远的陆地，把湖叫作海，或许是没有见过真正大海的古人起了个头，这种叫法有一种宗教般的虔诚。

恰普其海是特克斯县境内的一个湖，是特克斯的高山明珠。特克斯河是伊犁河的主源，河水灌溉着两岸千顷良田，使伊犁河谷成为新疆富饶的粮仓。

昭苏盆地的阿腾套山和库都尔山地丘陵把特克斯河流分为东西两段，东段河道狭窄，水势湍急，尤其是恰普其海和中游支流阔克苏河，河水咆哮奔腾，汹涌澎湃，落差三四百米，水能利用条件优越。恰普其海峡谷更是伊犁河流域大型综合水利水电工程的理想选址。

五月的第二个清晨，我看到恰普其海的第一眼，眼睛充满了蓝宝石一样的湖水，湖水化作一层薄雾，打湿了春天的心跳。

站在岸边，世界是静止的——静止的湖水，静止的蓝，水鸟静静地悬浮在湖面，静得没有一丝涟漪。恰普其海啊，就像少女的脸庞，闪着青春的光彩，圣洁的湖水，舞动的是一场没有观众鼓掌的芭蕾。

春暖花开的时节，站在面朝大海的地方，是一种无言的幸福。湖水是蓝色的，背靠着高山，野花开得正欢。麦田里的青苗，生长着节节希望。

我的身边有两个女孩，一个十七岁，正在为即将到来的高考游弋书海；一个十岁，正像麦苗一样茁壮成长。就像我无法向她们表述我的青春一样，我也看不到她们将来青春的颜色。美国母亲安妮·斯通在《致世界的一封信》中说："让他看见天空中的飞鸟，日光里的蜜蜂，青山上的繁花，静思其亘古流传之奥秘。"恰普其海不就是这样的地方吗？作为母亲，我们可以带孩子来亲近自然，却无法包办她的未来。她们的青春注定比我们这一代的青春更神秘。

"没有谁的青春是容易的"，这是白岩松的肺腑之言。我曾经对着纸上这句话凝视了很久。青春或许就是一个人的芭蕾，可以没有掌声，但是绝对不能没有火花。那心无旁骛追求理想的情怀，那义无反顾奔赴爱情的决然，那无怨无悔情意相牵的灿烂，在人的一生里只有青春时期拥有，离开这个纯洁而明亮的阶段，同行者会越来越少。犹如我们的行程，从野苹果花的华尔兹到库尔德宁野花的热情桑巴，来到恰普其海的时候，随着那一汪碧水，幻化为孤独的芭蕾。这是一段旅程，也是人生的观照。生命的过程注定是由激越到安详，由绚烂归为平静。

柔软的阳光打在脸上，像一句句情话细腻温绵直抵心田。在静谧和暖阳里我为什么想流泪？站在恰甫其海岸边生长着希望的麦田里，我不能不想起自己青春里不可或缺的诗人海子和他的《五月的麦田》。心里充满着苍凉——一个如此热爱麦子的农家孩子，他那特立独行的流浪艺术气质决定了他的命运走向。假如当年海子来到新疆的伊犁，或许他的命运就会在恰普其海的麦田里拐个弯吧。

在时光长廊里，既没有或许，更不会有假如，生命是一艘离岸的船，没有返程的船票。

“从明天起，做一个幸福的人 / 喂马，劈柴，周游世界 / 从明天起，关心粮食和蔬菜。”这是海子心目中的理想世界，这个世界单纯而美丽，浩淼而开阔。在这个尘俗的世界上，在海子的心目中，还有一个类似家园的世界，散发着“麦子”的芬芳。

这样的理想家园，就在恰普其海。我替海子看到了，如果有可能，我愿意在春天替他种一颗麦子。

恰普其海的芭蕾，将在我的心里化作一只天鹅，在未来的岁月里优雅起舞。

美味野草是椒蒿

第一次吃到椒蒿，是十几年前在察布查尔县的锡伯人家做客，其中一道鱼的味道很特别，既有野草的清香，又有中药的滋味。“这鱼是怎么做的？”我问招待我的朋友，她指着盘中绿中泛黄的碎叶说：“这是布尔哈雪克，学名叫椒篙，咱们伊犁河边、山坡上到处都有的一种野草，五月叶子最嫩的时候采回来晾干了，炖鱼的时候放一把，这是我们锡伯族做鱼的秘方”。河边的野草居然也能做出如此的美味，我甚是好奇，从此记住了这种叶子细长名叫椒蒿的野草。

后来有一个春天，和朋友们相约爬白石峰。半山腰上歇息时，一个朋友抚着一丛茂盛野草对我说：“看，这就是椒蒿，现在正是采椒篙的时候，过了五月就长老了，就成了牛羊的食物了。”我连忙采摘了一大把嫩叶，还觉得不够，索性采了半袋子。回家后到处打听椒篙的吃法，真是不问不知道，一问真奇妙呀。椒蒿的吃法还真不少呢。椒蒿和韭菜、羊肉炒着吃，是拌面的绝配；炒大盘鸡的时候，放些椒蒿可以提味；炖鱼的时候，加些椒蒿去腥；和洋芋丝素炒是另一种风味，最简单的做法，是用开水过一下，凉拌着吃，很是爽口。

椒蒿是多年生的草本植物，生于草原、亚高山草甸。我国东北、华北、西北等地均有分布，同时也是一种味美的野菜，有祛风散寒、润肺止咳的功效。在伊犁，有山有水的地方就有椒篙。五月初是椒篙最嫩的时候，山沟里，河道边，野地里，就会看到一些油绿色的小草，类似刚抽芽的柳叶，叶子细长，枝条浓绿，用手掐下那嫩绿的茎叶就可以食用了。

我做了椒篙鱼、凉拌椒篙给家人品尝，把采摘的椒篙送给朋友，又把剩下的椒篙放在阴凉处晾干，装在布袋子里收起来，冬天用开水一泡，就可以吃了。锡伯族、蒙古族主妇们把鲜椒蒿腌制成咸菜，装在坛子里，冬天就可以享用了。

在伊犁河谷，一种混杂的文化气息在土地上弥漫。每一种文化都有内在的灵魂，如同一种具有灵魂的植物，在一片地域深处散发独特而醇厚的芬芳。椒蒿安静地生长在荒坡与河滩的时候，人们不知道它意味着什么。直到锡伯人发现了它，使它成为一个具有民族象征意味的植物。因为经常捕鱼，锡伯族人形成了用河水炖鲜鱼的野餐习俗。在锡伯作家谢善智的作品中，数次出现锡伯人在河岸边现场煮鱼的场景：先在空地上挖一眼灶，安上锅，将打上来的鱼开膛洗尽，舀来河水倒入锅内，再放入采来的嫩绿的鱼香草以及辣椒面和盐，然后点燃柴禾，开始清炖鲜鱼……鱼香草？谢老自己也在《源泉》一文里开心地写道："我创作了《鱼趣》《伊犁河猎鱼》《伊犁河渔火》《钓鱼别趣》系列散文，在文中将"布尔哈雪克"戏称"鱼香草"，如今已被人们认可，颇有知名度，它的本名"椒蒿"反倒不为人知。"

不光伊犁的锡伯人爱吃椒蒿，吃惯了椒篙味道的汉族人也赞不绝口，难以忘怀。前几年我去青岛，问远嫁到那里的好友想带什么东西过去的时候，她干脆利索地回答："别的什么都不带，就带椒蒿吧！我太想吃椒篙鱼了。"我常年在内地工作的弟弟只要回来探亲，一进门就会给妈妈嚷嚷："拌面、拌面，韭菜、辣皮子炒肉，里面加点椒蒿。"

逛超市的时候，在调味品专柜，看到了真空包装的腌制椒篙，掂起一包看看，微微一笑，想到外地的友人们，他们可以吃到家乡的味道，一解思乡之苦了吧。

伊犁味道

秋天，有朋自远方来。新疆人是出了名的热情好客，我也不例外，首先关照的就是吃了。

朋友知道真正的新疆味道不在酒楼里，民间代代相传的美食就埋藏在那些随处可见的小馆子里，在那些脆爽泼辣的老板娘手里。于是，我们走街串巷，寻各色吃食，用眼睛，用舌头体会伊犁的风俗民情。

这几位南方人见到街头巷尾的馕坑就跑上前去。风靡全国的《舌尖上的中国》第一季在新疆只去了著名的南疆重镇库车，于是，库车的馕像车轮一样顺着屏幕滚进了人们的视线里。馕是新疆人的主食，不算是小吃，那闻名天下的馕其实在哪一个小巷子的摊子都好吃，南北疆大抵相似。

伊犁味道是什么味儿？孜然味？皮牙子味？羊肉味？瓜果味？我说不出来。我们从汉人街逛到解放路，从伊宁边境经济合作区窜到巴彦岱镇，远一点还去了霍城县和伊宁县。最让他们震惊的是在察布查尔锡伯自治县的一户农家，利索的农妇在菜园扯了几样小菜，拿出一条鱼，三两下炒了一桌菜，好吃得不得了。在我家的小院里喝过奶茶，吃过抓饭以后，这些来自南方的朋友深刻地总结："在伊犁炒不得一手好菜，是没办法当主妇的。"

还真是这样，伊犁人衡量一个女人贤良的标准就是茶饭功夫——能不能在突然而至的客人坐定时迅速整出一桌家常菜是女人的本事，男人的面子。那些家常菜倒真是家常，永远是皮辣红，拌三丝，土豆丝，大盘鸡，清炖羊肉，拉条子……很普通的蔬菜，被伊犁女人配上辣椒大蒜猛火一烹，即时成了鲜辣的家常菜，这也许就是舌尖上伊犁的味道吧。

我们伊犁人就是这样，虽然是小门小户，却依然要尽力过出热闹鲜润的感觉，不像南方人那样追求美和雅，却是扎实的、筋道的，就像大盘鸡里的“皮带面”。那更像是伊犁人的生活真谛——人生很难，过日子不容易，一定要柔软且坚韧。有了伊犁女人端出的一碗碗热辣辣的饭菜，再难的日子也都能过得有滋有味，锅台上飘出的伊犁味道就是西域的民间盛宴。

我的田野

我的田野丰美而孤独。

我的田野长满庄稼，开着野花，旷野深处栖息着红柳和狐狸，深山里飘着牧人的炊烟，它没有在唐诗宋词里留下脚印，也没有才子佳人的戏文传说。

我总是幻想田野的诞生是一部穿越剧。一个阳光初照的早晨，在果子沟山口，衣袂飘飘的神仙姐姐站在山崖上抖开了一匹丝绸，就那么哗啦一下子，丝绸沾着野苹果的花粉，顺着清风徐徐疏散，落在西天山脚下，那铺陈开来的涂满了绿色和花香的丝绸，高贵而精美的花纹中绣满了关于西域草原文化的神秘。

伊犁河谷褶皱重重的裙裾围裹着万顷良田，草原葳蕤，森林茂密，散发着绸缎幽暗的光泽，折射出一种幽深的宁静和明朗的妩媚，使田野散发着不可抗拒的温暖自由以及瓜果的甜蜜与沉醉。更让人神奇的是薰衣草紫色的梦幻和水域里优雅的天鹅，在粗陋的田野上空飘荡着一丝公主的气息。我常常迷失于这样的气息中，至今都没有找到自己满意的表达方式来描述我的田野。它太深远，我在它的身躯上游走，甚至吃尽头苦头走到了木扎尔特雪峰下也没有看清楚它真正的面目。我曾经在特克斯河上游一处河滩上捡到一块化石，贝壳的纹路清晰可见。我的田野曾经是海，有多少沧海桑田沉淀在地层深处，又有多少金戈铁马随着古老的城池消失于历史的尘烟。我抚摩过山涧沟壑里神秘的岩画，端详过牧民毡房里古老的铁器，倾听过回荡在草原上阿肯的歌声。可是，我依然词不达意，满心的愧疚，无论我怎么努力，我浅薄的文字总是摸不到田野的脉搏。

太阳的线条愉悦地穿过淡泊徜徉的云彩而显得特别透亮，像锡伯人射出的箭，以极快的速度倾泻而下，然后踏踏实实地抚摩到人们的背脊、胳膊、脸蛋上，幸福而温暖。当白天褪去夜晚来临的时候，寂静的夜空下，阳光蓬松温暖的味道依然溢满在田野的呼吸里。每一个地方的阳光是不一样的，蕴含的情感也是不一样的，于是孕育的一切都是不一样的。在阳光的线条延伸得很长很长的伊犁，夏天总是很长，白天总是很长，粮食的穗子很长，瓜果成熟的时节也很长，姑娘的辫子很长，老人的胡子很长，日子里的欢喜与忧伤也很长很长。如果说地域可以改变或影响一个地方民众的性格，那么谁又在改变地域呢？在阳光的引导下，走进我的田野，一切色调、情节、声音都源自大地深层，蕴含着人间词话和地老天荒。

黄昏的田野是如此广阔娴静，所有的植物都拼命丰盈着果实，争分夺秒地生长成熟繁衍生命，然后毫无怨言地迎接冰霜和雪花的到来。落日给道路两侧的白杨林镀上了一层金辉，又透过伸展的枝条，摇曳地飘洒到汩汩流淌的水面上。牛羊笨拙起劲地摇摆着肚腹和肥臀，蹚起团团尘雾。庄稼在干爽的秋风里婆娑着丰收的喜悦。无边的田野无边的宽容，在大地的吐纳中，一切生命都在升腾和降落、旋转和安歇，生活的蜜汁就这样从田野纵横交错的血管里源源不绝地流淌出来。

草原空旷无际，柔韧的五花草甸与大地血肉相连。草原石人在原野里守望，那是古代游牧民族对未来的祈望吗？是谁把语言刻在石头上，那些文字至今无人诠释，读不出方向，更读不出时光。田野累了，它要在积雪里沉睡一个漫长的冬天。在它睡着之前，牧人唱着歌，马蹄疾走在转场的山路上，妈妈搂着年幼的叶尔波里骑在马背上，叶尔波里问妈妈，我们为什么老是这样搬来搬去？妈妈说，假如我们固定在一处，大地母亲就会疼痛，我们不停地搬迁就好比血液在流动，大地母亲就会觉得舒服。就像你给妈妈上下捶背，妈妈就会很舒服一样啊。这个世界上有多少人在唱歌，可是有多少人能够真正把歌唱成没有粉饰雕琢的本真性情呢？这个世界上有多少人在研究草原的生态和文化，谁又能像这些世居民族的后裔们一样，世代守护着草原，守护着他们风滚草一样的命运呢？远古的人们逝去了，干涸的河床裸露在荒原里，或许对于守望苍穹的牧羊人来说，原野上散落的石头就是他沉默的羊群。

光亮湛蓝的碧空，薄薄的云在流浪，高山的雪冠洁白炫目。西天山仿佛就是上天馈赠给伊犁大地的儿子，威武地蹲坐在田野上，浑身上下散发着灵锐和勇敢的气势。五月的微风里，站在喀巴班依峰半山腰上眺望，群山温和流畅的曲线，厚实而饱满的身姿，绿色的草毯泛着生命的嫩泽。在那拉提的另一条山谷里，怒放的野苹果花像浪涌一样冲向天边，向着天边蔓延的还有一场红色的燃烧，野罂粟那强烈的气势把一切生命都点燃沸腾了起来，热辣辣地拥抱了整个春天。

伊犁河时而激流汹涌，时而柔情脉脉，一条河也有它自己的脾气，一路向西，永不回头。我的先辈是以一种什么样的方式和信念，从辽阔的长江来到了更遥远的伊犁河，他在寒风露宿的路途上怀揣着怎样的一个愿景，我都不得而知，如同伊犁河执拗的水流，我查得到长度却无法得知它的深度。谁也无法预知命运的安排，我的先辈就像原野上的那一团飞蓬，在风沙里翻滚，直到被田野里歪斜的沙枣树挂住了褴褛的衣裳，才停驻在这条河的右岸，筑起了一处小小的家园，有了我这样一粒在西域的风中奔跑的沙。我在田野的怀抱里生息，无论我怎么爱它，怎么恨它，怎么远离它，怎么思念它，从我出生的那一刻就已经注定了离不开它的宿命——无论是我的童年，我的爱情，我的一辈子，还是母亲的青春，外婆的回忆和先辈们字迹斑驳的墓碑。

阿吾赞的秋天

金秋十月，我带着女儿走进阿吾赞沟。

阿吾赞沟位于伊宁县卡拉亚尕奇乡北部山区，属山区小气候，地形开阔，山石奇特，是山岳型自然风景区。进入沟口，山沟越来越深，进山的路越来越窄，不时有泥石流冲垮路面的痕迹。

一条河从山谷蜿蜒而下，我们顺着溪流逆流而上，有水的旅途自然滋养心情。清清浅浅的溪水浸润着铺满溪底的石头，漾出灵动的波纹，清凉的空气涤荡过的身体敏捷如鹿，蹦蹦跳跳扑向幽深的河滩。背阴的山涧绿意盎然，岩石上占据着湿润的青苔，婴儿脸蛋般柔嫩，心也跟着柔软下来。

深秋的山林，离开水的滋润，又是另一种景致。一步步迈向山冈，脚下的草是枯黄的，即使是枯黄的草，也被牛羊啃得所剩无几。上山的路是一条窄道，尽是碎石和裸露的黄土，漫山遍野的大蓟完全干枯，枝干像标本一样立着。在这里，草是夏天的主人，树木是秋天的主人。虚浮的黄土不时跟着脚步扬起尘土，山谷寂静，静得没有鸟儿飞过。我们也很安静，似乎配合着山谷寂寞的呼吸，不去打扰栖息的生灵。空气中飘浮着枯草、阳光、松木、牛粪、皮毛、河流、黄土、枝叶混合的味道，这是田野的味道，田野里秋天的味道。

群山深处，人在山间牧道上穿行。笔直的云杉林、婀娜的野杏树、崖壁上灌木枝头缀满的鲜红浆果……都是山谷的孩子，依偎山谷开花结果，如同我们在城市里为温饱、为前程奔波，没有选择。

天空湛蓝，竟然没有一丝云彩，是那种蛮横无理的、无边无际的碧蓝。

到了山顶，跃然置身于金灿灿的山野，有些难以置信的恍惚——平畴深谷，远山含烟，近林着色。翠绿的云杉与金黄的白桦层次起伏，野果林绛红中点缀着金黄。白桦林炫目的金色枝叶映衬在湛蓝的背景中，一幅幅油画展现在我们眼前。一阵风吹过，密密匝匝的叶片翻飞着飘向山谷，上演着一场场金碧辉煌的盛宴。

在这片山坡上，我们稍做休整，开始吃午餐，补充能量。细碎的阳光透过罅隙洒下来。“妈妈，你闭上眼睛，感受风、感受太阳，好舒服呀！”女儿在旁边大声对我说。她闭着眼睛，感受风从耳畔轻柔抚过的快感，红润的小脸沁着密密的汗珠，享受着和煦的阳光。她那稚嫩的脸花朵般明媚，欣喜着眼前的美景，心如蓝天澄净。我带她远离喧嚣的闹市，受着累，不就是为寻找内心的纯净而来吗？

山峦起伏，我们必须翻越相连的那座山，再蹚过一条河才能到达终点。尽管我累得浑身发软，似乎一步也迈不动了，却已经把出发时的胆怯丢给了山谷，被秋风带走了。走着走着，我问自己，我为什么一定要追求一个终点呢，这么好的风景，我为什么不慢慢欣赏呢？

每个人都想追求一个圆满的终点。很多的时候，终点只是一个虚幻的想象，诱惑着人们拼命地往前赶路，而忽略了行走的风景。生活真正乐趣就在于活在当下，享受当下，在于追求终点的过程，甚至在于开在路边的一朵小花、在于一抹鼓励的微笑。我们身边有多少人，为了眺望远方的玫瑰而忽略了脚下的草地。余秋雨在《借我一生》里写道：“山是需要慢慢寻访、静静对话的。”对此，我越来越深有同感。这两年，一有闲暇我就带着孩子去城市周边爬山，对家乡的群山产生了深深的依恋，我目睹了山际的日出和晚霞，也在领悟生命的真谛。生命是一列火车，我每天都在旅程中，只要我走在路上，终点随时倏然而至。只要我愿意，眼前满目的秋色就是我的终点。远处，连绵横亘的高山肃穆圣洁，银辉闪闪，那里是不是孕育着雪莲花呢？陡峭的山崖上，一群山羊在慢悠悠地啃草。山坡的另一端，有一座孤零零的木房子，没有人烟，没有牛羊，牧人已经完成了今年的使命，赶着羊群下山了。

明年山坡上钻出小草的时候，这里会飘起炊烟，一个挤牛奶的哈萨克族女人烧好奶茶等着她的男人赶着羊群走向暮色笼罩的木屋……

在那拉提深处

我一直以为，伊犁的冬天，就是我生命历程里的四十个冬天那样，雪花盛大而繁密地从天幕落下来，几天几夜不停歇。太阳一出来，天空碧蓝，空气清冽，世界如此明亮。而风雪中的那拉提，是一个洁净而原始，冰冷而热烈的冬天——

大风

我是被风声叫醒的，天大亮了，也没有停下来的意思。置身于户外，风就像吹着口哨的匕首顿时划过我的体肤。我特别讨厌刮风，阴霾的灰色的天空里，大风吹得脸庞发麻，睁不开眼。如果是一个人走在路上，风会把伤心都吹出来，人就愈发难过。即使身边有一个人，想向他倾诉，也被大风割裂了话语说不出口，走着走着就散了。

走在没过膝盖的雪里被吹得东倒西歪，山区的风与城市的风是有区别的。山风太野，呼啸凌厉，不但吹出我的伤心，还将我生命里经历的那些与大风有关的往事都吹出来。有一年冬天我姥爷从山里回来，给全家人说“扬风搅雪”什么的，一边说还一边比画。我那时想象不出怎样恶劣的天气才配得上如此形容，觉得姥爷说话太夸张了。就在我一边走一边不时要背过身去躲避被风扬起扑面而来的白色雪粒时，我忽然记起这个情节，甚至记得当时自己鄙夷的表情。那些年的冬天，姥爷劳动回来，穿着光板羊皮袄，头戴皮帽脚蹬毡筒，眉毛胡须上结着白白的霜，嘴里哈出一股股雾气，站在屋檐下跺掉毡桶上的雪才进屋。三十年后，我在那拉提的山谷，与姥爷“扬风搅雪”的冬天不期而遇。夸张的不是他，而无知的却是我。我不得不承认，我们的人生里，没有一次旅行会是虚度，没有一段路程会没有意义。哪怕所谓的意义只是纠正一个孩子幼稚的认识。

我站在嘶吼的风中，脚踩大地，仰望天空，悲欢被大风吹散。眼前的群山是一个亘古不变的世界，我如此渺小，伸出双臂怀抱的是搂不住的风，搂不住的还有随风流逝的岁月。

童话

“我们是夏天的恋人 / 而冬天是一个童话。”山坳里，一排低矮木屋被雪包装得像童话小屋，尽管烟囱中没有像宫崎骏的动画片里那样斜斜地冒着炊烟，我还是惊喜地跑上前去，想把诗句写在雪地上。

冬天抵达那拉提，山脉改变了曲线，草原陷入了沉睡。该留下的依然显露，要显露的也并未遮掩——巩乃斯河水还在奔流，闪着蓝莹莹的光，红柳在白色山谷和苍翠雪松的背景下妩媚得仿若春日的新娘。金灿灿的阳光透过霜林，沐浴出新的红日，云便现出五彩，而雪野现之微笑，这就是北方原野雪波林的壮观。那拉提的冬天就是一个童话，想在童话里谈恋爱，那就来吧！如果你们是夏天的恋人，翻过白雪如城墙的山岭还没有被大风吹散，那么，你就对她宣告：“我们结婚吧！”

舞者

“哈茵赛”哈萨克自然村蜗居在白茫茫的深山里，山道上车辙深重，人烟稀少。天然的滑雪场是另一个雪国，零下十七八度的严寒里，八级大风的凛冽里，除了傲视风雪正在滑雪的人以外，居然还有一群哈萨克姑娘小伙子们在跳舞。姑娘们穿着红艳艳的裙子，喜气洋洋地舞着。哦，还有一个小伙子，看长相明明是个汉族，跳得眉飞色舞，表情和动作有一种哈萨克人与生俱来的洒脱自如，仿佛与生俱来的遗传。

舞者是土生土长的那拉提人，从小在牧区长大，成年在牧区工作，哈萨克语就是他的母语，牧民就如同他的父兄。他在风雪里舞蹈，不过是和邻居家的弟弟妹妹们一起玩。他的肤色与口语，表情和动作，都是地域赋予的。新疆人，特别是少数民族混居的地方，只要出生在那里，无论本人情不情愿，血脉的遗传和环境的造就别无选择。水土就养育成了这个样子，环境将性格就塑造成了这个样子，多元文化将精神气质造就成这个样子。一个人成年之后的所有规划安排和百般努力，无论怎样都摆脱不了成长环境的影响，更摆脱不了生命注定的浸润熏陶。

牧民

牧民的冬窝子孤零零地散落在山脚下，半途与几个骑着高头大马的牧民相遇，牧民们结实威猛的身躯跨在马背上，热情主动地与我们打招呼。马儿浑身冒着热气，鼻孔喷着白雾，马鬃结满了冰珠。游牧是一种很神奇的文明，也是哈萨克族传承了几千年的生活和生产方式。混血的新疆大地上顽强延伸的丝绸之路，塑造了子民们多样身形和面孔，并给世界带来了多元而迷人的文明与传奇。历史和文明在这里缓慢地行进和交融是多么值得我们庆幸，在天边一样深远的那拉提，每一道山梁上，都隐藏着内地人难以想象的精彩和神秘。

牧民们在深山里放牧，也在定居点看新闻联播和抗日剧；他们知晓天下大事，讨论惠民政策，骑着马却关心汽油价格；他们利用民俗文化和民族饮食增加收入，也同样以平和的内心接受着现代生活。从他们的歌声里，可以听出一种容人容已容万物之心的豪情。

长期以来，西域生活给外界人的印象是散漫而悠长的，载歌载舞和瓜果飘香的。其实，这种生活态度给予我们的教育并非都是滚滚风情，日常生活的指向，往往是朴素的人心和更深层的世道。一群人的精神特质，也体现了一个地域的精神气质。尽管那拉提的寂寞比热闹多，冬天比夏天长，但生命的欢乐不见得少。牧民们世代守护着草原，与那拉提的风雪同心，与那拉提的壮美同美，他们是自豪地站在自己地盘子上挥舞马鞭的草原之王。

夜宴

草原上一场雪下来，牛羊便只能收在栏里，乖乖地等待又一年的春暖花开了。牧民屋内的炉火和沙玛瓦（一种烧茶的器具）上冒着热气，把大风阻挡在外面的，除了墙体，还有这份温暖。明明看得出这栋屋子是新建的，被褥也是簇新的，可地毯上羊毛的气味和繁复的花纹，还是让我感觉古老悠远的故事在眼前徐徐展开。

冬天是美好的，“围炉夜话”在冬天才有意境，“晚来天欲雪，能饮一杯无”的温情也非冬天不可。什么是消除寒冷、疲乏和隔阂最好的东西？当然是酒，让人卸下负重前行的包袱，打开心结，获得解脱和快乐。新源是酒乡，那拉提不缺酒，也从不缺少待客的诚心。女主人盘腿坐在沙玛瓦旁边，给客人递上一碗又一碗滚烫的奶茶。市场上的饮品五花八门，能喝的东西太多，而新疆人只认新源的酒、干净的水和哈萨克的奶茶。今晚，这三样，都齐了。

绣花餐布铺开，没有比相遇和开心更好的下酒菜了。东道主盛情款待，老朋友喜悦相逢，注定了这是一场丰美而难忘的盛宴。肉端上来了，酒斟满了，民间乐手的冬不拉弹起来了。围坐酒桌之人，实诚敦厚，没有心机和狡诈，在敬酒劝酒中，公平与情意无处不在。这样喝酒，该是怎样的境界？

黑色的夜枕着雪枕早已熟睡，心情愉悦的时候，时间溜得最快，酒也容易见底。屋角空瓶子越聚越多，却不见一个人醉倒。窗外，那个和李白喝过酒的月亮，正蹲在屋檐上，瞧着一屋子的热闹。就在这个夜里，在牧民家的花毡上，看着为我们添茶上菜的哈萨克牧民夫妇默契的动作和恬淡的眼神，我感受到一种真正的心悦和知足。经过岁月轮回，人最终的奋斗结果，还是会回到最初的起点，那就是：做喜欢之事，陪伴心爱之人，牧马放羊，素衣操劳，柴米油盐，种地浇菜，粗茶淡饭……也就在这个夜里，嗅着浓烈的酒味，我开始怀疑我是否真正认识过我们的冬天。我曾经自以为是的经验之谈是多么肤浅，而我何尝不是凭着表象的认识，判断着生活中一件又一件现象，蒙蔽了自己多少年。

一个人最糟糕的感受，就是不得不反复怀疑先前自已深信不疑的东西。我这是在反思自己吗？是酒的作用还是月亮的启示？

离神很近的地方

早在 2006 年，偶然在中央电视台看到了一部名为《最后的一片净土——夏尔希里》的纪录片，片中奇丽的景色深深地吸引了我。此后，我便一直向往着这片神秘的净土。

其实，夏尔希里离我并不远，就在伊犁的亲密邻居博尔塔拉蒙古自治州境内的阿拉套山北麓，至今仍属军事管制区。正因为没有作为旅游景点对外开放，夏尔希里的地貌景观与生物资源得到了很好的保护，原始而自然。

今年七月，博尔塔拉蒙古自治州文联邀请伊犁州几位作家去博州采风，我幸运地成为其中的一员。当得知要去的地方是夏尔希里时，我几乎要惊呼起来，多年的夙愿得以实现。

车窗外的沃土生长着让人踏实的庄稼，车子随山势起伏蜿蜒前进。“夏尔希里”是蒙古语，意为“黄色的山坡”，博州诗人青玄说她更喜欢称之为“金色山梁”，这是一个诗意的诠释，语气流露着主人翁的自豪。

车子沿着山边开出的砂石路上行，路窄弯急。据说这里总共有九十九道弯，行至高处，回头望去，灰白色的土路在苍翠的群山环抱中呈“之”字形盘旋逶迤。这条不走回头路的盘山道也是夏尔希里的一道独特风景。

这里是高山草原，却不是牧区，没有人家居住，没有放牧的羊群，除了驻扎的边防连，一切都是原生态的——湛蓝的天空，纯净的空气，静谧的四野，满目的青山，茂密的植被。

众所周知，新疆的美景在伊犁，伊犁的美景在草原。一个生活在美如仙境的伊犁人，已经对草原四季的景色见怪不怪了。我用一个他者的目光，打量夏尔希里的样子，试图收集每一处一闪而过的景象并储存在记忆里。这里与喀纳斯的灵秀、那拉提的壮美完全不同——草很深，紫色的花海与蓝天辉映，花草相接交融，一种波澜壮阔的气势扑面而来。

当我看到山谷里铁丝网与水泥柱相连起来的望不见首尾的国界线时，再看到战士手握钢枪站在高高的岗楼上执勤时，联想到夏尔希里特殊的“身世”，从我心中跳出六个字“山河在，草木深”！

山麓里除了松柏，居然还有大片的白桦林，这些亭亭玉立在山谷的白色树木，给大气磅礴的夏尔希里平添了一分娟秀。我们找了一处潺潺溪流的树荫下野餐时，过来一个满脸稚气的小战士，叮嘱我们不能点火并且要带走垃圾。这片位于国境线上的集森林、草原与草甸、内陆湿地和荒漠为一体的综合性自然生态保护区，被称为“中国的最后净地和不可多得的生物基因宝库”。夏尔希里虽然没有对外开放，慕名而来的游人也不少，生态环境急需加强保护。博尔塔拉军分区的官兵们常年驻守保卫边防，每天在深山里巡逻站岗，还把维护这里的生态平衡作为自已义不容辞的责任。他们正值风华年少，过得却是几乎与外界隔绝的艰苦兵营生活，其中的甘苦外人是难以感受的。那个小战士，在我们眼里还是个孩子，也是最可爱的人。

车子攀登至山顶，海拔已达3500多米，风扑面而来，裹挟着大自然蛮荒的味道，犹如一堵厚实的墙，挡在鼻孔前。白云轻盈柔美，天蓝得犹如一片平静的海水，人与天的距离那样近。这里是天堂，不是人间，苍穹之下，感觉我离神很近。

我每到一个地方之前，都要预先做一些准备，比如搜索照片、看纪录片，等等。身临其境之后，往往会是另一种结果，或许和原先预想的完全不一样，我的眼睛目睹的一切景物，为我展开了一个有待探索的丰富世界。就像此时，站在夏尔希里的群山之巅，天空还是天空，大地还是大地，草木还是草木，但是和站在伊犁草原上的感受截然不同，这就是身体和空间交换以后，产生的人和环境的对比关系。

年复一年，夏尔希里的春天青草新鲜，夏天繁花似锦，秋季草木枯黄，冬季冰雪覆盖。很少有人能与它一道完整地经历这种轮回，这让夏尔希里更像一处文明的遗迹，比实际还要古老。是我想得太多了，你看，无论沧海桑田，夏尔希里都是那样安之若素，又暗含着超脱，它根本不在意四季的丰沛饱满，在岁月里不断延续着一种神秘、寂寞的美。

在精河的秋色里迷了路

入秋时节，在精河县文联的组织下，伊犁、博乐市、精河、乌鲁木齐的文友和书法家们相聚甘家湖自然保护区采风。作家们聚在一起，怎么可能不喝酒呢？酒喝高了，自然会出洋相，留下谁谁谁的趣谈。这次传出来的笑话是：一个伊犁人开着车，在两个精河人、两个博乐人的指挥下回城，居然迷路了……

那个开车的伊犁人就是我。黄昏将至，后排座位上喝醉了的东道主陈晓波呼呼大睡，王信国和许栋华聊得起兴，坐在副驾驶上的萨朗带着微微醉意对着我扯东扯西。车子穿过芦苇荡，经过庄稼地，每到岔路口，我就放慢速度，让萨朗指认方向，他就伸手一指，往左、往右，他的车在我的驾驶下快乐地飞奔在精河的乡间小道上。当车子驶向宽阔的公路，我们在和煦的晚风吹拂下，竟然有了兜风的感觉。一路说笑着飞驰，全然不知开往哪个方向。直到陈晓波一个好梦醒来，看到高高的路牌，大喊一声："啊，怎么开到博乐去了？"我们四个这才被点醒，赶快调转车头。一路询问，到达精河县城时，暮色已经降临。我不好意思地向久等的文友们承认，我迷路了。大家感到可笑的并不是我这个外地人开错了方向，而是车上坐着两个土生土长的精河人呢！

这是我第一次来到精河，也是第一次吃精河的螃蟹，喝精河的枸杞酒，与精河的文友认识和交流。精河辽阔的土地上，草木丰盛，庄稼饱满。农谚说："立秋忙打靛，处暑动刀镰。"沿途的草木已有些泛黄，依旧延续了夏日的葳蕤。大地的调色盘上，黄、红、白成为主色调，绿色倒成为一种点缀，一并装点着精河丰收的景象。第一次来精河，我就迷路了，在精河的秋色里，我忘了归去的路。可能潜意识里，我还想跑得远一点，好好地打量精河初秋的样子。

大家都知道精河盛产枸杞，这个时候正是采收枸杞的季节。我们没有到陈晓波笔下的枸杞林走一走，看看枸杞红艳欲滴的模样。即使看到了，我们也只是看客，并不知当地人劳作的艰辛。很多时候，我们眼中的风景，其实就是他人现实的生活。精河不是我的家乡，我却在它陌生的发肤上试图破解秋天的密码——精河的秋色叫人的意识退回到童年，仿佛悠长得像是从来就有的亲切。

所谓一方水土养一方人，人的禀性和心态的形成与一个地方的自然环境、气候、地理地貌是有很大关系的。提起精河，说到最多的当然是枸杞了，而枸杞给人的直观印象就是滋补、红润、亲切。通过此行，我感觉“亲切”是精河最大的特点。“亲切”本是一个人文的词语，我把它用在了一个地理名词上。精河的食物是亲切的，精河的水土是亲切的，精河的人更是朴实亲切的。即使外面的世界再怎样变化，精河还是那样热情真挚，这并不是由于精河因地域闭塞而保留了不合时宜的古道热肠，而是精河人的生活态度，精河的人和它的自然风光一样，永远都是四季分明而不失温暖亲切的，这是自然环境给精河人禀性中留下的烙印。

精河有一支朝气蓬勃的作家队伍，他们的文学创作热情不亚于燃烧胸腔的枸杞酒，他们的创作环境也和精河的大地一样辽阔肥沃。我在报刊上读到的一些好文章都在这里与它的主人一一对应，比如我身后一路谈笑风生的王信国和许栋华，还有寡言稳重的赵世勇、笑盈盈的纪荣朵……

写到这里，我忽然想起以前看过的一个故事。说从前有两只鸭子，一只用心读书，起五更爬半夜并尽量让自己举止谈吐温文尔雅分寸得体。另一只沉湎嬉戏，没白天带黑夜满世界玩耍一睡睡到太阳晒了屁股。于是，玩耍的鸭子依旧玩得昏天黑地无忧无虑，读书的鸭子亦读得几分风声水起志得意满。转眼秋至，鸭群被赶着从容赴一场宿命，读书的鸭子愤愤不平：“我一生用功读书修身养性，缘何与他们同样的命运？”玩耍的鸭子一脸同情安慰它说：“用功不用功我们都还是一只鸭子啊！”其实人也一样，何尝能够逃得出一场宿命，重要的不是命运以怎样的结果告终，而在于活着与追求的过程。无论读书还是玩耍，最难得被环境接受又为自己喜欢。两者缺一都无法构建生活的美好。这些来自四面八方的同道们能够在精河的秋天相聚饮酒，源于我们都是一群在文学的水库里追逐的鸭子。

我在精河的秋色里迷了路，留下一个笑柄，却丝毫没觉得难堪。我甚至觉得做一只读书的鸭子是多么幸运。至少在活着的时候它已经知道世间没有什么是不朽的，但可以尝试不同。它更让我明白的是，如果喜欢读书，生活在谋生之外还可以是另一番模样。即使它依旧是一只躲不过被宰杀的鸭子，那也是一只幸福的鸭子。

邀请谁来看杏花

伊犁的春天短促而惊艳，冰雪消融，寒气还未褪尽，杏树的枝头已经萌动着花蕾。清明的雨丝飘拂过河谷，杏花是报春使者，催促苏醒的生灵抖落沉睡了一冬天的慵懒。仿佛一夜之间，大地换上新颜，绿油油的麦田、果木的繁花、青嫩的荠菜、喜上眉梢的柳枝、密密匝匝的榆叶梅、暗香浮动的玉兰、半遮半掩的贴梗海棠、清纯的山桃花、含苞待放的郁金香……花城的花儿们赶赴着一场春天的盛会。

每年到了这个季节，沐着微风，晒着暖洋洋的太阳，我都会热情邀请远近的朋友："到我们伊犁来吧，在新疆，只有伊犁的春天才是真正的春天，可美了。"

今年的春天来得比往年早，植物的花期往前赶了十来天。还在三月里，我就给锡伯族诗人阿苏说："杏花开的时候，咱们聚聚吧，迎接春天的到来！"他热烈响应："在杏树下，咱们以春天的名义聚会。"我又把这个建议转达给其他几位文友。计划等着杏花开时，热热闹闹地搞个聚会，饮酒喝茶，谈古论今。

我和博乐的诗人李勇认识有三年多了。他一直想来伊犁看花，多次计划，多次搁置。四月十五日，他给我发短信通知要带三位文友到伊犁看杏花。而忙于工作的我竟然不知道由于河谷气温骤升，杏花已经凋谢了。更让我着急的是，这几天无论是手机还是网络，我都联系不上阿苏了，问了好几个人，都不知道他藏到哪里创作去啦。

当李勇一行在果子沟穿山越岭时，我发动所有乡间的同学打听哪里还有盛开的杏花。焦急等待之时，喀什河流域管理处的同学打来电话说，喀什河的河洼里，温度相对低一些，那里的杏花比别处开得晚，龙口水站十亩地的杏树开得正欢。此刻，来自博乐的越野车刚刚出了果子沟，行驶在伊犁的地界上。我欣慰地想，客人带着诚意为了看杏花远道而来，伊犁的杏花也是知情意的，特意留着这么灿烂的一片等着懂它的人来欣赏吧。

据说，大师黄永玉和他的表叔沈从文聊天时说："三月间杏花开了，下点毛毛雨，白天晚上，远近都是杜鹃叫，哪儿都不想去了……我总想邀一些好朋友远远地来看杏花，听杜鹃叫。"黄永玉问表叔这样是不是有点小题大做？沈从文答："懂了就值了。"

当客人在杏花林里赞叹伊犁之美的时候，我的脑子里跳出的就是这个"懂了就值了"的故事。

一片美到极致的杏花绚烂在河坝里，一条大河为它日夜唱着歌。置身于杏花林中，微风吹过，飘零的花雨纷纷扬扬，心灵如洗涤过一般纯净明朗。这世间，有看着杏树落英惆怅的人，有在杏树下唱歌跳舞的人。真的是这样，只要表达了心愿，懂了就值了！互相懂得也是一种幸福，就如杏花懂得春风，春风亦懂得它。茫茫人海里，遇见志趣相投的人，仿若在青草地上遇到一个同样光着脚丫晒着太阳的人，是一件多么欢喜的事情。

也许有人会说，不就是个杏花吗，有什么好看的，文人就是那么矫情。杏花是常见的树，朴实地扎根在乡野田间，的确很不起眼。在人的基因里，应该潜藏着在自身演变过程中，得之自然滋养、与天地共鸣的天性。而今，为什么身边越来越多的人忽视了花草树木也是生命？困在城市里，我们怎么能体会到繁花盛开时的生机和寂寞？不理解的人，是因为没有望见的眼，更没有抵达的心。

告别的时候，李勇说此行的唯一遗憾是没有见到阿苏。我说留点遗憾也好，可以给下一次再来添个理由呢。正在说话的当儿，消失多日的阿苏传来一条短信："我在北京写歌呢。"我并没告诉他博乐的文友来伊犁想拜访他的消息，从天而降的短信难道是天意？

花也好，人也好，自然界的一切生灵，懂了就值了！

饺子

纷纷扬扬的雪终于停了，屋外一片寒气。正在家里灰头土脸打扫卫生，电话响了，伊琳娜说你在家吗？给你拿点吃的去。一刻钟过后，这个俄罗斯美女风风火火冲进来，一手提着一桶牛奶，一手举着一个塑料袋说是刚摘的阿魏菇，来不及寒暄就走了。还有两天就除夕了，谁不是忙得脚底打着旋风。

除夕忙到中午才收拾停当。我预备做饺子馅，晚上要到婆家吃年夜饭，团圆结束就可以回家一边看春晚一边包饺子了。剁好了肉，打开冰箱傻眼了，里面一棵菜也没有，只有一个透明袋子里白色的纸包着的一团东西静静地躺着。才想起来这是伊琳娜送来的阿魏菇，看来春节的饺子馅只能创新了。我在牛肉馅里拌上剁得细碎的葱末和阿魏菇，淋上生抽，加了姜末、盐、花椒粉，泼上熟油，用力搅拌。嗯，不错，香味已经飘进敏锐的鼻子里。

幼年吃过一次饺子，现在想起来记忆犹新。那是我上初中的时候，妈妈单位分来几个农机校的毕业实习生。其中一个回族女孩叫米娜，小儿麻痹症使她走路一瘸一拐，白净的脸上带着谦卑的微笑。妈妈就提出给她当师傅，还时常把她带到家里吃饭，很照顾她。实习结束的时候，米娜代表她的父母请妈妈单位几个阿姨到她家做客。正值暑假，妈妈就带上了我，一行人骑着自行车穿行在乡村小道上。米娜的家在相距十来公里的一个小村子里，一池渠水流过家门口，高大的白杨、葱郁的榆树掩映着一户户农家小院。走进院子，米娜的爸爸连忙切西瓜摘葡萄，热情地招待客人，米娜的妈妈坐在葡萄架下包饺子。她家的菜园子韭菜、芹菜、豆角、黄瓜长得齐整丰茂，枣树、梨树果实累累。米娜的妈妈包的是两种馅的饺子，都是我既没吃过也没见过的。一种是羊肉茄子馅的，另一种是羊肉青椒馅的。餐桌上摆上时蔬凉菜和别具滋味的饺子，米娜爸爸唱起悠扬诙谐的回族《花儿》，度过了一个愉快的下午。我记住了和睦勤劳的一家人，也记住了这家人别样的饺子。

饺子是家常食物，传统的吃法多是韭菜鸡蛋、三鲜馅、羊肉白菜、芹菜肉馅的。这些年，我在维吾尔人家吃过羊肉苜蓿馅的，在蒙古人家吃过洋芋馅的，在克尔克孜人家吃过牛肉西红柿馅的，我婆婆最喜欢包荠菜馅的……无论哪种吃法，味道都不是最主要的，重要是做饺子的过程——一家人分工协作，享受欢喜的氛围中洋溢着亲情的过程。许多人不愿意在家里做饺子，怕麻烦而忽略了琐碎中透出的爱意，我觉得是种遗憾。你看，送行的饺子，透着平安的祈愿；团圆的饺子，透着兴旺的祝福。

俗话说“舒服不过躺着，好吃不过饺子”。现在的生活条件好了，吃顿饺子很平常，饺子也不是什么珍馐佳肴，不平常的是做饺子人的心意。母亲们通常提前一两天打电话预约儿女，周末回家吃饺子。然后一大早开始忙乎，一边包着一边往窗外张望，常常是失望地煮上几个，剩下的冻在冰箱里，坐在空荡荡的屋子里叹气。受到冷冻的不仅是那些无辜的饺子，还有父母的爱意。说到吃饺子，常听到最多的话是：“我妈做的饺子可好吃了。”当然，有谁是比妈妈更亲的人呢，又有谁做的饺子比得上最亲的人做的呢？我想，那馅里包裹得紧紧的蔬菜和肉，谁说不是象征着一家人骨肉相连的爱啊！一代又一代，从平常到过年，少了什么也不能少了饺子，饺子的特殊意义决定了它的特殊地位吧。

这些年来除夕夜都回娘家包饺子，因为弟弟在内地，回来过年的机会很少，父母孤单单地过年，我总是不落忍，在婆家吃完团圆饭就赶往娘家。还好生活在一座城市，离得不太远。有春晚的喧闹声作背景，我擀皮，妈妈包，爸爸下饺子，女儿在屋子里玩耍，一幅天伦之乐的画面。

今年过年，父母去了内地。除夕夜的钟声响了，出锅的牛肉阿魏菇馅饺子味道很清香。也许没有爸爸妈妈的陪伴，热腾腾的饺子，到了我嘴里，吃出的却是寂寞的味道。

冰雪童年

早晨推开窗户，漫天飞扬的大雪。地上已经白茫茫一片，女儿惊喜地说，妈妈，好美的雪呀，我可以堆雪人了。

没有哪个孩子不向往在雪地里撒点野。女儿的话勾起我的回忆，虽然我们这代人的童年缺少玩具和游戏，但是有着与自然相容的野性，那种快乐是现在的小孩子难以想象的，我要给女儿讲一讲我的冰雪童年。

八十年代初，我上小学，那时候教室里没有采暖设备，讲台边上有一个铁皮火炉。值日生每天早晨要提前到校，到校工的屋子里夹火种生火。上课时间到了，炉火烧起来，教室里暖哄哄的。那时候，我和弟弟结伴上学，我们都特别喜欢做值日，经常以做值日为借口提前上学。其实，这种积极并不是想当三好学生，而是喜欢旷野里独行的感觉。清冷的空气里是冰雪的味道，大路两边粗壮的白杨树落光了叶子，怒张的双臂像倚天独立的长剑，飘扬的雪花，丰润着树干铁骨铮铮的胸膛。我们两个穿得厚厚的，背着书包，小小的身影走在没有脚印的大路上，走着走着就下意识地停下来，回头看看身后的脚印，一点也不觉得冷。

放学后，巷子里的孩子全都跑出去堆雪人、打雪仗，没有哪个家长操心孩子冻感冒流鼻涕。那时候老师也不布置那么多作业，孩子们无所顾忌地疯玩。离家不远处有一条河沟，夏天长满芦苇，冬天就成了一个溜冰场，是一个雪的乐园，小伙伴们拉着爬犁玩耍，坐在雪的怀抱，感受雪的温暖。我们滑冰时在跌倒的快乐里尖叫，把跌倒当作游戏，大声为跌倒欢呼。而成年以后，把跌倒当作失败，惧怕跌倒，这就是成年的悲哀吧。

我家是个两亩地的大院子，菜地冬天被雪覆盖，雪厚得没过了膝盖，那也是一个天然的大冰库。平时爸爸买了肉，宰了鸡，或者过年贮备的鸡鸭鱼肉，都埋在雪里，插上树枝做记号，吃的时候翻出来。雪停了，爸爸带我们顺着木梯子上房顶扫雪，家家户户都在忙碌着房前屋后的雪，天空碧蓝，阳光灿烂，远处的雪山仿佛近在咫尺。葡萄架上挂着红红的辣椒串，屋檐下亮晶晶的冰凌，铁丝上晾晒着冻得硬邦邦的衣服，果树上叽叽喳喳的麻雀，觅食的野鸽子……都是农村漫长冬季里一抹温暖的景色。

更多的时候，我和弟弟喜欢在自家院子里堆雪人。他负责滚雪球，我负责修饰，爸爸的草帽，妈妈的围巾，厨房里的蔬菜，头上的发夹，都一一派上用场。我竭尽所能地打扮我的雪娃娃，用菜刀一点点修饰脸部的轮廓，剥下来的洋葱皮用剪刀剪出嘴唇的形状，煤核做眼睛，煤灰画出弯弯的眉毛，白萝卜条是它的鼻子，胡萝卜切成小块，是衣服的扣子……我的雪娃娃各式各样，静静地立在院子里向我微笑。一场更大的雪飘下来，将我的雪人改变了模样，我们毫不气馁，又在雪地里忙乎起来，堆出更可爱的雪人。直到春天来临，冰雪消融，雪娃娃一点点消失，童年也在一年年消失。

妈妈常常在寒气逼人的大雪天买石榴给我们吃，裂开的石榴露出晶莹剔透的红宝石，捧在手心里，流淌出欣喜。放学跑进院子就闻到肉香味，奶奶炖一锅羊骨头汤给我们驱寒，一家人围着摆着一盘花花菜的饭桌，掰开馕，喝着热乎乎的汤，冬天也就感觉没那么冷了。

实际上，我的冰雪童年是多么温暖难忘啊。

晚霞中的“红姑娘”

今年冬天，多年不遇的寒流侵袭了新疆，号称“塞外江南”的伊犁河谷也未能幸免。尽管我加倍防护，还是被卷入伤风感冒中，顽固的嗓子痛久治不愈。

小区的保洁工古丽给我拿来一包“红姑娘”，说是清热去火，专治嗓子痛。撕开一粒放进嘴里，酸甜中略带一丝苦味划过喉咙，味道竟然既熟悉又陌生，唤起了我对“红姑娘”的回忆。

小时候的院子里，墙根下密密麻麻地长满了“红姑娘”。它的样子和辣椒苗很相似，也开白色的小花。花落了，结一个小小的球形浆果，外面裹着灯笼似外壳。也许小孩子对可以吃的东西都是迫不及待的，我觉得它长得太慢了。等到菜园里所有的植物都枯枝了，“红姑娘”的果实才呈现出橙红色。“红姑娘”是多年生野生草本植物，地下横走的根状茎，耐寒，也叫酸浆，主要分布在新疆和东北地区。公元前 300 年《尔雅》中即有酸浆的记载。“红姑娘”还是一味药材，《本草纲目》中也有明确记载。

伊犁维吾尔农家庭院里，葡萄架旁少不了奥斯曼草，墙根下少不了“红姑娘”。“红姑娘”的繁殖能力极强，只要有一棵苗子冒出芽，就会蔓延一大片。“红姑娘”是我们儿时的零食，一边吃一边玩。把“红姑娘”的瓤吃掉，空鼓滚圆的红皮滚动在嘴里，用牙齿轻轻地咬，发出

“咕叽咕叽”的声音。“红姑娘”的根、茎、叶、花、果实都是药材。茎叶捣烂后外敷可治疗疱疮。果实可以生食，有清热解毒的功效，治咽喉肿痛有特效，“红姑娘”对治疗糖尿病也有一定功效。伊犁维吾尔人家家都种“红姑娘”，作为常备药在民间被广泛使用。这种食药两用的植物也很契合维吾尔人的性情。平日里在农田和果园忙碌的男人女人们，衣襟上沾满灰尘，眼神疲惫。夜晚聚会时，当木卡姆的音乐响起，葡萄架下传来尖叫和歌声的时候，舞蹈是这个民族的另一个灵魂，随时随地被音乐唤醒。身体仿佛被神灵注入了魔力，男人们打起响指，每一个姿势都充满了风趣，而女人们舞动的手腕和脖颈是那样柔软，眼神里射出无法抗拒的妩媚。

黄昏，晚霞照映下，庭院里一切景物都镶上了绯红色的光晕。我和邻居家的阿依仙姐姐站在“红姑娘”丛里窃窃私语，她用葡萄叶子裹着海娜花给我染红指甲。阿依仙比我大十岁，年龄并没有妨碍我们成为亲密的姐妹。阿依仙没上过学，她有八个兄弟，家里老老小小十三口人，她每天都在忙碌着家务和饭菜。我妈妈也经常在菜园里隔着爬满了啤酒花藤蔓的矮墙和阿依仙妈妈拉家常，对阿依仙妈妈说该给女儿找婆家了，不能耽误了，她妈妈总是一脸无奈。二十年前的少数民族村子，二十六岁还没嫁人可就是老姑娘了，用现在流行的话说就是“剩女”。阿依仙心疼妈妈劳累，不肯嫁人。等到兄弟们一个个成家了，阿依仙韶华逝去，再也没有媒人来提亲了。

阿依仙四十岁时，邻村一个丧偶的男人委托媒人踏进了阿依仙爸爸的屋子，她就这样出嫁了，成了四个孩子的继母。我再没有见过她，却一直替阿依仙的婚姻感到惋惜。过了两年，一个夏天的周末，我回娘家，正巧碰上阿依仙也回娘家，眼前的情景真是温馨：一个六七岁的小巴郎围着她蹦蹦跳跳，一对八九岁的双胞胎女孩一个给她拎包，另一个亲昵地挽着她的胳膊，阿依仙体态丰满，气定神闲地走进娘家的大门。

吃了两天“红姑娘”，嗓子明显地轻松多了。每当剥开“红姑娘”，就会不经意地想起旧日时光。深秋时候，葡萄藤上的叶子落光了，只剩下几串秋葡萄挂在架上。霜降以后，葡萄染上一层白霜，最美味的葡萄就在这一刻，口腔里弥漫着冰凉的、醇酒般的味道。菜园里一片萧瑟，“红姑娘”像一个个小灯笼挂在枝干上，这个时候，味道还是苦的。阿依仙带着我拎着筐子摘下“红姑娘”，再用棉绳串起来，挂在葡萄架上。只有经过霜冻落雪、暖阳普照的“红姑娘”，才有酸甜的味道和消炎的功效。红彤彤的一串串“红姑娘”，也是农村漫长冬季里一抹温暖的景色。

阿依仙的青春是寂寞的，没有品尝过爱情的滋味。她善良能干，幸福怎么可能不眷顾她呢？就像晚霞中的“红姑娘”，经过漫长的等待，穿过季节的风霜雨雪，苦尽甘来，迎来饱满明亮的好日子。

伊犁郁金香的前世与今生

“风光谷雨尤奇丽，苹果花开雀舌香”，这是清代著名诗人洪亮吉笔下谷雨时节美丽的伊犁。

当残留在树根下的积雪被雨水融尽，春天就在脚下，走着走着花就开了。明媚的阳光里，郁金香的花瓣闪着绸缎般柔美的光泽，一枝枝花苞仿佛是向蓝天高高擎起的酒杯。

好多人都知道荷兰是世界上出产郁金香最著名的国家，郁金香的栽培、繁殖、育种工作都做得十分出色，是世界最大的郁金香商业种植生产、销售中心。但很少有人知道郁金香的祖籍并非荷兰，只不过经过荷兰人四百多年的精心培育后，品种繁多的郁金香才成为荷兰的“国花”。据说，郁金香是随着十字军的远征从西域移植到土耳其，后传到荷兰的，很快成为奥斯曼帝国御花园中的“花中之王”。法国著名作家大仲马的小说《黑郁金香》中赞美这种花“艳丽得叫人睁不开眼睛，完美得让人透不过气来”。作家的妙笔生花给本来已经声名远扬的郁金香增添了浓郁的浪漫色彩，并且将欧洲的这股郁金香热推向了世界各地。

郁金香原产地在亚洲、欧洲及北非，其中地中海至中亚地区最为丰富。我国早在晋代已有对郁金香的颂赋。赋云：“伊此奇草，名曰郁金。越自殊域。厥珍来寻。芳香酷烈，悦目欣心。明德惟馨，淑人是钦。窈窕妃媛，服之褵袊。永垂名实，旷世勿沉。”唐代，郁金香作为珍品入朝，《唐书》上记载：“太宗时，伽毗国献郁金香。”在唐人的描述中，它气息芬芳袭人，用来浸酒之后，酒也会染上它的香气，而且会呈现金黄色。李白的《客中作》即是对它的描述与赞美。

兰陵美酒郁金香，
玉碗盛来琥珀光。
但使主人能醉客，
不知何处是他乡。

很多人并不知道，在欧洲备受推崇的花卉珍品郁金香，真正的祖籍在新疆，而且是在伊犁。目前世界上众多的郁金香种就是从郁金香野生种基础上繁育而来的。全世界有150多个野生品种，我国也是野生郁金香的主要分布地区之一，而新疆最为集中。据《中国植物志》记载，我国有14种郁金香，其中11种产于新疆。伊犁郁金香药材名为“山慈姑”，药用鳞茎，主要含秋水仙碱等4种生物碱，具有清热解毒、散结、化瘀等功效。广泛分布于新疆天山北坡海拔400~2000米的荒漠至森林草原带。开着钟形黄色的花，花片背面有红色条带。常去野外徒步的驴友们都知道，每年四月中旬至下旬，尼勒克、新源等地的山坡上大片大片绽放着明黄色野生郁金香，仿佛春天释放出的精灵，傲视着高山上的积雪，将西天山引领到一个山花烂漫的季节。

在新疆，从漫漫黄沙的准噶尔盆地中的绿洲，到世外桃源的伊犁河谷，从乌孙山辽阔的雪山沟谷间，到阿尔泰山的碎石堆中，郁郁葱葱地生长着许多郁金香的近亲，它们的名字大都带着地域色彩：准噶尔郁金香、伊犁郁金香、阿尔泰郁金香、天山郁金香……漫山遍野小喇叭般的黄色花朵也成为这片土地上最美丽的风景，它们和野樱桃李、野苹果一样，都是天山的孩子。

小时候，清明前后，山坡上的积雪刚刚化完，闷了一个冬天的孩子们就相约到山上挖老鸹蒜。食品匮乏的童年，冬天是那样的漫长，刚刚冒出嫩芽的老鸹蒜鳞茎带点甜丝丝的味道，对嘴馋的孩子是多么甜美的诱惑啊。老鸹蒜的株型有些像蒜苗，蒜头埋在地下很深的地方，而且泥土中常常夹杂着石块，稍不注意就会弄断老鸹蒜埋在地下的茎，就无法顺着老鸹蒜茎找到深藏在地下的老鸹蒜了。馋嘴孩们在裤子上擦干净泥土，顺手丢进嘴里，一边有滋有味嚼着白嫩的带着甜味的老鸹蒜，一边继续挖。老鸹蒜的名称虽然听起来不太雅，却是我童年回忆里最难忘的美味之一。

当高贵的郁金香为人们献上春天的盛宴时，我才知道童年山野里的老鸹蒜就是今天城市里高雅花卉郁金香的前世。我问过很多老人为什么叫“老鸹蒜”，有人说老鸹蒜根茎发甜，乌鸦常常用尖利的喙凿开土壤，掏出老鸹蒜的地下茎块喂养小乌鸦，就有了“老鸹蒜”的名称；也有人说，老鸹蒜是“老鸦蒜”的误称。“老鸦蒜”是分布在辽宁和长江下游区域的一种植物，鳞茎可入药，但是，新疆却没有“老鸦蒜”。问来问去，也无法进一步考证这个名称的来历。

谁能说清楚天山上的野郁金香有多少种？开了多少年？就像有人问我伊犁大地上盘根错节交融的中亚民俗文化有多少种一样玄妙而难以解答。西域大地上物种繁多而且演绎着地老天荒的神话，塞威氏野苹果体内至今仍保存着两千万年前的基因密码。野生郁金香也一样，漂洋过海，从野生到驯化，从粗陋到高贵，它的祖先怎么能预知今生的命运如此的富贵呢。

曾经在媒体中看到过这样的报道，上海植物园曾在 2007 年专程赴新疆收集了一批伊犁野生郁金香球，一直在致力于野生郁金香的栽培繁育工作。据专家研究，伊犁的气候、纬度、土壤条件和欧洲某些地区相似，特别适合郁金香的种植习性；伊犁野生郁金香在株高、叶形及大小、花大小、花色及花期等方面均存在着一定程度的、稳定的差异，可为育种工作提供丰富的基因材料。

尽管我不知道街上盛开的郁金香是哪里培育的，但是我知道，前世它也是天山的孩子，血统有着野生郁金香的遗传基因。伊犁的春天是郁金香的花海，那是它为故乡献上的专场表演。

杏子花开

冰雪消融，寒气还未褪尽，杏树的枝头已经萌动着花蕾。当杏花满枝，随风纷纷扬扬落下，就如一个含辛茹苦的母亲，惶惶然把自己全部的爱腐朽在儿女的根下，在新生的季节交给大地一个渗入泥地的祈愿。

杏树是我熟悉的景物。孩提时的影像里，男孩们两条瘦腿骑在树丫上，从手边的细枝上撸下一把把杏子，扔向树下女孩子的头顶。和春天里的杏花雨一样，在岁月的年轮里，那也是我岁月的春天，像极了旧磁带、发黄的照片这些无足轻重却又不舍得丢弃、封到时光记忆里的细节。原本以为沉睡的、没有多少价值的碎屑，借着春雨，借着杏子花开的缘由，重新活了过来，并且有些揪心的怜爱。杏树是一种并没有多少文人墨客吟唱的植物，它是那么不起眼。喜欢它什么？想来想去，无法抹去的理由是喜欢它在喧哗世界里被众人漠视，而依然生生不息地契合天时地气，旺盛开花结果的固执性情。

杏树是母亲树，我的家乡有着“杏乡”的美称。杏树在山坡上、河岸边、大路两侧、庭院里随处可见。春天粉白如纱，似梦似雾，馥郁清香。夏天，枝繁叶茂，郁郁葱葱，硕果累累。杏花有变色的特点，含苞待放时，朵朵艳红，随着花瓣的伸展，色彩由浓渐渐转淡，到谢落时就成雪花般的一片：“道白非真白，言红不若红，请君红白外，别眼看天工。”杨万里的《咏杏五绝》描绘了杏花娇艳的青春，这也是母亲的光华岁月。王安石的《北坡杏花》更是把杏花飘落比作纷飞的雪，也一如母亲的一生。“一波春水绕花身，花影妖娆各占春，纵被春风吹作雪，绝胜南陌碾作尘。”墙边院外的杏树，风雨无遮，但是像每一个母亲一样，不管她的地位有多么卑微，人生怎样沉默无色，她总有属于自己的一把剪刀，来修剪孩子成长道路上的荆棘，开辟属于孩子的空间，丰润孩子的硬臂。杏子的酸甜，带着年轮的酸楚，涌上心头的是感激那个生养过自己的、这个世界的唯一的根之所在。

雨雾里的杏花，仿佛母亲不动声色的手从心头抚过，围裹着水一样的记忆，住到我们城堡一样的心里来了。

父亲的三十年

——致父亲六十岁生日

父亲 1949 年出生于安徽农村，这一年新中国成立。为了纪念这翻天覆地的变化，父亲的名字叫“永新”。爷爷在“大跃进”年间早逝，中原连年灾荒，父亲小小年纪便颠沛流离，四处谋生。1969 年，父亲到新疆伊犁投亲，安家落户。

1978 年，父亲 29 岁，是伊宁县愉其翁乡一个俭朴、勤劳的农民。这里的居民以维吾尔、回族、哈萨克等民族为主，汉族人只占很少的一部分。父亲正直，热心，在生产队当会计，在民汉乡亲们中颇有威信。那时候还是集体经济的时代，农民们靠记劳动工分秋收分配粮食，牛羊马匹也是集体统一派牧民到山上放养。父亲就是那一年的深秋，到山上检查畜牧时和马鹿结缘的。

放牧的哈萨克老伯，春天在山沟里放羊时抓获了一头马鹿崽，怕被狼吃了就养了起来。父亲第一次见到鹿崽，老伯提出用我家的两只羊交换，让父亲带回家养。那时不要说养鹿，连见过鹿的人都很少，更不知道养鹿有什么用。可是哈萨老伯央求父亲，说孩子多，到娶亲的年龄了，送聘礼的羊不够，怕耽误了儿子的婚事。父亲心软，答应了老伯的恳求。就这样，父亲带着这头鹿崽坐着拖拉机回到了家。

院里热闹极了，一群克其克达当（维吾尔语：叔叔）们围着那头小鹿议论不休，“哎，撒郎（维吾尔语：傻瓜）吗你？两个羊一个灰毛驴子换了吗？”“洋缸子（维吾尔语：女人）回来嘛淘麻夏（热闹）有。”父亲也不吱声，我和弟弟还没上学，见到小鹿，又新鲜又高兴。那时家家都养牛，穆斯林民族的饮食是离不开奶茶的。夕阳下，父亲伺弄菜园，母亲挤牛奶的场面是我童年记忆里最美的一幅画。牛圈里多了一头鹿，不过是家里多了一名成员。母亲并没有因为损失了两只羊而责怪父亲，她有工作，每月 39 元工资，在一公斤羊肉八毛钱的年代，两个孩子还小，她不用为生计发愁。再说了，鹿也不娇贵，牛吃什么鹿就吃什么，别人家的麻烦在我家化解得如此简单。乡里唯一的王中医在一个下雪的晚上来找父亲，他告诉父亲鹿头上是长角的，叫鹿茸，是名贵药材，买都买不到。走时，他再三叮嘱父亲，鹿茸一定给他留着。父亲和母亲面面相觑，难以置信居然有这样的好运。父亲对怀里的弟弟兴奋地说：“看哪，儿子，好心就有好命！”

第二年化雪的时候，父亲发现马鹿老是用头蹭墙。就找王中医给看看，王中医指着鹿头上不明显的凸起对父亲说：“看，要长茸了，你好福气啊。”秋天的一个清晨，父亲和几个叔叔在王中医的指挥下，把半块砖烧透，凉了研成粉末拌上云南白药，钢锯上擦上白酒消毒，把鹿捆起来，锯下了鹿角，把药粉敷到流血的角上，用塑料布裹上，那个血痂也是很好的止血药呢。1980年，马鹿长大了，春秋产两次茸，我家是乡里第一户买电视机的人家。1982年，政策宽松了，鼓励农民发展副业，父亲也摸索出了一套养鹿的“土经”，他凭自己的胆识和勤劳走上了致富的道路。瓜果飘香的秋天，县委宣传部长带着《新疆日报》的记者在我家给鹿照相，才上小学的我们并不知道父亲已经是“万元户”了。因为父亲每天下地劳动，母亲依然穿着裙子说着维语上班，我们考试成绩不好还会挨打，一切都是老样子。

父亲成了乡里的能人，他鼓励邻居们养鹿，上门指导。教分田到户却不会种地的维族乡亲种庄稼。谁家有难处向父亲开口，他都慷慨解囊。他常说：“钱只有在有人情味的时候，花得才值得”，“做人一定要舍得，你只有给人刮风，别人才会给你下雨”。1988年，愉其翁已经是养鹿示范乡了，这里地处东五县的交通要道，个体经济迅猛发展，回族维族人，尽情地发挥经商的天赋。乡亲们都盖了新房子，穿得漂漂亮亮，愉其翁成为伊犁地区名副其实的富裕乡，那几年，中央或自治区领导来伊犁视察工作，愉其翁乡是必去的一站。

家里翻盖了新房，电器置办齐全，父亲对我们的教育更严格了。自幼丧父，只读了四年书，没有文化是他心里最大的痛。奶奶曾经想让父亲多生两个孩子，一向孝顺的父亲顶撞说：“我只想把这两个娃娃培养成管用的人，不要一群围着我下苦的文盲。”母亲特别注重我们的学习，她就一句话：“人不可能一辈子上学，但是可以一辈子读书”，给我们培养了受之不尽的汲取知识的好习惯。父母的教育方式很民主也很严格，家里大事小事都要我们参与意见，教我们为人处世。父亲常说："没有自力更生的本事，我挣再多的钱，对你们都是没有用的，只会害你们，靠谁都不如靠自己。"他带我们插过秧苗，拔过稻草，捡过麦穗，剥过苞米，年年在烈日下体验劳动的辛苦。1993 年，当乡亲们对父亲的称呼从小张变成老张的时候，父亲放弃了养了 15 年的鹿，和母亲开了家农机配件商店。他们良好的人缘加上母亲在农机站工作的机械配件经验，把生意打理得红红火火。弟弟考上中专走的时候，父亲对他叮嘱："走出这个门，学好学坏就靠自己了，交往人你记住，那种哄骗父母，兄弟姐妹都合不来的，是不能做朋友的，他连自家人都维不住，怎么可能真心对朋友呢？"我们到了谈情说爱的年龄，有次全家坐在院子吃葡萄，母亲举起一串葡萄风趣地说："姑娘小伙年轻的时候个个都是水灵灵的葡萄，到老了都是一把葡萄干，找对象不能只看长相，品行才是最重要的，你们不能只看皮皮，不看瓤瓤。"我们姐弟俩自力更生，按照父亲的教导踏实工作，诚实做人。从小到大，严厉的父亲没表扬过我们几次，倒是受了不少责骂，我们也怨过他。踏上社会的这些年，在摸爬滚打中，一步步领悟了父亲话里蕴含的道理。我们一直在努力，就是为了证明，小时候，父亲是我们的骄傲，现在，我们是他的骄傲。

祖国迎来六十岁的华诞，父亲也在亲朋好友的祝福中度过了他六十岁的生日。如今，愉其翁乡以发展回族风情旅游特色为主导经济。老房子凝聚了父亲的苦乐年华，父亲舍不得卖掉，夏天在院子里和乡亲们谈天说地，冬天到城里悠闲过冬，依然吃得简单穿得朴素。他经常感慨，哪能想到国家能发展得如此之快，他一个老农民日子过得比过去的县长都舒坦。谁说不是呢？父亲只是华夏大地上亿万农民的一个缩影，他们和新中国一起成长，经受坎坷，见证着祖国腾飞。他们在改革开放的大道上各显其能，用勤劳的双手建设着社会主义新农村，因为他们相信，老百姓把自己的日子过得富富裕裕就是本事！

带路的人

也许我常年居住在伊宁小城里，塞外江南瓜果飘香、粮食富足，生活成本不高而日子滋润踏实，养成了小富即安、知足常乐的习性。有些少见多怪，如果不是亲眼所见，我还真不知道居然有“带路”这样一种职业，还有以这样一种方式谋生的人。

去乌鲁木齐出差，老朋友见我格外欣喜，执意要带我去柴窝堡吃天山雪蟹。在上海知青苑，我们看到了当年上海知识青年下乡住过的旧房子，种下的树，开过的拖拉机，品尝了美味雪蟹，聊着青春往事，聊着工作、家庭和孩子。

返回的路上，初冬的暖阳下，一片白色的巨大风车在灰蓝色的天空下旋转，这就是著名的中国风谷——达坂城风力发电厂。临近市区越来越近，到了乌鲁木齐河大桥上，远远地看见一个人立在桥边，高举着一块牌子。因为在车流汹涌、速度飞快的高速公路上，他就像一个不和谐的路标突兀地立着。我让朋友慢一点，看看这个人干吗，打车吗？离得近了，他高举着的牌子上写的是“带路”两个黑色大字。巨大的货车呼啸着从他身边一辆接一辆地飞驰而过，没有一辆停下来。我看他五十岁左右，穿着黄棉袄，黑黑的脸膛，就这么憨憨地、焦急地站着。也许货车的驾驶室太高，车速又快，他怕司机看不到，高举着牌子始终不敢放下。经过他的时候，我甚至清楚地看到他不时踮一下脚后跟，使自己看起来高一点……

他焦灼的表情刺痛着我。随着社会的发展进步，出现的新鲜事物、新型职业越来越多，“带路”也算是一种职业吗？这个男人就是以这种方式养家糊口吗？寒风雨雪里他也这样举着牌子站在路边吗？桥上怎么就他一个人呢？看他的神情是今天没有人找他带路吗……一连串的疑问盘旋在心里，我不免有些替他担忧。朋友看出我的情绪低落下来，对我说，桥上一年四季都有带路的人，太阳底下晒着，寒风里冻着，都是城市扩建失去土地的农民，带路挣钱，不摊成本，外地司机初到乌鲁木齐，人生地不熟，确实需要向导，带路人只要对市区地形熟悉，就可以胜任了。不过，带路人上高速公路揽客，行走在车流中，存在着不安全隐患。况且现在汽车导航仪的使用越来越普及，需要带路的司机越来越少，要不了几年，这些带路人就消失了……

其实，在内地大城市，“带路”这项职业已经存在很多年了。只不过我们去别的城市，坐的不是飞机就是火车，看到的都是大城市的繁荣、旅游景点的熙熙攘攘，见不到这些灰暗的人影而已。相比在社会最底层谋生的人，我们还有什么抱怨呢？我们有什么资格抱怨车子不够气派、房子不够豪华、工作不够体面呢？我想，芸芸众生的困顿悲凉往往掩映在高楼大厦之后，一个城市的美丽不仅仅在于风光旖旎、歌舞升平，有时候一个平民的身影，也蕴含着丰沛的人生故事和人生感悟。造就城市繁华景象的是车流、商厦、酒楼、霓虹，而造就一个城市悲喜故事的，与其说是一个城市的历史与喧嚣，倒不如说是这个城市里平民波澜起伏的人生。就说乌鲁木齐河大桥吧，是新疆的一扇大门，是南疆以及哈密、吐鲁番进入首府的门户，敞开怀抱欢迎着外地的客人。而这个带路的人，又杂糅着乌鲁木齐贫民怎样的悲酸与豁达。每天，在车来车往的桥头，他只有一个信念：活下去！站得直直地活下去！

人间万象，总有含着金钥匙出生的人，总有生命悲苦的人。我也是平民百姓中的一分子，老百姓心目中的成功，不在于高官和名禄，而在于人们心中根深蒂固的“坚韧自尊”和“不管多难都要活下去”的生命态度。这样的态度，对于我们这个当今十分重视城市规模、经济指标、思维意识急速扩张的人口大国的精神传承来说，是多么重要！

【辑二 城里】

远方有座城

一个人生活在一个地方，时间长了会日久生情，再久一些呢，或许会有一些倦怠吧。我们接受着居住地或大或小、或快或慢的变化，逐渐派生出懒意，有一些安逸、有一些麻木、有一些见怪不怪。我们有意无意地过滤那些曾经拥有过的历史气息，开始迅速遗忘，开始关心眼前和未来，而不会去深究这变化之前的一些东西，更不会去深究其背后所蕴含的深刻意义。

远方有座城，名字叫伊宁，是我称之为家乡的地方。当外地人夸赞它的美丽时，我的嘴里是不屑一顾的言辞："大老远跑来？有什么好看的呢！"内心却泛起一丝得意。这是我长大成人的地方，我在斯大林街的橡树下散步，在汉人街看工匠做手工，在俄罗斯面包铺里买列巴，在街头看巴郎子烤羊肉串。甚至有很多时候，经常要陪一些外地客人游览伊犁河或者汉人街，给客人介绍我所生活的城市。可是，仅仅凭借自己三十多年的生活经历，就能说清楚伊宁吗？这个有着将近六个世纪年轮的古城，名称也几经更替。伊宁的历史是那样的长，无数人书写过它，留下各种各样的篇章，让我自惭于自己的无知。这座与我晨起夜眠的城市，有什么可写或者有什么可说呢？真正的故事藏在民间，藏在人群熙攘的巴扎里，藏在葡萄藤蔓掩映着蓝色庭院的幽深巷子里。

伊犁河谷悠久的雪山、草原、河流，孕育出一种深远的意蕴，使中心城市伊宁散发出一种拥抱自然的温暖气息。很多人从王蒙先生的作品里，知道了伊犁河、沙枣花、白杨、葡萄、苹果、小花帽、冬不拉等融合在一起，形成所谓的“伊宁概念”。这概念一经推出，便似乎得到了认同。其实，这些年梳小辫子戴小花帽的“克孜”只可能在舞台上才能见到；沙枣花香只有出城到更远的地方才能闻到；当年白杨挺立于城池的情形恐怕再也不会出现。这样说可能有些残酷，但事实就是如此。在不断追求发展的今天，许多东西在我们的面前消失得如此之快，让人无奈的同时心存遗憾。普鲁斯特说过：“当岁月流逝，所有东西都消失殆尽时，唯有空气中飘荡的气味还恋恋不散，让往事历历在目。”伊宁有什么味道，能让记忆重新苏醒呢？那空气中无声爆炸的孜然香味，在伊宁上空燃烧飘散。生活在一个被乡村包围着的芬芳之城里，真正的幸福不在别处，它存在于百姓世俗的烟火。

斯大林街是我每天的必经之路，一听这名字就让人联想到前苏联。是的，伊宁受俄罗斯人的影响很大，有将近两百年的历史，一批俄罗斯人是为了躲避当时国内的政治局势迁徙而来的，在岁月更迭中给伊宁留下了深深的烙印。斯大林街上的第七中学，前身就是“斯大林中学”。如今伊宁还有全国唯一一所俄罗斯学校，伊宁的大街上依然可以看到俊美如同洋娃娃般的俄罗斯族少男少女。东正教堂位于六星街北面的巷道内，每个星期天，信奉东正教的俄罗斯族群众都会来到这里进行祈祷。在教堂北侧，是一块 20 亩地左右的坟地，埋葬着不同时期在伊宁市生活过的俄罗斯族人。坟地在 1850 年左右就有了，在可辨认的墓碑铭文中，有出生于 1889 年、故于 1945 年的逝者。更多的是连墓碑和十字架都没有了、无从确认死者和生死年代的坟头。倘若要体会俄罗斯族文化，或者找寻俄罗斯族曾给予这座城市的影响，六星街就是最好的去处。这里还有亚历山大的手风琴博物馆和那座经历了百年风霜的俄式大门……听老辈人讲，远在清朝咸丰年间，伊犁就有俄商居住的记录，解放前俄罗斯文化风靡伊犁，俄语成为通用语言之一。20世纪五六十年代，伊宁的俄式房屋随处可见，当时，斯大林街是前苏联人居住最集中的地方。如今那些俄式建筑和美好景象都淹没在历史烟尘里了，只剩下一条街的名字。古木幽深的伊犁宾馆，是前苏联驻伊领事馆旧址，几座苏式建筑已经成为见证历史变迁的文物，就那样沉默在百年橡树下，尘封着一段沧桑的历史。只有在和上了年纪的老人交谈中，从他们怀念在白杨树下和着手风琴悠扬的伴奏唱苏联歌曲的眼神里，才能捕捉到岁月长河里那些朴素的往事。

伊宁和其他城市一样，地名都很有一番来历。许多地方以前的地貌或者建筑物消失了，但名称却留了下来，只有当地人才会明白它们的意思。后来的人可能只知其名而不知其故。举几个例子说说吧。六星街由德国工程师瓦斯里规划设计，形成于1934年至1936年间。街区平面呈圆形，有六条主干道从中心向外辐射，把街区分成六个扇形街道，人们称之为“六星街”。据《伊犁文史资料》介绍，当时新疆实行六大政策（即反帝、亲苏、民平、和平、建设、清廉），这条街呈六角星状，亦称“六大政策街”。现在走进六星街区，整齐地分布着维吾尔族花园式民居，外墙和装饰以白色为主，采用蓝、绿等艳丽的色彩，传统平屋顶和俄式坡屋顶间杂，具有典型伊犁地方特色，也是伊宁市多民族聚居、多宗教包容并存、多元文化交汇的重要实物例证之一。现在的新华医院附近早年有两条水渠，那里的街道叫“苏德勒瓦孜”，就是“水街”的意思；阿合买提江街，名字就和三区革命领导人有关。比如你说“绿洲”，听的人可能是莫名其妙，只有老伊宁人知道，他指的是以绿洲影剧院为中心的解放路一带，曾经是伊宁市的文化和美食中心。绿洲影剧院建成于1959年，曾被列为自治区十大建筑，是伊犁大发展时期物质生活和精神生活在伊宁最有力的见证之一。2000年3月29日，绿洲影剧院被拆除了，我不知道这座城市还有谁和我一起默默难过。另两座已消失且具有时代特点的建筑算是伊犁饭店和军人俱乐部了。伊犁饭店始建于1953年，是伊宁第一座旅社大楼。如今我们看到的是在原址周围建起了集居住、购物、餐饮于一体的“铜锣湾”。西大桥的军人俱乐部历史更长，解放前叫“伊斯哈克伯克俱乐部”，以三区革命民族军军长的名字命名。解放后民族军整编为中国人民解放军第五军，又改为“五军俱乐部”，后来就是我们熟悉的“军人俱乐部”了。再比如，说起新红旗商厦，可能有人不是很清楚，但只要说起红旗大楼，许多老人难以忘怀。那时候不逛红旗大楼等于没进伊宁市，可见红旗大楼在人们心中的地位。当年伊宁人最自豪的事情就是能到红旗大楼里转转，那里有孩子们想要的学习用品，有女人们节日想穿的漂亮衣服，还有很多人们见都没见过的商品。还有，红旗大楼的位置真好，转一个圈就把许多事情做完了。汇款寄信，邮电大楼离得只有二百来米；累了，可以到人民电影院看电影；饿了，可以去“红旗食堂”吃东西；散步，广场近在眼前；看书，新华书店抬脚就到。可谓去一处而毕全部事，多么省心。在社会前进的车轮下消失的不仅仅是这些铭记了城市历史的建筑，还有伊宁的“手臂”——白杨、伊宁的“毛细血管”——水渠、伊宁的“肺”——后滩。一切都过去了，让我们把该记住的都永远记住，永远留在记忆的最深处。

说这些可能有些远，那就再说说近的吧，这些变化离我们如此之近，就在我们的眼皮子底下。江苏大道是解放路九巷扩宽延伸而成的；

军垦路原先只不过是一条小巷，现在已经成为市区最容易堵车的道路之一；市政府搬迁了，新华西路延伸到伊犁河二桥，与边境经济合作区连成一片建成了新城区；绿化是跟着时代审美的步伐走的，政府新区的行道树是高贵的法国梧桐；南环路各支线修建起来了，伊犁河沿岸将成为伊宁的景观大道和休闲旅游区。也许有一天，远方的游子回来时，会惊奇地发现，承载着他童年记忆的大片大片的果园不见了，凸现在眼前的是代表着伊宁经济新高地的总部经济区，那又是一种怎样的心情？

仔细翻翻每个人心灵的口袋，谁没有几许怀旧情结？许多人还是希望那些具有地域特色的老建筑能够维持原貌，尤其是被杨絮飘飘鸽哨悠悠见证成长的上几代人对这座城市消失的地标性建筑痛惜不已。原因很简单，就像人活一世总要有点值得留恋的往事一样，我们有责任给后人留下点用以追溯历史、探本逐源的纪念吧！

当然，今天的伊宁可去的地方更多，可我还是喜欢听那些上了年纪的人说起那些属于他们的记忆，然后去寻找属于我自己的伊宁。

伊宁是什么？难道真如周涛先生写的“我来过伊犁三次，每次都非常强烈地感觉到某种异样的冰冷和温暖。这不是伊犁的自然所传达的，伊犁的自然环境永远有着它刚健的妩媚；也不是伊犁的风俗所赐予的，伊犁的风俗民情是中国最有味儿、最鲜明也是最幽深的。某种异样的冰冷和温暖，是伊犁州府所在地的伊宁社会散发出来的、像气味一样无法看清的面部表情。这里含有风景这边独好的骄傲和自负，也带着边陲重镇见多识广对什么都不再以为然的轻漠，同时还有点儿新疆人‘我不尿你’的特殊心态”那样吗？伊宁作为中亚腹地一座边境混血城市，三十多个民族在长期共同的文化生活中不断碰撞、融合和发展，既相互影响，又保持了各自鲜明浓郁的特色。伊宁的民俗风情，文化遗存源远流长。特别是南市区、六星街等历史街区历经百年沧桑，蕴含着浓郁的维吾尔民俗风情，对新疆民俗学的研究有着极高的价值。伊宁人善良、大方、勤劳、仗义、宽宏、风趣，这些都是各民族相互影响保留下来的生命因子，也因为占尽地域优势、物产丰富而从骨子里透出一种与生俱来的优越感，这也是伊宁人身上最突出的性格特征。你从任何一个市民从容淡定的表情上，不难感觉出岁月积淀的遗传印迹。

伊宁是什么？是城市南面那条自东向西流淌的伊犁河吗？因为有了这条河，这里才有了一个如少女般清秀的地名。这条河给伊宁平添了一份稳重大气，河水仿佛是城市的枕头，把睡梦中的小城围裹在水一样的温柔里。天下的水都是一样的，天下的河却千姿百态、各有不同。伊犁人因为拥有这条著名的河流而骄傲，用河水来比喻绵绵不断的友情和喝不完的美酒。黄昏的伊犁河大桥上，时常会遇到浪漫的维吾尔族婚礼，这是居住在这里的维吾尔族人生重要时刻举行的仪式中必不可少的程序之一。装饰一新的花车和漂亮英俊的新人，一群兴高采烈的朋友载歌载舞。这个用歌声和舞蹈点亮生命的民族，是这片土地的世居民族之一，伊犁河对于维吾尔人，有着更为特殊的情结。长长的桥连接着一生一世，让滔滔河水见证他们将执手越过人生的长河，携手走上幸福的彼岸。

伊宁是什么？是小巷里那一片宁静吗？走进南市区，或者走进解放路的任何一条巷子，一种安详扑面而来。临街的窗户是紧闭的，白色的绣花帘子透着亲切。你可以做什么呢？在巷口找一个卖冰水的小摊坐下来，慢慢地摇着冰粒。满地金黄的白杨树叶，渠水冰凉清澈，麻雀、鸽子、斑鸠扑啦啦飞过头顶的情景再次浮现。白杨是从哪里来的，和小巷相依了多少年，和伊宁相依了多少年，有谁深究过呢？白杨年年飘絮，波斯菊年年盛开，维吾尔大妈年年在葡萄架下操持……时光悠长缓慢，是这个城市的特征。偶尔有小孩子打开门，吱扭一声，跳跃着走过浓荫的巷道。清真寺透着肃穆祥和的光影，麻雀叽叽喳喳，搅碎着树影，阳光暖暖地笼罩着长长的回廊，一切仿佛被一种说不出的凝重氛围包围着、弥散着。在某一个时刻，阿訇高亢的呼唤声响起，这个世界慢慢醒来。

伊宁是什么？是人声鼎沸的汉人街吗？也许你也听说过伊宁的“四大怪”——花城没有花、西大桥没有桥、红旗大楼没有红旗、汉人街没有汉人。说到汉人街，我不能不啰唆一点。汉人街是伊宁市乃至伊犁州的一个具有代表性和象征意义的城区，是伊宁最具“伊犁味道”的地方。老伊犁人这样戏说汉人街五花八门的商品——除了鸡的奶子，汉人街上没有买不到的东西。所谓“汉人”，其实是指清朝“赶大营”的天津杨柳青人。汉人街在从前是城门外的位置上，杨柳青人在这里开着商号，进城的人要等待接受检查，并在这里给马喂料、修车、喝酒、谝闲传，汉人街由此而得名。毫无疑问，这里成为伊犁商品经济的发源地，天津杨柳青人功不可没。现在的汉人街就是个集聚着各类土产杂货、特色小吃和民族手工艺品的大巴扎。维吾尔族人天生通晓生意经，男女老少都是精明的生意人，而他们出售的商品更是千奇百怪。走进汉人街，各种各样的地毯、挂毯挂满了墙，甚至天棚上也是。这些手工织成的地毯采用植物着色，这种古老的植物染色法在世界其他地方已经失传很久了。喀什的土布、和田的丝绸、英吉沙和沙木沙克小刀，还有桑皮纸、疙瘩胰子……石榴汁、奶疙瘩、冰冻西瓜浸泡的冰水……一筐自家老母鸡下的蛋、口香糖、剃须刀片、一小堆青杏，这些都可以成为老妪或小孩手中兜售的商品。杏仁、杏脯、葡萄干、枸杞、无花果等各类干果满满地堆放在一个个纸箱里，忍不住尝上一两个，即使不买，摊主也不会介意。烤羊肉串、烤包子、馕包肉的香味随风飘散。在巴扎拐弯处，叮叮当当声中，工匠们整日劳作。黄铜被加工成“沙玛瓦”等器皿。亮闪闪的白铁皮、黄铁皮上敲打上曼妙的图案，变成了“金箱子”“银箱子”流向新疆的各个角落。这些古老的小摊子从遥远的过去走到现代，至今还在汉人街上一代代延续着。在汉人街逛累了，去“伊孜海尔”冰激凌店坐坐吧，这是一家百年老店。你知道吗？当 19 世纪 20 年代上海出现用机械生产的听装冰激凌的时候，伊宁家庭作坊式生产冰激凌已经开始一个多世纪了，据说是从俄罗斯传过来的。我们伊宁的冰激凌叫“玛拉俊”，原料纯正，充满手工魅力，从它田园内核里散发出一种母爱般的温情气息。冰激凌甜蜜的滋味融化在口腔里的瞬间，你会由衷地感叹做一个伊宁人是多么幸福啊。

在一个地方住久了，会把一些熟悉的场景揉进骨子里，融进血液中。然后，在一个寂寞或静思的刹那，骤然想起并且无限怀念它。面对这些迅速消失又迅速建立的眼花缭乱，静下心来问问自己，你真的了解这座城市吗？你属于这座城市吗？生活是这样的真实，所有的东西和现实紧紧相连。也许我们只能在王蒙、阿拉提·阿斯木等作家的文章里感悟昔日的伊宁风情，在文史资料上读到伊宁的历史、看到被时间淹没的旧照片。现在的伊宁和以前相比，真是天翻地覆。有什么没有变呢？汉人街上行人的姿态，混着孜然味的烟雾，拜图拉大寺，伊犁河路的白杨……它们笑嘻嘻地看着你，而你只不过是一个匆匆过客。所有的印象和纷乱的生活混杂在一起，也许这就是城市的光泽。它迷惑着我们，引诱着我们，在光影中遗忘一切。

说到这里，伊宁已经沉沉睡去。偶尔驶过的车辆划破夜的寂静。而此刻，翻开一本地方志，这座城市的变迁凸现眼底。你会感觉，这座城市从未离你那么远，也从未这样近。

“我们从来不会追究我们所生活的地方的历史。”是谁说过这么一句话，我不记得了。因为我们没有力量抗拒，我们只能接受着前进。原来是湿地的河滩，还有美丽的皮里青河，被建设热潮席卷了那份悠然。到处都是工地，南腔北调的声音在这儿充斥，熟悉的东西会在一夜之间消失。你甚至来不及感受，就被裹挟着往前走。面对翻开的伊宁历史，面对每天都会翻开的新的一页，你还会说这不是你的城市吗？你还会不停地寻找吗？

阿拉提·阿斯木先生说得多好啊——“一个伊犁人，要在美好的年龄段里学会享受伊犁，享受伊犁的地理，享受日子和自然风光，享受多种文化的绚烂和刺激，享受从多种语言派生出来的生活方式，享受不同民族固有的浪漫和美好，享受和各族朋友在一起时的那种快活和潇洒。”这是伊犁的财富，也是伊犁的温情所在，浓缩了伊犁人全部的幸福。

伊宁是什么并不重要，重要的是我每天在这里生活呼吸。作为支边伊犁的第四代人，我从小听爷爷奶奶讲当年戈壁开荒的往事，听爸爸妈妈和邻居们用维语讲笑话；我们吃着馕喝着奶茶啃着牛羊的骨头，快乐地过着平静的日子；妈妈在友谊医院生下了我，我又在友谊医院生下我的孩子。无论伊宁怎么变化，都和我连着筋，连着骨，连着血液和生命。我怎么可能不爱我的伊宁呢？

里尔克曾说过：“在时间的岁月中，永远没有自己的故乡。”也许在不远的将来，我们连安放梦想与回忆的老城也无处寻觅。看啊，伊犁河上新桥与老桥在夕阳里对话。城市一天天变高了，一天天变大了，伊宁就这样一天天日新月异。从城东到城西一路忙碌的塔吊里，伊宁，一个崭新的没有记忆的新城会出现在我们面前。如果有一天我们这一代人想起伊宁那远去的背影，隔着岁月，我愿意看到向我们绵绵传递的依然是时光也无法更改的温馨与美好。

城市边缘

城市边缘就像是一个城市的衣角，掀开衣角慢慢探寻，小城的面貌便显露出真实的原形，生活的源泉和味道流淌出来，展现出日常生活的本来面目。人们随遇而安地过着自己的小日子，那些没有伪装的笑容，那些朴素的家，随处留下人与岁月的痕迹。

汉人街在商贩们的吆喝声中走过了百年岁月。同样，隐藏在汉人街深处偏僻巷子里的一间铁皮铺子也在吐尔汗的操持下，维持着年复一年的样子。铁皮匠的双手承载着一家人的生计，已经延续到第五代了。逛巴扎是闲人才干的事情，我就是其中之一，常常周末打着去吃冰激凌去买石榴的幌子有目的或者无目的地闲逛。在一次东张西望的闲逛中，吐尔汗蹬着装满铁皮桶的三轮车把我撞翻在地。他停下车，伸出手拽我起来，你的眼睛哪里去了？出门的时候忘到房子了吗？我哪好意思和他顶撞，也被自己的狼狈样子逗得哈哈大笑。后来的故事是这样的，我跟着他走进了铁皮铺子，也走进了铺子连接的后院，拍打了灰尘洗了脸，坐在葡萄架下喝了奶茶吃了午饭。他那灰蓝眼珠大眼睛的老婆非要送给我一个带盖子的铁皮桶。我说了诸多理由推辞楼房用不上，她的眼珠子转来转去，居然说这个你放大米，住楼房的人吃大米。我被她的聪明彻底征服了。白铁皮的小桶精致可爱，放在橱柜里装满白花花的大米，真是再实用不过了。这一用，就是十年。每次去看望吐尔汗一家人，走进铁皮铺子，吐尔汗就停下手里的活，一脸褶皱透着坏笑，丫头，今天你的眼睛带来了没有?

今年冬天雪下得繁密，我去看望老朋友的时候，房子都快被雪堆掩埋了。吐尔汗全家人都在忙着推雪，他一边擦汗一边说还是住楼房好，不愁扫雪，可是住楼房就没有葡萄架了，就开不成铁皮铺子了。最后他认真地说，爸爸的爷爷传下来的铺子，不能丢掉。汉人街的一切都乱糟糟的，我也讨厌它的马粪味和泥泞，然而这里又是一个让生活热情浓烈起来的地方，饱藏着一种久远的生活味道。当那循着一种无形的轨迹有模有样地延续的生活味道与我撞个满怀的时候，生命中本真的东西也就一点一点地感染了我。

蔚蓝的天空云朵游散，陈方涛在平原林场种蘑菇，过着清贫而安宁的日子。一间孤零零的土屋子，还有一只孤零零的猫，陪伴着孤僻的他从容地度过春夏秋冬。那里没有网络没有电脑，他在废旧的纸上写下一行行自白，从田间地头的草芽里拔节出诗歌倔强的茎秆。他首先是菜农，其次才是诗人。也许置身于树木、水稻地、菜园的缘故，他写下“静静地坐在果园里的老者啊 / 如果如果可以 / 我仍想带着最初的童贞不谙世事地走上你沧桑的枝头 / 执拗地拂去纤尘 / 纯真地怀抱青涩”这样的呓语。他一年见不到几个人，也很少出门参加活动，他在安憩的田园里自由表达青草一样的思想。

无论四季，每到闲暇就到伊犁河边走走坐坐，看看落日余晖，已成了多年的习惯。特别是深秋的芳草湖，碧蓝的天，飞鸟盘旋，成群的白鹭、野鸭在湖心沙洲上的红柳丛栖息，浩瀚的芦苇在微风里摇摆，坐在岸堤上看着河水缓缓西流。时光就这样一摇一晃流逝了，年华就这样一深一浅地过去了。

风轻人稀，有个人在芦苇丛中野钓，见到我们走近就露出笑容打招呼。我问他钓上鱼没有，他说别人在这里钓不上，我可以，我是伊犁河的儿子嘛。他想显摆一下他的技术，黄褐色的眼珠里闪着自信的光彩容不得我们走开。我们陪着他静坐，连好动的女儿也安静地看着浮子漂在水面上。这个钓鱼的人是城郊失地的农民，他要挣钱养家，闲了到河边钓鱼卖给餐馆也能赚点收入。中国农民总是拿今天的生活跟过去比，跟吃不上饭的年代比。只要能吃上粮、盖上房，他们就是最知足的人。如果说农民比城里人快乐，那也只是农民们参照自己的过去，心态调整得好罢了。看着他娴熟的动作和笃定的神情，真是觉得什么都是浮云，只有小日子才是实实在在属于自己的。这也是生活在这里的另一种幸运所在——城市边缘有一个水草丰茂的地方，可以悠闲地与风和日丽共度一个黄昏，看白鹭飞起又落下。

他指着不远处高耸的塔吊，看，那个地方就是我的家，我的果园子，现在没有了，听说要盖一个大医院。

我知道那片果园，我去过其中的一座。五月开着紫色的苜蓿花，通向果园的小路是在苜蓿地里踩出来一条窄直的道，拐弯处出现了柴扉，迎接我的是果树藤蔓庄稼春草组合的世界，以及和它们缠绕在一起的阳光，那么静、那么美。和苹果花一样繁密的是忙碌的蜜蜂，果园里有小屋，有孩子奔跑，有鸡在草丛里觅食，有狗跟在孩子后面撒欢。这里距离闹市区只有几公里，完全是一种近乎隐形的生活。掩上柴扉，仿佛走进另一种岁月，像桃花源，却比桃花源更丰富真实。

这才过了几年啊，果园已经被新建的厂房覆盖，铺在不远的地方。我怎么感觉近在咫尺的变化比往事更为遥远呢？在我每天上下班的必经之路，那些生长了半个世纪的一排排白杨倒下了，历史上“白杨城”的美誉终于成为地方志里的一个名词。又一处工地正在开挖，那个巨大的深坑犹如城市的伤口，我们脚下的土地，也就是我们赖以生活的载体已经疼得失去了感知疼痛的功能。最具盛名的城市规划思想家刘易斯·芒德福曾就城市的基本使命做过这样的表述——储存文化，流传文化，创造文化。这座小城曾经是丝绸北路重镇，东西方文化荟萃之地，声名远播。它被时代驶向快速发展的车道，历史变革面前，面临和正在进行的是如何将几百年蕴藉的“慢格调”转化为一种可以持续推动城市向前动力的课题。

电影《疯狂的石头》里有这样一个镜头：一个人站在过江缆车里俯身望着嘉陵江和两岸林立的建筑，一股潮潮的雾气萦绕着整个城市。他说：“城市是母体，而我们是生活在她子宫里的子民。”好多年过去了，我一直记得这个镜头和这句话。那时候，我是一株浮萍，城市对我而言是一本未曾打开的书，如今我是一棵扎根在城里的树，城市是一本越翻越厚的书，是越翻越生动还是越翻越难看，我无法定论。只有读这本书的人才知道内心的真实体会。曾经在过去的时代，人们觉得城里很空、心里很满是一种幸福，如今城里太挤、心里太空，人们觉得是一种失落。为什么越来越多的人一有时间就逃离城市，因为越拥挤的地方越缺乏故事，填充城市的人们，好多人都已心如空城。

有个外地画家问过我，这个地方的魅力在哪里，这个问题实在不好回答，也许越是熟悉的地方反而困惑越多。在本地人眼里，劳动不是唯一的美德，劳动、信仰和享受都是同等重要的，我觉得这是最有魅力的。假如再回到几百年前，我还是认为生活在这片土地上的人是有福的，他们过着知足闲适的好日子。

秋天的手指

秋天的伊宁，阳光，明媚温暖；天空，蓝而深邃；树叶，黄而绚烂。行走在伊宁的秋天里，是那样地适合怀旧，适合表达，适合畅想，心会随着柔和的风儿轻舞飞扬。伊宁的斯大林街，更是这个城市的金色走廊，大叶白蜡、国槐、圆冠榆、白杨流金叠翠的枝叶下，延伸着百姓的平常生活。

斯大林街是我每天的必经之路，一听这名字就让人联想到前苏联。是的，伊宁市受俄罗斯人的影响很大，有将近两百年的历史，俄罗斯人是为了躲避当时国内的政治局势迁徙而来的，伊宁市有全国唯一一所俄罗斯学校。20 世纪五六十年代，俄式建筑随处可见，老人们说那时候暮色中的河畔，密密的白杨林里常常传出手风琴优美的曲调和浑厚的俄罗斯民歌。如今那些俄式建筑和美好景象都淹没在历史烟尘里了，只剩下一条街的名字。

从我居住的小区出来左拐，不到五十米，就站在斯大林街上。过马路的时候，望着对面的橡树，像是老友在路边招手，即使我早晨才见过它，感觉还是那样亲切，不自觉漾出笑意。只有沐着夕阳的余晖在橡树下散步的时候，另一个自我才会悄然光顾，才能听得见心灵深处最细微的声响……

无论清晨上班还是黄昏散步，我都要走过它的身躯。随着岁月留下来的不仅只是一条街道的名字，还有巨大的橡树——一排树龄近百年的橡树。据说这些橡树也是俄罗斯人带来栽种的，也属于移民。说来也奇怪，伊宁市其他的街道没有这样粗壮的老树，更没有橡树，难道只有冠着洋名的马路才配得上具有异国情怀的橡树吗？我喜欢走在浓荫密罩的橡树下，特别是明艳的晴天。仰头从伸向天空的枝干隧道看上去，墨绿色的叶丛分割出不规则的蓝天碎片，阳光洒下来，细细碎碎地打在我的脸上。每当这个时候，心中有一种异样的感动升起，这是我生活的地方，有让我感动的一草一木，我是如此抱怨着它又是如此地眷恋着它。

我是从舒婷著名的《致橡树》这首诗认识橡树的，这首诗渲染的爱情，曾影响过一代人的婚恋观，也只有这种素朴、独立的爱情，才匹配得上高贵的橡树。橡树枝干黢黑，形象魁梧，顺着风的方向歪斜着生长，粗糙厚实的木质，蛮壮的树影流淌着高贵坚实的品质。从字面上来看，由“木”和“象”组成的“橡”，也可以解释为树木中的大象吧。橡树在欧洲是享有殊荣的树种，是希腊主神宙斯的圣树。橡树给欧洲大地带来了诗意的栖息环境，引来无数文人画家的赞美。如果欣赏了荷兰画家鲁伊斯达尔的《森林景色》、俄罗斯画家希斯金的《雨后的橡树林》、列宾的《橡树林中的礼拜行列》，就知道欧洲画家对气势磅礴的橡树有着一种怎样的敬重心情。文豪们也不例外，屠格涅夫常常坐在种满了橡树的庄园里构思一部部长篇巨作。加拿大作家麦科伦南在他的《伐木抒怀》中描绘了橡树倒下时的轰然震响和粉末芳香。艾默生说：“有思想、有良知的知识分子，应该学习橡树的样子，巍然挺立在大地上，在灵魂颓丧、萎靡的人群里，举起正义之笔，做‘一个擎旗的人’。”由这句话，让我联想到前苏联作家帕斯捷尔纳克，良心驱使他真实地反映暴力革命后的苏联的现实、人民的遭遇，特别是知识分子在革命狂潮中的命运。血雨腥风的年代，《日瓦戈医生》这部巨著诞生了，这是一部用生命写成的书，于1958年获得了诺贝尔文学奖。殊荣背后，帕斯捷尔纳克和他的亲人受尽了迫害和苦难，他却始终是一株橡树，挺立在西伯利亚寒流之中。

橡木是上等的木材，是高档家具的原料，也是欧洲葡萄酒窖藏木桶的最佳选材。橡树的果实叫橡实，橡实可以酿酒，作饲料，灾荒年里可以充饥，唐代张籍的《野老歌》曰：“岁暮锄犁依空室，呼儿登山收橡实。”橡树有着说不完的故事，橡树的果实里竟然还有如此多的秘密。我常常捡起一颗颗橡实，用手摩挲着，种子享受着手掌的温度，敦厚的颗粒在手心碰撞着，心里溅起一朵朵欢喜的水花。舍不得扔掉，回家把它投进一个水晶花瓶里，渐渐满了，棕红色的果实在晶莹的器皿中呈现出温润油亮的光泽，摆在柜上倒成了一个风格别致的装饰品，自然、环保、另类。

椭圆形的如手指状的坚硬果实，在深秋冷不丁地落到行人身上，饱满的、汲取了风霜雨露的种子在脚下碾作泥土。橡实于我，却是一场秘密约会。无论日历轮转到几月，或是飘过几场雨，我都不觉得自己走进了秋天。只有某一天，橡实落在我的头上、肩上的那一刻，瞬间的疼痛提醒我，秋天到来了——伊宁独特的、匆匆的、温暖而冰凉的秋天，它真的来了！那是因为秋天的手指，抚过了我的额头或者拍在我的肩上。对，橡实，就是秋天的手指。橡实落下来的时候，也就是秋天微凉的手指抚过大地的时候。稻穗染成了金色，葡萄沉醉在酡红里，树木层林尽染，秋天绚烂的色彩随着秋天的手指，抚过河谷，抚过田野，抚过伊宁人淡定自足的脸庞。周涛在他的《伊犁秋天的札记》中写道：“我到伊犁来过三次，每次都能非常强烈地感觉到某种异样的冰冷和温暖。这不是伊犁的自然所传达的，伊犁的自然环境永远有着它刚健的妩媚，也不是伊犁的风俗所赋予的，伊犁的风俗民情是全国最有味儿、最鲜明也是最幽深的。某种异样的冰冷和温暖，是伊犁州府所在地的伊宁社会散发出来的、像气味一样无法看清的面部表情。这里含有风景这边独好的骄傲和自负，也带着边陲重镇见多识广对什么都不再以为然的轻漠，同时还有点儿新疆人“我不尿你”的特殊心态。”是的，这就是伊宁人的真实写照，生活在伊宁这个细碎而又柔和的小城里，从悠长洁净、围裹着苹果花香的巷子里走出来的人，就是这个样子！

在异域风情的小城里，在虬曲的葡萄藤架下，生活着热爱生活、享受生活的伊宁人。苍劲遒壮的树影流淌着俗常百姓的性情。男人如橡树，在骄阳下乐观、坚定地奋进着。当秋天的手指在大地上弹跳着，落叶舞蹈出秋天的旋律，又一个年轮即将完成它的历史使命向我们告别了。我和许许多多平凡女人一样，生活宁静而心满意足。我喜欢小桥流水一般的日子，矛盾少一些，节奏慢一些，悲喜淡一些，和斯大林街上的橡树一样，浸润岁月的风雨沧桑老去。青春不再，树还在，从树下走过的多少人不在了，树依然在；人活不过一棵树，如果天堂到地狱，我只是人间的过客，那就让一颗跳动的心，时时发出鲜活的嫩芽，感受人世间的种种美好吧。

伊犁河之恋

一条大河从我居住的城市南面流过，它叫伊犁河。这是一条由东往西流淌的河，河水经年不息，奔流了几千年，有谁知道它还要流多少年呢？因为有了这条河，这里才有了一个如少女般清秀的地名。伊犁河位于天山北支婆罗科努山与南支哈尔克山之间，是天山水资源最丰富的山段。伊犁河是一条内陆河，又是一条由东南流向西北注入巴尔喀什湖的国际河流。

灵动之河

如果说天山是新疆的母亲，无疑母亲是最偏爱伊犁这个孩子的。雪山、草原围裹着一片农耕和游牧交织的绿洲，一条温婉的河流围绕着她的身躯蜿蜒流淌，以母亲般的柔情滋润着伊犁河谷，融注血液、渗透生命，养育这片土地上的生灵，赋予了伊犁河谷西域苍茫和江南婉约交织的风情。

绕城而过的河流给伊宁市平添了一份稳重大气。我居住的地段，离河岸大约有三公里的距离。夏季，黄昏，沐浴着余晖往南走，一条树荫浓密的大路，大路两边是粗壮高大的白杨树。

在靠近河岸的路段，马路中心以苹果树为车行隔离带，车少人稀，适合散步、闲谈。沿着绿荫大道漫步到达伊犁河，正好看到夕阳落到水面上，河水泛着红光，缓缓流淌，心也跟着平静下来。

这时候映入眼帘的河水，是迎着晚霞舞蹈而不是在流动。我喜欢看着夕阳西沉，直到水面只剩下一片脉脉的暮色，化解掉尘世的喧嚣。

站在桥上的人宛如剪影，有一种沉静的美。傍晚的伊犁河大桥上，时常会遇到浪漫的维吾尔族婚礼。装饰一新的花车和漂亮英俊的新人，随着一群兴高采烈的年轻人拉着欢快的手风琴舞曲载歌载舞。

这是居住在这里的维吾尔族人举行婚礼仪式中必不可少的程序之一。这个用歌声和舞蹈点亮生命的民族，是这片土地的世居民族之一，伊犁河对于维吾尔族人，有着更为特殊的情结。长长的桥连接着一生一世，让滔滔河水见证他们执手走过人生的长河，从此走入幸福的彼岸。

水枕伊宁

河岸上住着几户维吾尔族人家，葡萄架和果树掩映着小小的院落，能种植物的地方都种满了花草。青青的果实把树梢都压弯了，还有很多小巧可爱的麻雀在树枝上叽叽喳喳跳来跳去，听着枝叶稠密的树丛里传出的鸟鸣声，就能感受到生命的勃勃生机。

藏在角落里的一树樱桃红得娇艳欲滴，青嫩幼小的树枝顶上挂满丰硕的果实，把枝条压得轻轻晃动。我喜欢这些娇嫩的果实，放在嘴里吸吮，滑过舌尖的酸甜滋味里透着一丁点苦涩，不由得让人从心底里漾出欢喜的水花，情不自禁地喜欢上一些什么，比如花朵和草叶，童音和笑声，以及黄昏里流淌的河水。

我在这座城里长大成人，安身立命，我不知道还要在这座城市这条河边生活多少年。

河水仿佛是城市的枕头，把睡梦中的小城围裹在水一样的温柔中，即使远在异乡，也有一条河夜夜从我的梦中流过。我的欢喜忧伤、我的过往今昔、我内心的风吹草动，都和这座城、和城边流淌的这条河息息相关、密不可分。

我的生命已经离不开它们，我的梦想也无法比河水走得更远、更快，我梦想变成河岸边的一棵树，吸收着这条河的精华和灵韵。

我怎么可能不爱我的城市我的河呢？我爱这座城市的历史与包容，也不得不爱城里越来越少的白杨，越来越多的建筑；我爱这条河的厚重与独特，也不得不爱河岸上越来越少的湿地，和日渐消瘦的河床。

河岸静谧

天空清虚而静谧，一阵阵西风吹过，空气里飘散着丝丝缕缕的果香、泥土、河水和烟尘的味道。

暮色一点点加重，大地静了，一弯新月温柔地挂在天边，青草、花香、虫鸣，好多生命的呼吸正慢慢地沉淀下来。

河岸上遒劲的白杨，河滩上望不到尽头的沙棘、芦苇，河心小洲上沉醉的红柳，栖息的野鸭，扑飞的小鸟，顺流而下的鱼群，它们是这条河的儿女，寂静地繁衍、生长、消失。

站在远处看过去，它们的倒影映着水面，有种说不出的情愫在心里涌动。如果有来生，如果来生可以选择，我愿意做一棵树，默默地依偎着这条河，静静地守护着这条河，寂寞地开自己的花，结自己的果，勃发着绿色的生命。

天下的水都是一样的，天下的河却千姿百态、各有不同。伊犁人因为拥有这条河而骄傲，用这条河来比喻绵绵不断的友情和敬不完的美酒。我的心情也是如此。

千倾良田、劳作的农人、水稻、小麦、油菜花，还有生活里的歌声，犹如这条有生命的长河，向西流淌，永不停息。

雨后小城

我们享受着社会发展带来的便利，慢慢派生出惰性和懒意。沉迷在电子产品里，不肯走出户外去发现身边细微之处的美好。比如，花朵吐蕊，雪花飘落，四季更替。

即便怠慢了春风和雪花，我还是想端详伊宁夏天雨后的样子，用文字记录下它的某一个片段。

一场暴雨过后，被洗刷过的天空更加洁净湛蓝，彩虹就在前方，明丽炫目，整个城市都呈现出一种崭新的色彩。沿着城市的街道缓缓前行，细细打量着夏季雨后伊宁的表情。

天山路是一条坡道，由东向西缓缓上升。翠绿的刺柏和紫红的红叶李摇摆着轻柔的腰肢。叶面被雨水冲洗过，神采奕奕、洁净透亮，连树根下的石子和小草都闪着亮晶晶的水珠。街道不长，站在低处望向终点，看到的是蓝天和人行道旁焕发生机的树木，鸟儿在树梢跳来跳去，随着鸟儿的舞动，雨水滴落在行人身上，溅起的是生命的欢喜。

在我看来，夏天来到伊宁的时候，是从雨后解放路几条小巷里波斯菊羞怯地展开容颜开始的。自从听说这些悠长洁净、沁透着苹果花香的巷子要拆迁了，心里禁不住难过。从一巷到七巷，一路缓缓走过，每次都有不一样的感受。一只小小的麻雀站在一个小水坑旁，口中衔着一根草叶东张西望。它是在找妈妈吗？我很好奇。静静地站着，怕吓跑了它，它和我的孩子一样，离开妈妈就会慌张。

我怀念童年的时光，麻雀、鸽子、斑鸠和我们抢着吃葵花子的时光。路边粉色、白色、紫色的波斯菊和小巷相依了多少年？和伊宁相依了多少年？没有谁探究过。葡萄年年抽藤，波斯菊年年盛开，时光悠长缓慢，也是这个城市的特征。我不知道，小巷消失以后，伊宁会不会失去细碎而又柔和的面容；我更不敢想象，失去了葡萄架、白杨、波斯菊依存的巷子，伊宁还能不能看到一抹西域风情的背景。

南市区真静啊，所有的喧闹声都被雨水带走了。悠长的巷子里渠水缓缓，白杨高大、榆树粗壮，桑树下掉落一层桑葚，新鲜润泽，肥美多汁像饱含了青春。这里保留着伊宁最本真的面貌，小巴郎在巷子里穿梭，三三两两的老人站在大门口交谈，并不在意过路的行人，沧桑的脸庞淡定安详。

伊犁河沿岸，大片大片的苹果树浓荫如盖。沾着水珠的叶子沙沙作响，也许它们是在交谈。树木是有生命的，生命是有质感的，它们会欢呼、会愤怒，甚至会在夜晚低语轻呓。河边农田里，苜蓿开着紫色细碎的花，若有若无的芳香，像少女的气息散开在河谷上空。

伊宁的雨后还能看到什么——燕子的啁啾、蜜蜂的嗡鸣、花蕊的泪滴、折断的树枝、路边寂寞的自行车……心中有一种异样的感动升起，这是我生活的地方，有让我感动的一草一木，我曾忽视过它，现在却更加热爱它。

斯大林街五巷的山桃

伊宁的春天短促而惊艳，像女孩子来不及挥霍就稍纵即逝的青春。而伊宁这个地名，也像少女的名字，念出来的时候，唇齿间呼出一种清纯明媚的气息。

明晃晃的太阳悬在碧空，天空湛蓝高远，感觉春天近在咫尺，冬却赖着不走。早晨出门还在下雪，下着下着就出太阳了，雪花还在空中飘着，落在地上就融了。每当这种情景出现，我就擅自叫它“太阳雪”，心想书里所写的所谓“片刻韶华”，大概指的就是这个意思吧。

三月的冬雪还没消融，春雨就淅沥沥下个不停。伊犁河谷特殊的地理位置决定了伊宁的气候温和湿润，与其他地方比起来，生活在这里的人们总以好天气而徒生一种优越感。

清明前，冰雪在消融，土地开始松软，春天就在脚下，走着走着花就开了。

在这个城市的街道，每年都是山挑树最先传递春天来了的消息。我不知道它们为什么总是比别的树木更早地苏醒。每到了那几天，晚饭后总是直奔斯大林街五巷，为的是看看那几株山桃树开花没有。那些花蕾开得很含蓄，顶端的花瓣慢慢展开，中下部是密密的蓓蕾，带着一丝试探人间的意味。也不知道为什么，看到山桃一树的绚烂，心好像是放下来了——漫长的冬天真的过去了。

就像人们对清明的认识是从杜牧的“清明时节雨纷纷”开始的，说起桃花，常常脱口而出“竹外桃花三两枝，春江水暖鸭先知”，还有带着淡淡伤感的“人面不知何处去，桃花依旧笑春风”。而山桃和桃树不是一种树，山桃花和桃花也是有区别的。山桃树在城市是作为景观树而存在的，它还有一个很有文化的名字叫“伯乐树”，至于这个名字的由来，我无处可查。山桃叶细长似柳叶，果实可入中药，树体高大，树干相对较直，花期比桃花早，花色也浅。如果把山桃花比作青春洋溢的少女，桃花便是风韵十足的少妇了。

斯大林街五巷的山桃树不多，好多人都不在意它。它并不是伊宁春天的一道景观，只是在我心里，我自定义它是伊宁春天的象征而已。最初，我抱着牙牙学语的女儿去认识山桃花，一字一顿地教她说“山——桃”，她欣喜地用手指触碰娇嫩的花瓣，张开小嘴跟着学“山——潮”。如今，女儿和我一般高了，她常常会在黄昏提议一起去看看山桃。早春里，山桃一树一树雪白或粉红，空气还裹着寒气，它却开得散漫而从容，弥漫着清凉而鲜嫩的气息。

每年春天都要迎来几场大风，就像生命里躲不过的宿命。阴霾的灰色天空，大风吹得脸庞发麻，睁不开眼。我在风声里沉沉睡去。天还未亮，我被雨声吵醒，残留在树根下的积雪终于在雨水的冲刷下融尽消失，伊宁的春天就这样在丝丝绵绵的雨幕里来到。也有春天来得特别早，山桃的细枝上吐出怒放的花蕾，花蕾在阳光下还没完全展示明媚的娇羞，一场春寒降临了。一夜之间，褐红色的枝条上挂满晶莹的冰凌，花瓣的残香被冰冻在瞬间，地上厚厚的一层花泥。春寒过后，山桃树抽出青翠油亮的小叶片，无论骄阳多么燥热，却再不能开出一朵花。

如果没有三月的雪融和雨水，没有山桃花的探路和指引，春天如何能一路寻找花的踪迹？随着季节的转换，四月的杏花，五月的郁金香，六月的薰衣草，七月的油菜花，八月的向日葵，九月的洋甘菊，十月的藏红花，直到刮起秋风，天气渐凉，大地实在开不出花来，天空便把雪花赐给大地。

不知道今年的春天有没有倒春寒，想象着山桃花像爆米花一样炸开在五巷。我牵着女儿去看山桃花，就像看望一个个老朋友。我在坚持寻找着什么？一如那一树的山桃绽放在寂寞的路口。

穿过斯大林街五巷，小巷的尽头伸向繁华的解放路，在地下通道的入口处，一个盲人拉着二胡唱歌行乞。我走向他的时候，他刚唱完一首歌，缓了口气又亮开嗓门，开口居然是“左眼皮跳跳，好运要来到……”

阿丽艳的春天

第一次见到阿丽艳是 2004 年春天的一个早晨。她站在一群保洁工中间，即使穿着蓝大褂，手拿扫帚，也能感觉到这个女人与众不同——清秀端庄，有种沉静的美丽。

阿丽艳是我居住的小区里的保洁工，负责我住的这栋楼的卫生。清晨出门上班，偶尔遇见她都在拖地忙碌着。我冲她点头笑笑，她含笑不语，眼神里有种意外和感激。或许是小区里的保洁工和保安们见多了业主的漠视或者傲视的眼神吧，见到一个热情的微笑反而不自在了。春天一边化着雪一边小雨沥沥，小巷里的泥泞被男女老少的脚步带到楼道里，保洁工在春秋季节就格外辛苦一些。春寒料峭的早晨，阿丽艳的额头常常沁出汗珠，浸润着乌黑的头发。

有一个周六我休息，在家整理了一大堆旧书报准备扔到楼下垃圾桶。推门出来，正好看到阿丽艳在擦扶手，我就随口问道，这些旧报纸你要吗？你拿去卖掉吧，我也不知道收废品的来不来。她接过来说，报纸我存起来卖掉，杂志我拿回家看，谢谢你。使我惊讶的是她不但普通话说得很标准，态度也是落落大方。一般来说，干保洁工的都是生活困难的家庭妇女，操劳过日子都很不容易，哪有闲心读书看报。这个阿丽艳，从我第一次见到她开始，她身上一股特殊的气质就让我断定她是一个受过良好教育的女性，一定是个有故事的女人。

杏花开了，小区里各种树木也发芽了。下班回家的路上看到有卖苜蓿的，青翠嫩绿的装满一筐，摆在一个老太太面前，我买了一点，想着改改口味。一进小区大门就见到阿丽艳推着自行车下班。她见到我就露出笑容主动打招呼，她说你也吃苜蓿吗？我说想凉拌尝尝。她说，明天下午你到我家来好吗？我给你做“曲曲”吃，就是我们维族人的馄饨。你到毛纺厂门口，打电话我出来接你。我说，那好吧，你把苜蓿拿回去吧，就不用买了。她很自然地接过去放在车筐里，轻盈地滑向马路。就是那个交错而过的时刻，我觉得我们就像一对相熟多年的朋友。

阿丽艳的家在伊犁河边一个三分地的小院，里里外外收拾得洁净清爽，苹果树打着密密匝匝的花蕾。阳光温暖柔和地打在我们身上，我们坐在树下，吃着香气四溢的曲曲。穿着家居服的阿丽艳神态舒展，眉眼越看越漂亮。她今年 34 岁，是伊犁财贸学校毕业的大专生，分配到毛纺厂没几年就下岗了。她先前在超市打工，干得也不错。因为儿子上小学了，她需要找一个准点上下班的工作。超市工资虽说高一点，但是下班太晚，作为妈妈，她不能让上学的儿子吃不上热饭，孩子的学习也需要妈妈辅导。她的丈夫是九路公交车上的司机，早出晚归，也很辛苦。保洁工虽然劳累，不太体面，但是每天和儿子一起出门，接儿子放学，她可以照顾好家庭，也多了一份收入。我说，你可以和许多女人一样，老公挣钱，女人在家带孩子操持家务，何必要出去干那些脏活累活。阿丽艳笑了，她说很多下岗的同事也这样过着，可是我做不到。我四肢健全，脑子也不笨，我觉得健康的人坐在家里吃低保很羞耻，我愿意累一点，自己挣来的钱花得自在。我要让我的儿子好好上学，有知识就有一个好前途。她还告诉我，她和丈夫是同学，在儿子一岁时就领了独生子女光荣证，两人商量好要积蓄全部力量，好好培养孩子成才。

阿丽艳在说自己的故事时眼睛明亮，浓密的睫毛上下忽闪，清秀的脸上洋溢着动人的神采。我心里有种说不清的滋味，在下岗这几年里，她四处求职，在城市的最底层劳作，却依然有着独立自强的思想意识和对未来的美好向往。她的笑脸就像春天里的一枝杏花，开在我心里。

2007 年春天，阿丽艳来找我，说街办在招聘懂双语的社区干部，她想试试，想让我给她一点建议。我鼓励她说，你的机会来了，你一定能考上，并且给她找了学习资料。一个月以后，传来了阿丽艳走上新工作岗位的好消息，楼道里再也见不到她俏丽的身影，我心里有点失落，也由衷也为她高兴。

如今，阿丽艳的儿子在奎屯市读内初班，孩子品学兼优。她已经是单位的骨干了，连续三年被评为市级优秀基层工作者。有一天我经过她所在的街道办事处，临时决定上去看看她。好几个人围着她，她正在解释着什么，看着她沉稳干练的工作状态我不禁笑了。哦，朴实能干的阿丽艳，她在社会这个大舞台上找到了属于自己的角色，演绎得从容自如。

伊犁的冬天太长了，在漫长的等待中，近乎绝望，某一个早晨被雨声叫醒，终于迎来脚下泥水，头顶杏花的春天。

阿丽艳的生活会越来越幸福的，她的经历就像伊犁的春天来临一般，雨后的晨曦里，她也迎来了人生的春天。

总有一本书是你的光之门

最喜欢黄昏到午夜之间那段时光，四周很静，灯光柔和，茶很清香，手捧一本书，文字在心里时而寂寞行走，时而欢喜跳跃。读书是一件很单纯的事情，是作者与读者两人之间的无言倾诉，是一次简简单单的交谈，是带着真挚情感的相互交融，是以作者之笔伐读者之心，是一种喜的相互分享，一种痛的相互担当，是一个人与另一个人的共知与共鸣。

我从不认为被追捧的书一定会成为畅销书，最畅销的书就一定会成为名著，名家的著作就一定会成为经典，经典就一定值得每个人去读。我更不认为读书的首要目的是增长见识，提高学问，让人变得有修养，让他人仰慕。

读书只是一个爱好，是一件很个人的事情。你喜欢的未必是我喜欢的，我喜欢的未必是他喜欢的。但是，我还是会把读过的认为好的书推荐给朋友或者送给朋友。我希望不常见面或者根本不能见面的我们能在某一处相遇，即使是在书页里相遇。

读书不是一种时尚，更不是一种潮流，最新上市的小说我未必去读，最新锐的作家我也未必关注，我也不会因为喜欢一个作者去拜读他的每一本书。一本书的好坏与作者无关，只和文字有关。当我读到的书里的每一个文字像是从我内心迸发出来的时候，这样的书才最为生动而真实。

无论再忙，也要坚持读书，就像坚持一种健康的生活方式，这是多年的习惯。很多时候我们会以忙碌没有时间读书为借口，其实不是有了时间才去读书，而是当我们手拿着书以后才会间隙出阅读的时间。人在不同的阶段，所表现的东西是不一样的，重要的是了解自己。阅读可以让我们探索隐藏版的自我，也观照辽阔的世界。读一本打动我的书，其实读的是自己生命的光影，探索不曾了解的自己。

我认为，一个喜欢读书的人是最有福气的人。不管外在世界如何变化，竞争多么激烈，有人成功有人失败，有人幸运有人倒霉，只要能够在读书中建构自己的精神世界，就会使自己安心而自在。生命的意义在于过程本身，而不是追求某个最终的目标或成就。不论我们成长过程中是辛苦或顺心，快乐或忧伤，都值得我们用心体会与珍惜，因为这都是生命的礼物。热爱阅读的人，想要创造一个明天的自己，也能够创造一个明天的自己——纯净、热情、感性、责任、爱心。

我很在乎给我送书的人，我也常常赠书与人，因为我喜欢一句话——总有一本书是你的光之门，门的后面是你想融入的世界！

比早晨还早的人

我们身边，总有一些人，和我们认识或者不认识，相干或者不相干，他们沉默地忙碌在城市的各个角落，我们却感觉不到，因为他们是起得比早晨还早的人。

大地还笼罩在夜幕里，已经有人开始影影绰绰，走得急急忙忙，看不清面容，更不知来自何处，去向何方。他们比早晨更早一点，用自己特有的方式将早晨唤醒，他们才是这个城市真正的精灵。

声音，从远处传来，似在前面，又隐约在后方，总是萦绕在耳畔。声音在累积，还在递增，偶尔的一声两声，三声四声，之后唤起各种声响，将城市吵醒，将自己隐于嘈杂之中，无处可寻。这是酷暑严冬从不停歇，起得最早的人，干着最脏最累的活，把洁净的街道摆在阳光下面的人，他们是环卫工人。也许在许多人眼里，他们是城市里活得最卑微的小人物，尤其是开着豪华轿车从他们身边飞驰而过溅他们一身泥水或者碾过他们的工具丝毫不脸红的人。他们辛辛苦苦挣着薄薄几张浸透汗水的纸币，比起那些游手好闲祸害社会的人，他们虽然衣衫褴褛，坦荡的灵魂却是尊贵的。

黑暗中，农用车、马车、三轮车从不同的方向汇集在城市边缘的某一个角落，各种方言、各种喧嚣此起彼伏。月月年年，领地不断扩大，人群不断聚增，而老百姓的菜篮子越来越丰富。他们是城郊的菜农，这是一群披星戴月、风雨无阻，把最新鲜的蔬菜瓜果送到城市来的人。这些我们不认识的人，却是我们的饭桌和肠胃一天也离不了的人。他们弄脏了城市的裙边，塞进口袋一卷卷汗渍渍的钞票，比起那些醉生梦死伤天害理的人，他们虽然佝偻腰背，蒙着灰尘的脸庞是荣耀的。

昏黄的路灯下，行驶在空荡荡的马路上，站台上稀稀落落赶早班的人踮着脚张望着。车停了，留下一股青烟和不经意中用嗅觉感触得到等留意时又了无痕迹的烟草味道。这是公交司机，让上学的孩子和赶着上班不迟到的人。像一条一天到晚游泳的鱼，穿梭在城市的每一条大街小巷。他们好多人有腰椎间盘突出、肩周炎，他们顾不上妻子上班孩子上学或者是父母身体不舒服，却用余光扫描这一站哪个孩子没赶上趟，心里寻思着是起晚了还是病了。比起偷鸡摸狗听天由命的人，他们虽然寂寂无声，可挺直的背影是高大的。

还有好多起得比早晨还早的人，民工、商贩、送报纸的……没有人知道他们姓甚名谁，没有人递给他们一个微笑，没有人和他们随意寒暄，他们在低头忙活中迎来天边第一缕曙光。他们自食其力，不给国家添麻烦，从不躲闪生计的无奈，养活自己的同时也造福他人；他们卑微不安，抛下故乡父老，忍受城市的势利，却为这个城市的魅力和繁荣尽绵薄之力。有了他们，城市高楼林立早市人声鼎沸；有了他们，回家的人手里拎着水灵灵的果蔬；有了他们，下夜班的人面前摆着热腾腾的馄饨；有了他们，我们尽享种种便利却浑然不知、心安理得。比早晨还早的人，是对别人的忽视习以为常却最值得尊敬的人。

东方开始出现酡红，太阳早熟的光正用小猫的脚步慢慢向大地挪移。一夜的聚集，一夜的期待，一夜的沉默，终于爆发——天亮了！那些比早晨还早的人，回到他们来的地方，悄然入睡。

习惯

习惯是一个人特有的烙印，而家庭是习惯养成的温床，好习惯坏习惯其实都是一个大床上爬出去的孩子。走上社会以后，决定一个人是否受欢迎起决定作用的因素，不是学识不是财富，而是习惯——平时谁都不在意的习惯。好习惯就叫品质，坏习惯就叫毛病。

给我讲这些道理的人，是我的妈妈，她的“穷词歪理”之多，是我自愧不如的，一辈子也别想青出于蓝而胜于蓝。我讲一大堆的理由，她常常是一句话就划个总结。我家的习惯，就是家规，几十年如一日，为了这些习惯的养成，我们幼年是挨过打罚过站忍过饿的。

习惯之一：早起。只要和父母在一起住，就是半夜入睡，天亮也必须起床，洒扫庭院，梳洗早餐。即使住楼房也一样，是不分上班、周末和逢年过节的。实在困得不行，完成早起的所有程序后，只要没有外人，再倒头大睡，倒是允许的。可是往往一通折腾，睡意就消失了。因此，无论睡得多沉，父亲轻轻的一声咳嗽，我们就条件反射般跃起，一分钟都不敢耽搁。否则，那只抡铁锹的大手会毫不留情地挥过来。从十六岁开始住校以后，和父母再也没住在一起，工作后宁可住宿舍也不愿住家里，后来祈祷结婚和父母离得越远越好。说来也怪，即使过了二十年，每一个周末，想睡个懒觉，可一到点，就醒了。想再赖一会儿床，躺着不起来，好像一个巴掌老在眼前晃来晃去，早起的习惯就这样传下来了……

习惯之二：不吃独食。小时候物质贫乏，副食品是凭票供应的。无论是什么吃食，必须全家共享，缺一个人，就把他那份留出来。父亲宰羊的时候，就把好朋友都叫来喝酒吃肉。他说再好吃的东西，一个人吃独食也不香，是最没意思的。我上中学的时候，住校的同学伙食很差，我就带到家里来，无论我带多少同学，妈妈都管饱饭，从没责怪过我。工作以后，也常带同事回家，分享美食就是分享快乐的一种方式。成家后，自己的家更是朋友们聚会的根据地。妈妈说，路边边的树有多少，你们的朋友就有多少。说法虽然夸张了，但是与人分享确实是件快乐的事，无论美食还是心情。

习惯之三：不许剩饭。父亲的父亲是“大跃进”饿死的，他最恨浪费粮食，农民对土地和庄稼的感情是非比寻常的。小时候他哄我们说碗底有匹宝马，剩饭的人就等于是把宝马留到碗底了，一辈子受穷。弟弟很乖，听话，吃得干净。我不信，总剩一口。父亲就不让我离开桌子，瞪着眼，你吃掉，撑死了我给你抵命！再不听，下顿饭站到墙角饿着去。就这样，我们吃饭不但碗里干净，饭桌上也干净。

习惯之四：诚实。弟弟小时候逃了一次课，当时才五岁，怕挨打撒了谎。那时老师是不会家访的，妈妈居然像长了千里眼一样，连藏身之处都掌握得清清楚楚。父亲证实以后，用一捆玉米秆抽打，邻居们拉都拉不住，还说，越拉打得越凶。奶奶哭得喘不上气都没阻止父亲停手。妈妈事后说，扯皮撂谎的人是没有好下场的，就该得到惩罚。那神情就好像挨打的不是她亲生儿子，而是出卖祖国的叛徒。父母亲用暴力行动给我们的童年上了永生难忘的一课。

习惯之五：阅读。妈妈识字，颇爱看书，即使在图书稀少的农村，她为了借书，拜访过乡里所有接受教育的知青、下乡改造的干部。从三年级起她就给我们订阅少年读物，带我们进城买书。她的理论是“人不能一辈子上学，但是可以一辈子读书”。她不许父亲打牌打麻将，要给我们做榜样。阅读的习惯成自然，晚上静悄悄地看书写字是家里几十年一成不变的场景。

好多习惯随着生活环境的变化而变化，有些习惯却深入骨髓，走哪儿带哪儿，并且潜藏在意识深处，不自觉就带给下一代甚至更下一代。我那上幼儿园的女儿就是个早起的小公鸡，她也会在吃饭的时候一边往嘴里喂食一边捡起撒在桌上的饭粒。还有个说法更可乐，她一本正经地说，人不能撒谎，说谎的人脸上要长麻子，真的，这是我姥姥说的。

当我们在社会上为人处世时，才发现好习惯也可以是一笔宝贵的、用之不尽的财富。不过，父亲在家除了报纸和电视解闷以外，不会打牌不会下棋，日子无聊单调。我让他去小区的棋牌室娱乐时，他委屈地说，年轻时候不让我玩，我哪会呀？看他气呼呼的样子，我心里直乐，哈哈，老爸，你也有今天！

书虫·书蚕·采芹人

难得闲下来，懒得出门，抱一本书窝在沙发里，像虫子一样，爬行在书页间。光秃秃的树枝在冬日的暖阳下打盹，窗外是孩子们的喧闹声。也只有这样的时候，什么也不必做，看看书、发发呆，继而想到自己的命运——读读书、写写字、做做梦，时光就这样在字里行间、汤汤水水中漫过了我的腰身，轻易地滑到了中年。好多年了，大多数的闲暇时光，就这样做一只书虫，在别人的故事里感受人间的悲欢离合。重复的事情做得越多，越证明我生活的单调。书架、枕边的书，陪我度过多少难眠之夜啊。认识的人越来越多，志趣相投的人越来越少，和书的感情反而更亲近，这么说有点不仁不义，事实，的确如此。

曾经在日志里写读后感，被一位陌生人看到，续了精彩的点评。因书而结缘，隔着时空，两个陌生人成为文友，聊天的时候说说读书体会，对我的写作给予鼓励，也提了不少中肯的意见。我至今记得他的第一句留言："原来你也是一书蚕！"是啊，比起书虫，我更喜欢"书蚕"这个说法——在书中撷取精华，编织属于自己的彩绸。第一个提出这个比喻的人，一定是个诗人吧！

读书人在古代有个更诗意的名字——"采芹人"，出自《诗经·鲁颂·泮水》："思乐泮水，薄采其芹。"泮水之边的泮宫，是当时鲁国的学府。据说古代读书人中了秀才，就到孔庙祭拜，在大成门边上的泮池采几支芹菜插在帽子上，这样才称得上真正的读书人。2004 年春天，我出差济南，因为看过这个典故，特意拐到曲阜住了两天。一到孔庙就东张西望找泮池。一个不大的、半圆形池子，浅浅的一点水，浮着零星绿藻，没见着一棵芹菜，好生失望。

我一直以为《诗经》里说的"薄采其芹"的芹，就是平时吃的芹菜。小时候的菜园子，长着一片绿茵茵的芹菜，茎短味浓，俗称毛芹。母亲是个过日子很用心思的人，物质匮乏的年代，她的点子常常会给单调的日子抹上一笔色彩。熬制红润的果酱，衣领上用碎布头加一圈花边，破了洞的毛衣不是补上补丁而是绣上一朵花……冬天的窗外，白茫茫的一片，厨房里养着一盆山石，空隙里撒些土，再撒上芹菜种子，嫩绿的茎上顶着鹅黄的叶子，宛若盆景，走进厨房，迎面就看到春天的生机。母亲采几枝嫩茎，切碎点缀在菜肴里，菜的滋味平添了鲜活。在我心里，芹菜和母爱一样不可或缺陪伴我成长，没有想到，读书和芹菜这两个意境相距甚远的名词，竟然有如此的历史渊源。直到专门翻过注解，才恍然大悟，《诗经》里的“采芹”指的是江浙一带的水芹菜，《尔雅》里称为“楚葵”，而不是北方菜园子种的毛芹。

想象一下，古代的学子，得了殊荣，在池子里采几枝水芹到孔庙祭拜，姿势何等优美，表情何等荣耀，插着水芹的帽子完全可以和现今博士帽相媲美。

我没有能够取得功成名就，所以不敢使用“采芹人”这样的雅号，还是继续做一个快乐的“书蚕”吧，在书海里畅游，用文字表达活着的感动和生命的美好。如今我也做了母亲，操持家常日子，在菜肴和水果的芳香里向家人传递爱意。如果时光可以倒流，我更愿意回到儿时的菜园，还做母亲身边那个蹦蹦跳跳采芹菜的小女孩。

悄无声息的时光

在变幻莫测的生命里，时光是个无声无息的小偷。

夏天的一个周末，在妈妈家见到小时候的一个妹妹，她牵着一个五六岁的男孩走进妈妈家的院子，我正在树下摘杏子。我真是没认出来，她叫了一声姐姐就哭出声来。她是妈妈好友的养女。我那时候上小学，看着她裹在小被子里吸奶瓶子的胖脸真是稀罕极了。几乎所有的周末，都是她爸妈带着来我家玩。她会走了，她会说话了，她妈妈生病了，她上学了，她妈妈去世了，她爸爸再婚了，她有弟弟妹妹了。我再也没见过她，听说她辍学了，她去打工了，她嫁人了，她走得更远了。她消失多年后出现了，简直就是电视剧里某个桥段。而今她的儿子就像她当年在葡萄架下追着我疯跑时一般高。那个粉白粉白的小妹妹怎么就变成了这个样子？根本不是我想象的样子。其实，我也不知道想象中应该是什么样子。可能她也一样，她视为亲人的妈妈和姐姐以及伴随她长大的这个院子，也都不是她想象中的样子了。她哭的时候，我一滴眼泪也没有流，我也不知道自己是怎么了。坐在回家的车里，我却泪流不止。其实我并不是无动于衷，我每年清明都给她妈妈扫墓，我也一直记得那些往事。与往事相撞的一瞬间，那些岁月里的美好，如瀑布一样奔泻而下，打在心尖，溅起无数的小水星子。

前些日子，几位高中同学相邀聚聚，说是一个几年前离婚后调往乌鲁木齐工作的同学过来出差，我们也是多年没有联系。见面握手时我说我们都老了。他说这么多年了，你一点都没变！其实大家都明白，彼此都变了，只是变了多少唯有自己心里清楚，之所以说没变是不想顷刻间竖起一道隔阂的厚墙。同学之间无论多年见不见还是亲切的，我们一边吃饭叙旧，间或议论江湖上的苦涩。我看看左边同学鬓角的白发，瞅瞅右边同学隆起的肚腩，心想无论变与不变，人总是无法回到过去的，我们依然在人群里独来独往，艰难混世。大家起立举杯的时候，我想起北岛那段令人感慨万分的话——那时我们有梦，关于文学，关于爱情，关于穿越世界的旅行。如今我们深夜饮酒，杯子碰到一起，都是梦破碎的声音。

我是个相当怀旧的人，有时笑点和泪点低得我自己都觉得矫情。可是，很多时候心肠也很硬。十二月中旬的一个黄昏，堂哥遭遇车祸离世。他才四十三岁，也正是苦尽甘来事业有成的时候，上有七十岁的父母，下有未成年的孩子。我接到电话是凌晨两点，弟弟告诉我这一噩耗时在电话里哭得以至于我都听不清说的是什么事。我交代他不要再打扰别人，这样只会让更多的人失眠和难过，外面冰天雪地的，一切等天亮了再商量。放下电话我吃惊于自己出奇的冷静。一夜未眠好容易熬到天亮。赶到妈妈家时，爸爸慌乱地问我该怎么办，说二伯要他去处理后事，让我赶紧给他订票、收拾东西。爸爸向来是我的定海神针，这一刻居然眼巴巴地看着我，像孩子一样乖，听我交代事情。我和爸爸的位置就这样在岁月里悄无声息地互换了。就像他调侃说从前是党指挥枪，如今是枪指挥党。在我与他们有限的共处时光里，我会在声调高扬的瞬间低下来，因为我看到爸爸眼神里的恐慌和我小时候成绩没考好被他训斥时一样的无助。我在那一刻，心酸不已。

有时候我和父母不好沟通。他们看新闻联播、健康之路和抗战剧。我不可能跟他们讲那些我认为激动或者沮丧的事，也不能告诉他们新买的大衣多少钱，昨晚加班又吃了方便面凑合。也许最好的交流方式，就是安静地坐那儿听他们唠叨他们想絮叨的，同时要忍住别老打哈欠。我和单位八零后九零后们同样有鸿沟，因为他们没法理解我不用安卓不追美剧，不玩微信不打游戏。每一代人有每一代的可爱，每一代也有每一代的孤独。

十年前也是冬天，蜷在被窝里看小说《温故一九四二》，枕巾湿了几个夜晚。今年冬天，在电影院里看《一九四二》，依然热泪长流。时光拽着我飞跑，想到的想不到的，好的坏的都来了，猝不及防，只有都收下，承受或者化解。频频回头又能如何？不管黑夜经历了怎样的泣不成声，早晨这个城市依然车水马龙，生活还得继续，由不得沉溺于悲伤，只能铭记或者遗忘。

人的变化总在不经意间，在别人还未曾留意的时候，甚至连自己都还未来得及察觉的时候，过去的那个自己已经一去不复返了。然后，你就和周围人渐行渐远，像一颗蒲公英被风吹上天空，打个转儿，就告别了原来栖居的地方。如果我的视野所及只是这座城市的半条街道，那么我只能看见霓虹闪烁的妙曼而无法看清阑珊深处的背影。下班路上，当我看着四周人群匆匆走在渐暗的冬日街道时，内心便有甘苦与共之感。

年年岁岁花相似，岁岁年年人不同，我们无法拒绝时光的流逝容颜的改变。走过长路的人，经过磨砺的人，有过长夜痛哭的人，才听得见时光碎落一地飞花四溅的声音，可谁也看不清时光的脸。

茶语茶心

关于茶，关于茶文化，一直都是零星的认识。在我心中，茶是一种载道宣义的厚物，没有一定的道行，是没有资格评说的。我的茶语，是自己的感悟，一杯清水，几片绿叶，一壶沸水浸泡的心事。

我喝茶，喝的是它的滋味，它的心平意和。多少个有月亮的晚上，在一杯茶的陪伴下读张爱玲，不同的茶，不同的心境，不同的时间，即使读同一篇同一行，读出的滋味也是不同的。

第一次接触功夫茶，是 1997 年，请我喝茶的是一位热爱读书热爱美食热爱生活意趣的兄长。功夫茶的仪式之美，以及手法传递的尊重，让我有一种敬畏，那是要放下心中事，心无旁骛，方能对得住它的美好。而我不行，我是浮躁的，是沉不下心来的。后来，尽管多次喝功夫茶，然而我心里知道，贵气的喝茶，与我是有距离的，我承不起那份厚重。

我要喝的，是属于自己的安适的茶，茶抿在嘴里，划过喉咙，有一种久逢的喜悦。在崂山喝过当地的一种茶，极细小的竹节形状，淡淡的黄色淡淡的竹叶清香。海南的兰贵人也是我喜欢的，混合的奇香，甘甜的后味，像极了我棱角分明的性格。四川处处青山绿水，再贱的茶也是清香的。原来以为只有酒叫竹叶青，到了峨眉山，才知道竹叶青竟是一味好茶。在茂县的茶园，喝到了白茶，很是难忘。西湖龙井、信阳毛尖的名气很大，与我却不相投。花茶我是从来不喝的，那种香味匠气太浓。家里养了一盆茉莉，屋子里散发着丝丝花香，我的茶杯里常常有一朵白花漂浮，相视一笑，这样的情深意长，我喜欢。

直到喝过六安瓜片，才觉得知音总会相逢的。六安瓜片在《红楼梦》里，被曹雪芹写得最多，妙玉是独爱这茶的，孤僻的女子，心事也是静悄悄的。据说，这茶也连着叶挺和周恩来的友谊。叶挺在安徽开展工作，送周恩来瓜片，总理在去世前，独独提到想喝六安瓜片。男人递给我六安瓜片的时候，没听说这种茶和哪个名人有什么说法。而我看到叶片的妩媚，颜色的清亮，特别是入口时的一瞬展眉，就是我想要的。这个男人口拙，却是懂我的。

冬天，普洱、祁门红茶曾经温暖过我夜读时的辗转心肠。女友们聚会，我是拿花草茶招待的，绿茶各有偏好，打着养颜美容旗号的花草茶，菩提、薰衣草或者蓝莓，等等，不仅可以满足不同口味，配上点心、水果，三五个女人度过悠闲的下午茶时光。

小苦丁绿得沁透，冷冽中透着清苦。十几年前，一位友人给我寄来三盒小苦丁。只喝了一口，如同我拒绝一切苦味的食物一样，再也没有尝过。年岁渐长，才慢慢明白，即使很小的心愿，也并不是每个人都有福分来遂心所愿的。再喝到海南的苦丁茶，要比小苦丁苦得多得多，竟然也咽得下去，慢慢品味苦中的滋味了。

除了普洱，茶是要喝新鲜的，再名贵的陈茶，就如同被耽搁的青春，偶而微澜，也是泪湿无人见的。女人的心事，不过如此吧。

在潮州茶楼喝凤凰单枞，听泡茶的人说，茶如人生——火候，茶汤，饮茶的人，差一样，都是不尽人意的。人在江湖，天时、地利、人和，差一样，也是不如意事啊！

有时候喝茶，不论是讲究还是将就，喝的不仅是茶的本味，那份通透的自在，而是茶所沉淀的关于芳香、关于做人、关于坚韧宽厚的故事。喝茶的人千万脸孔，而那真正的茶心，却是从容、坦荡的。

茶不是用来解渴的，茶是用来清心的。行至水穷处，坐看云起时，这样的豁然开朗，才能对得起好茶汤。

古人把茶称为“解毒药”或是“断肠草”。华佗有曰：苦茶久食益意思。谁是谁的解毒药，谁又是谁的断肠草——各人冷暖各人知，时间自是公道杯！

趁着冬闲好读书

春节放假的前一天，与外地老朋友电话闲聊。她问我最怀念年轻时候的什么，我几乎没有思索，脱口而出："我最怀念那时候咱们一壶清茶，几本好书，大家各抒己见，争得脸蛋发红、眼睛发亮的场面。"

放下电话，带女儿去了书店，流徜其中。此番买书有两个目的，一是辛苦了一年，给自己和女儿送几本喜欢的书作为礼物，犒劳犒劳；二是趁着假期，悠悠闲闲地睡睡懒觉读读书，享受难得的长假。一番挑选之后，各自选了几本书，有张爱玲的《重访边城》、林语堂的《吾国吾民》等；女儿选了林海音的《城南旧事》、法布尔的《会唱歌的蟋蟀》……走在回家的路上，拎着两摞书有些沉，沐着暖阳的心里却是愉悦的。

读书的习惯源自童年，玩具匮乏的时代，新华书店是梦想中的天堂，踮起脚尖才能够得着的柜台对于孩子无异于阿里巴巴的山洞，随着小人书变换的还有我稚嫩的心灵。工作之初，书是生活的组成部分，与衣食住行一样重要。那时候工资不高，书也不贵，身边还有一群同样喜爱读书的朋友，互相借阅，各自手上书虽然不多，书看得却不少。光阴荏苒，进入中年，一段时间不去书店转转，心里空落落的。更多的时候，去书店就像去看一位老友，那些熟悉的书名换了昂贵的外衣，孤独地立在书架上等我去看望，即使不带它回家，凝视一会儿，也觉得亲切。

读书是需要时间和心境的。金圣叹就说过“雪夜闭门读禁书，岂不快哉”！现在几乎没有禁书了，读书时间长短无所谓，名不名著的更无所谓，随意斜卧横躺，要的就是那份闭门读书的惬意。还别说，冬日倒是最适合读书的，尤其是新疆的冬天。天一变脸，屋外不是漫天飞雪就是寒风怒吼，人便缩手缩脚，不愿意出门，朋友间也少了走动，暖暖的屋子，翻出一本在书架上搁置了许久的书，沏一杯热茶放在手边，正是读书的好时光。

伊犁的冬天，即使是三九寒天，也是有太阳普照的。更何况今年春节，严寒已经过去，院子里的树木好像传递着春天正从某个地方往这里赶来的神秘信息。清晨，拉开窗帘，蔚蓝的天空下，巍峨的雪山耸立在视线的尽头。这时候，头脑是喜悦灵空的，适宜读读书架上久不翻阅的典册，无论是地理还是文史，平常觉得枯燥的文言文清晰地滑过脑海，留下久久不忘的痕迹，每当这时候，阅读《素书》《诗经》或《论语》，总会有意想不到的收获。

午后，靠在阳台的沙发上，慵懒在暖阳的拥抱里。这时候，适合读散文和过去那些老人写的随笔。龙应台的《目送》、杨绛的《将饮茶》、董桥《这一代的事》、吴冠中的《我负丹青》，还有冯唐的杂文《活着活着就老了》……当字迹变成小蝌蚪在眼前游来游去的时候，就迷迷糊糊地睡着了，美文在心里发酵，浸在文字里的睡眠如此香甜。一觉醒来，太阳的余晖已经移开了屋子。站起来活动活动，把散乱的书收拾好，泡一杯绿茶，吃几片点心或是水果。这个时候，如果门铃响起，友人来访，一起分享下午茶，谈谈书中的一个故事、一个人、一段话，交流中碰撞出思想的火花，更是有滋有味，慰腹且慰心。

柔柔的灯光亮起，适合晚间阅读的有历史典故、人物传记或是诗歌，新疆本土作家的作品我也是放在晚间阅读的。好多人说电子读物既方便又省钱，我还是不喜欢。白纸黑字，哗哗地翻阅声，才是读书的真感觉。

白天读了，也可夜间不翻书。打开电脑，记录下点点滴滴的心得，日子长了，也就累积下篇篇读书笔记。对于喜好读书的人来说，书是另一个伴侣，柴米油盐的一生，也是读书写字的一生。婚姻不见得多么美满，相扶相伴到老；读书写字不见得有多大成就，也是用心耕耘到老。

有一位文友读了博尔赫斯《私人藏书》，写了一篇读后感。当我看到这一段："每当他得到一本心仪已久的书，在夜深人静的灯火下，仔细轻抚它的封面，聆听纸页间的心跳，仿佛与一位久未谋面的老友在秉烛夜谈……这该是怎样的一种荣耀呀？"不由会心一笑，爱读书的人，哪个没有这种感受呢？我们眼前的世界纷纷扰扰，思潮像烟花般变幻着，书店却像是一处桃花源，别有一番洞天。我一直梦想开一家四壁皆是书柜、飘着茶香的敞亮温馨的书店，打开门，盛着满满的古今中外。

我希望我们生活在一个书香社会，恬淡、充满智慧的书，健康、引人向上的书都是我们伸手可及的朋友，那该有多好！到那时候，阅读不仅是一个人的荣耀，而是我们整个社会、整个国家的荣耀。

火锅

小区旁新开了家川味火锅店，样子和别家的火锅店相差不远，招牌都是红色字体，挂着热辣辣的名字，一如那随风飘过的热辣辣的味道。

黄昏散步的时候，透过一楼落地的玻璃墙，可以看到里面的陈设和食客。大部分空间都被一个半椭圆的吧台和通往二楼的楼梯占据了，靠墙零星摆着几张双人桌，年轻的男女面对面，探头捞一捞锅里熟了的菜，吃几口，再转而低头看手机，时而相视笑笑，说几句话，又低头看手机。

提起火锅，川味首当其冲，一个“辣”字直冲脑门。其实我不嗜辣，也不是特别爱吃火锅。在我的认知里，火锅是要一堆人吃的。嘈杂拥挤的空间里，雾气腾腾地看不清别人的脸，也听不清邻桌说的话，吃相都不怎么雅观，消耗时间又长，慢悠悠地边吃边说，无所顾忌。太适合有许多话要向彼此倾诉的麻雀一样的女人们。如果轮到我请客，偏偏又都是女人的话，我就首选火锅店了。

长居于此，相熟的人都住在同一个城市就是有个好处，相约坐在红油翻滚的桌前，没有人伤感即将的离别，也没人谈及未来的相聚，更无须客套谦让，都忙于“各取腹所需，各吃口所长”。在食材混杂的锅中抢捞自己爱吃的东西，谁也不辜负眼前的美味和友情。锅里的食物咕噜咕噜煮着，叽叽喳喳说着各自生活里的乱七八糟。一旦食物将熟，那些没有说完的快乐也好，烦恼也罢，都戛然而止，几双筷子迫不及待在锅里扫荡。刚开始，麻辣作料没有被煮透，大家还觉得味道不够重，小碗里还要添加点香辣酱什么的，然后抢着发言，声大速急，容不得别人插嘴。然而，火锅的麻辣劲是不容小觑的，它总是后发制人，慢慢侵蚀整个口腔，再长驱直入烧灼整个胃。吃到后面，都被辣得龇牙咧嘴，那些没说完的事情都说不下去了，桌子上慢慢安静。有人开始喝王老吉，有人喝可乐，有人干脆喝啤酒了。这种时候，谁也不考虑养生，只要充满了刺激的快感。火锅就是一种跟健康无关的东西，它无辣不欢，不烫不食，直到感觉食物堆积得胃有点吃撑了，才恋恋不舍放下筷子。

我还是喜欢吃伊犁的土火锅，特别是大雪纷飞的严寒季节。三五人围坐在一起，沿着锅子边缘一边添菜一边吃土鸡肉，喝汤，轻声慢语地讲话。小店里没有刺鼻的味道，没有喧闹的干扰。汤里滚着的白菜豆腐粉条那种家常的滋味，很是传统朴素。我有一个发小，考学离开伊犁留在外地工作了，父母早逝，十几年没有回过家乡。去年冬天，他公务在伊逗留，我约了几个一起长大的伙伴到一个农家土火锅店相聚。坐在暖烘烘的大炕上，他只喝了一口汤，眼泪就掉了下来。那一瞬间，他是想起妈妈了吧，味蕾一下子就把十几年刻意隐藏的回忆都勾了出来——食物的滋味，就是家的滋味。

有一年“五一”劳动节，我们十个女人结伴去成都旅游，到达的当晚就去吃火锅。那场面甚是壮观，上千平米的大厅里全是黑压压吃火锅的人头。我看到邻桌有一个女人，对着一桌子的菜，一个人默默地吃。那时我还年轻，身边有三五成群的好友，不为生计发愁，有大把挥霍不完的快乐，不知道孤独为何物。我第一次目睹一个女人独自吃火锅，还点了那么多的食物，独自饮着冰豆浆，显然和整个火锅店热闹喧杂的气氛格格不入。大家置身于火锅的发源地，吃得都很过瘾，而我不时看着那个女人吃火锅的侧影，心里隐隐替她难过。那个女人一个人吃火锅的画面牢牢印在我的脑海里，经久不散，任何时候想起来心里都充满同情。

没想到若干年后，我也做了一回一个人独自吃火锅的人。有一年深冬，我在深圳，逛累了想找个地方一边休息一边等人。商场巨大的负一层全是不同风味的食摊，里面还有一家专为一个人吃火锅而营业的港式火锅店。细长的大理石台面上坐落着一排小圆锅，和小圆锅对应的是一个个红色的小转椅。这里居然有那么多独自吃火锅的人。不同的是，这样的画面在我眼里不再显得格格不入。这个繁华大都市，有太多孤独的异乡人，他们习惯了没有人陪着吃饭，所以才会有这样专供独自一人享用的火锅店。我也安然入座，还特意点了一份羊肉，却没有吃出家乡的美味。那一刻，我特别特别想家，恨不得立即请客，看着好友们围着冒着热气的圆锅而坐，如沐香薰般坐在麻辣味道的包围里，充满慈爱地望着我。

婆婆和荠菜

四月的田野，绿油油的麦苗青草，杏花怒放，看着都让人欣喜。每到这个季节，婆婆就到田野里挖荠菜，然后喜滋滋地给我打电话，说着跑了多远，收获几多。我想象胖胖的她骑着自行车到郊外方圆几公里的田地里挖野菜，有些不忍，看着她神采飞扬的样子，又不好打击她的热情。她和所有的母亲一样，操心我们吃的饭、穿的衣，即使我们早已成家立业，为人父母，她依旧唠叨着刮风下雨出门小心。

在婆婆的影响下，春天的暖风里，我常常和她一起摘荠菜，一起絮叨孩子的事，一起做饺子。我也在想，为什么在我们年轻人眼里无所谓吃不吃的荠菜，老人就那么重视？荠菜遍布山野，从来登不了大雅之堂，过去的灾荒年，老百姓吃着野菜度过难熬日子。从某种意义上来说，野菜的韧性，体现的不仅仅是植物本身的属性，而且也是中华民族农耕文化衍生背景的一部分基质吧。所以老人对土地以及土地上的生长物往往有更深的感情。他们无法用语言和文字来表达，却用民以食为天的这种行动来延续无法忘怀的感恩之情。

青嫩的荠菜，在开水里打个滚，拌上芝麻油、盐、蒜末就是一道清爽的凉菜。和肉搅在一起，出锅的饺子鲜美清香。荠菜的性情是平和的，入口有点涩，随后是香甜，可以独立成菜，可以入汤，可以做其他菜的伴侣。荠菜身上有一种谦和的欢喜，这种特质在每个母亲身上都发出母性的光辉。

每个人在成长的过程里，都曾经固执地渴望独立，远离父辈母辈那些来自土地的落后和愚昧的象征。颠沛流离的辛苦之后，最后发现，来自父母祖辈的老实巴交的观念，才是活在世上颠扑不破的真理。如果没有婆婆年复一年的荠菜饺子，我永远都不会理解由野菜连接自然、流溢出的无限的人生滋味。荠菜，在融合的气氛里，在寻常百姓的餐桌上，是自由、爱、亲情和一切美好事物的呈现，而这些，是我没读过书的婆婆教给我的。

那一扇窗

多年以前，受远方友人之托，让我帮他的妹妹在伊宁市租间房子住。那时候我也才二十来岁，和芳姑娘同龄，还没什么社会经验，也不了解租房行情。我们两个大姑娘吮着冰棍，从解放路三巷慢慢转起，一条条巷子里，看见有维吾尔大妈站在门口闲坐或者聊天，就上去问问有没有空房子出租。

芳姑娘和我一样，喜欢伊宁幽深的巷子，喜欢蓝色庭院，喜欢院门外盛开的波斯菊，喜欢门楣的线条，更喜欢临街的窗户，白色的绣花帘子上蔓延着花草图案。王蒙在《临街的窗》中这样写道："在伊犁，多数家庭的窗都临街，人们把临窗赏街景视作生活的一大乐趣。但临街的窗必有木窗扇，木窗扇上多有浮雕花纹，夜间入睡以前把木窗扇关起，用一根铁棍两只穿钉把窗扇固定起来，自然万无一失。木窗扇不仅有利于安全，冬季也有助于保护室内的温暖。后来我们在窗上挂了洁白的窗帘，窗帘是一个维吾尔族女工帮忙做的，她用精致的挑花技术，使两片普通的白布幻化出迷人的花与月的图案。当然，这图案花是地地道道的维吾尔式的。"这一番描述，让这个外地姑娘深深迷恋，非要固执地住到这样的人家去，住到这样的窗帘下的宁静里去。

临近黄昏，我们已经精疲力尽，这是解放路九巷，闹市区的最后一条巷道。主妇们各自散去，都回家做晚饭了。一户人家的门口有条木质条凳，背靠着粗壮的白杨树。我们过去坐下，商量着是明天继续寻摸还是改变战术。我们俩仍然不死心，反正夏天天黑得晚，再碰碰运气。说好哪家的院门关得不严实，我们就走进去询问。一扭头，呀，真巧，这家的院门半敞着。我们刚走进院子，一个大妈出现在高高的廊檐下，我们就这样与体态丰满、皮肤白皙的房东大妈索尼娅碰了个正面。

我们的运气真是好到家了。她家不但有空房，还有出租的打算，并且还说屋子只给漂亮的丫头住。因为她有两个上高中的女儿，男人出出进进不方便。看来，她对我们的第一印象也不错，赶忙给我们切西瓜摘葡萄，说能不能看上房子无所谓，先吃点西瓜解渴。我们怎么会看不上她家的房子呢？这是一座保留着伊斯兰和俄罗斯建筑风格的民居，外墙是白色的，高高的台阶和回廊，房檐上是涂着蓝、绿两色的木质雕刻花纹，传统的俄式坡屋顶，看得出房子也有些年头了。小小的葡萄架，两三颗苹果树结着青青的果子，碎砖头铺出的地面洒扫得洁净清爽，凡是有空隙的地上种的都是花，闪着紫红色丝绒光泽的鸡冠花开得肆意张扬。

空置的屋子在回廊的尽头，是一个套间，里外两间，房间刷着蓝色的墙，铺着古旧的实木地板，木质纹路清晰可见。铁艺刻花的床架上方挂着一幅油画。一切的一切，何止是满意，简直完美得无懈可击。芳姑娘不租吧，实在舍不得离开，租吧，一个人住太奢侈，价格也贵。她左看右看，央求我和她一起住。其实，当我置身于如此古朴怀旧气息的屋子中央，早就失去了抗拒的能力。

我们就这样在解放路九巷索尼娅的庭院里安居下来。索尼娅守寡多年，长子在霍尔果斯口岸做边贸生意，两个女儿读着高中。这座院子是丈夫的祖产，她本人是乌兹别克与俄罗斯混血儿，是外嫁到伊宁小城的，当初奔着爱情而来，丈夫那么年轻却先她而去。她靠着在餐厅帮工抚养三个孩子。儿子自立后，不让妈妈再吃苦受累，担起了养家的责任。索尼娅是个好妈妈，对孩子们关怀备至。晨曦微白，总能在厨房的那一扇窗里看到她为女儿准备热气腾腾的早餐。黄昏日落，进院子就能听见锅铲轻快的声音，饭菜香味一阵一阵地飘过。天若下雨，她去学校送伞。周末逛街回来，给我们展示的都是给女儿买的新裙子。

肉孜节快到了，索尼娅早早打招呼说邀请我们一起过节。一个晴朗的周末，她叫我帮忙一起炸馓子。她和好了面放在大盆里醒着，告诉我馓子一定要山梁上的旱田面才最有劲道。我按照她的吩咐，一遍遍揉搓面剂子，她又拿过去，自己再搓得更均匀柔滑。馓子是伊犁各民族过节时必不可少的一种吃食，家家户户都会做。追求技艺的完美，对细节一丝不苟，在重复中精益求精，就是主妇们的生活态度。她们就是这样，了解食材的特性，磨炼自身的技艺，做出好看又好吃的东西才是生活本身的意义，也是她们的人生哲学。索尼娅也不例外，她的性格里既有做人做事的勤恳朴实特征，又有内心世界的优雅浪漫情怀。

肉孜节那天上午，她拉开正房橘黄色木门，屋子中间摆放着长长的欧式餐桌，铺着淡雅的花格桌布，上面摆满了食物。顶上的吊灯、落地的木窗挂着墨绿色金丝绒质地的窗帘，倚在墙角的柜子，散发着久远的年代气息。从这些老物件里，仍然可以看到当年索尼娅一家人优雅而和谐的生活。这所房子和里面旧式的装修告诉我们，伊宁这座充满欧式风情的城市是怎样出现的，曾经生活过什么样的人，以及这些人在这座城市里曾经发生了怎样的故事。最惹眼的是墙上悬挂的一位优雅的女士单人像和家人们的黑白照片。索尼娅指着那张单人相说，这是我的婆婆。那些黑白相片是她婚后与家人的一些生活照，从照片里的服饰和仪态来看，这曾经也是个大户人家，索尼娅经历过从繁华到落寞的人生。正因为这种人生，她平时的行为风格才不是孤立的，她才有了生存的勇气和坚强的可能。在温饱之外，她在追求一种内容和气质相近的生活——身心并赴、内心充满安宁和纯粹的喜悦。

我和芳姑娘一起在这个院子住了两年。我们从一扇窗里体会着日子的平凡喜悦和艰辛，我们在廊檐下抖落身上的雪花，我们在深夜听过醉酒的人唱歌，我们和索尼娅一家拥抱告别。

当城市的历史就这样一点一点消失时，我们只有在往事中寻找回忆。现在，芳姑娘远在上海定居，解放路九巷早就拆迁扩宽延伸为江苏大道。我们再也见不到曾经住过和路过的开满鲜花的蓝色庭院，和那一扇扇木质浮雕花纹的窗户，听不到回荡在伊宁上空起伏蔓延的钟声，却依旧有鸽子绕着穹顶飞翔，它们也许和我一样，在怀恋旧日的时光。前几年，芳姑娘回来过，她执意要去看看房东索尼娅。我们打听了好几天，才找到了搬到北大营十四巷的她儿子家。她儿子已经是两个孩子的爸爸了，他很高兴我们还记得他的妈妈和妹妹。遗憾的是，索尼娅大妈已经病逝两年多了。我记得，那时候如果有朋友开车来接我们出去玩，索尼娅就会从窗户里伸出头，调皮地喊我们，丫头子，快一点，小伙子等急了。那扇窗户也挂着她亲手缝制的白色绣花帘子，细碎的小花映着她蓝灰色的眼睛。坐在索尼娅儿子的庭院里，我仿佛看见，有一天，院门外来了一辆车，是来接她的。她可能自己锁了门，慢慢走出去，也可能是一张白布裹着，被抬了出去……

情书

静静的夜晚读一些诗词，仿佛潜入前世，沉浸于古典诗词的美丽与哀愁。尤其是看到宋代张炎之作《解连环》中的“写不成书，只寄得，相思一点”一句，真是经典绝句。突然怀恋起书信时代，那时候时光缓慢，情谊细水长流，亲情友情爱情，都是这样鸿雁传书，如一条地下河，默默地流淌，不发出一点声音，可是河岸上蔚然成荫，都是满满的爱。

有很多年没有人说过“情书”这个词了。时代不同了，网络、视频、手机、微信，方便迅速而没有时空距离，没有了等待守望，来得太快捷，也太容易挥发变质。现代的人和事，缺的不是速度，而是那一点点慢，慢一点萌发，慢一点发酵，感情的温度是够了，唯独缺了时间烘焙的芳香。

有时候，很想念手写情书的年代。那时候的爱情，有股手工的味道。想象一下薄薄厚厚的信纸一路风雨，要经过山川河流，马匹、铁路和汽车，穿过焦灼，越过时间，到达手里的那一刻，就不难感到是怎样的情深意厚。把情谊和喜悦献给墨水的时候，可以无所不谈，任性、自如，把采掘的思想之花，插于文字里，还带着生活的露珠，鲜活欲滴。像《千江有水千江月》里的大信和贞观，两个内心细腻的人互传尺牍，温婉悠长；像罗丹和卡米耶的书信，火热奔放；像张爱玲和胡兰成，字条传情，情深意长……

古人一页纸墨让人心化为手语，在闭塞的时代造就一段段旷世爱怨。纸墨又变成戏文，代代流传。这样的文字，这样的爱情，穿过时光隧道，让我们看到什么是真正的地久天长，无论古今，无论中外，在人间散发着永恒的光辉。

如今，科技时代的传媒铺天盖地占领了我们的时间和心田，机器为我们传情，注重结果和时效就是现代做派，谁还会在乎写信的温情？谁在乎写信时一撇一捺的细致？又有谁耐心揣摩字里行间跳跃的欢快与无奈？

情书时代已经退出了历史舞台，几个世纪里，纸墨让人们相信，爱是多么重要！有幸的是我们赶上了书信时代枝叶末梢的余温，那些书信见证我们成长的足迹，我们沉默在时空的两极，平等相待在心灵相通的脉络里，支撑我们真诚处世，善良为人。书信的意义是任何工具都无法替代的——它的从容、它的朴素、它的温暖，它像妈妈怀抱的体温，那种远离但从未忘记的爱。

好多年前，我们在书信的起点和终点守望，相扶相伴走过青春岁月，我一直无法忘记你认真的眼神：想我，就写信吧！

十一月的碎片

这是一条自东向西流的河，这条河是我们这个城市的动脉，因为河流穿城而过，给小城平添了一分大气豪爽。一座桥连接着城市和乡村，站在桥上放眼望去，十一月的村庄，有种寂寞的美丽，如同迟暮的美人，隐忍着曲终人散的不甘……河谷两岸是良田，种着小麦、油菜和玉米。这个季节，只有土地裸露在无雪的冬日之下。小麦大片大片种在地里叫庄稼，小把小把扎起挂在墙上叫艺术，世上的事就是这么不讲道理。

快到年底了，好像凡事都要有个交代似的，紧赶慢赶，所到之处，话题都离不了危机，各行各业，各个层面，这种论调无处不在。大堆的工作要在年底完结，关连的环节很多，往来的人也很多，劳心劳力，却说不清是什么情绪在作怪。是什么让我不快乐我是俗人，我不可能不为生计奔波，即使是不那么心甘情愿，不爱听的话要从耳边穿过，不愿干的活要从手里传过，谁不是这样过着？我还有事做，领着工资凭什么抱怨？我有什么资格抱怨？每个人都在挖掘生命的黄金，也都在接受自己不一定亨通的命运。

“世界上一切好东西对于我们，除了加以使用外，实在没有别的好处。”这是《鲁滨孙漂流记》里的一句话。去年的这个时候在干什么想什么已经记不清了，安身立命，谋生谋爱，偷生偷闲。我和许许多多的人一样，随波逐流，忙于赶路，眺望着远方的玫瑰，忽略着脚下的草地。为了家庭、责任、社会因素，强迫自己去做一些意识层面认为必须要做的事情，却和内心意愿相矛盾。追求着生活质量的提高，却离生活本身越来越远，就如有些人看起来是身体上有病，原因却是心里受了伤。“好东西”是什么？是山珍海味吗？是奢侈品吗？是夜夜笙歌吗？其实，最奢侈的东西是时间，最好的东西是青春、是健康。《倾城之恋》里，白流苏在炮火中的哀叹：“靠得住的不过是胸腔里的那一口气！”

活着的底气是什么，是财富吗？是地位吗？是尊严吗？都不是，是人的心态。人的心态决定人的快乐指数！包括我在内的相当一部分人，把快乐的表决权交给老板的脸色，交给孩子的成绩，交给薪金的高低，交给房子汽车，交给名牌货，甚至交给天气和命运。老子云："道生一,一生二,二生三,三生万物。"我们心中装满了万物，唯独忘了"从心出发"的真谛。小区里一个老人对我说过："老祖先的话句句是金子，你们年轻人一句都听不进去。"让我不快乐的，恰恰是自己的心，这颗患得患失的心啊！

十一月的天气，天是灰蓝色的，阳光明媚的时候不多，晴朗起来却像是回到了秋天，雪花飘下来就融化了。雾是另一位不受欢迎的客人，没眼色地出现在某个清早或黄昏。有天下班雾太大，什么都看不见，白色的雾霭中有孩子喊妈妈的声音，女人叫男人的声音。我在马路边的超市等路灯亮起来，昏暗冷清的店里放的是张雨生的《我的未来不是梦》，听着听着，就有一股难过涌出来，我还有梦吗？我的未来会微笑吗？我还会感动是我还没有练就铁石心肠吗？旁边有人说停电了，红绿灯也停了，高峰期街上太乱了，连车都打不上。知道一时半会儿回不去了，我反倒心静了，索性浏览商品，听那些陪伴我走过青葱时光的老歌。

天黑透了，嘈杂声渐渐消失，人影稀疏，街灯亮了，远处霓虹闪烁。如果比喻早晨是树枝上青翠的苹果，那么黄昏就宛如温馨的柑橘。雾依然弥漫，我驶向回家的路，奔向属于我的那束灯光。谁曾经对我说过，当我点燃所有的灯，身边却没有取暖的火。谁曾经对我说过永远不来看我，是要和我一样坚强。我穿旧了多少双鞋，和多少人握手告别，是什么还耸立在我心里，提醒我不要忽略曾经拥有过的梦想，它们是令生活最终美好起来的一剂良药。

沿着路径，在小区漫步，几场雨雪，数十种花连叶子都没剩下，只有菊花，依然斗艳。“荷尽已无擎雨盖，菊残犹有傲霜枝”，市场，职场的争斗，和这些花草植物有何不同？有荷花的清高，就有荷花的败落，有菊花的耐寒，就有菊花的笑傲。我在这条曲曲弯弯的小径上练过倒车，在人多车多的商场前依然胆怯笨拙。有天晚上偶然掂起一本小说，看到书中的男人说女人天生不会倒车，因为女人是直行动物，一根筋地往前冲，不撞南墙不回头，不知道退一步海阔天空。我哈哈大笑，狗屁歪理倒也有可琢磨的道理。我念给他听，他淡淡一笑：“你以为你不是？”光影里，他的脸有些疲倦。突然一阵恍惚，切换到十年前，也是十一月，下着好大的雨夹雪，他隔着马路朝我走过来的样子。也许这些年的聚少离多，我已经不太习惯这样朝朝暮暮。女儿新学了一首歌，绕着我哼唱“我的小绵羊呀你在哪里呀，我的小绵羊就在新的树丛里”。是的，小绵羊在新的树丛里，希望也会在山的那边，只是我能否翻越重重困难而已。时光飞逝如虹，二十岁的时候，我以为一辈子会住在爱情里。三十岁之前，我抱着生活在别处的论调，脚步飘摇。我的四十岁还没到来，我已经哪都不想去了。只想待在这个安静的地方，守着这条向西流的河，守着我身边这些琐碎的微不足道的东西。我已无力离开，这里不仅有我的至爱，我的双亲，我的手足，我的朋友，还有那些碎片——与我有着密不可分的思想的碎片，时间的碎片，一切欢喜和伤心的碎片。

我们这个“家”

我所在的单位在城市西面的新城区，同事们都分散在老城区居住，北西南东各个方向都有。每天清晨和黄昏，一辆叫作“小白”的面包车绕城而行，接送我们上下班，大家戏称为“伊宁一日游”。

单位福利很好，午餐免费且干净卫生。不同局室的人自由组合，围桌而坐，二百多号人一起吃工作餐感觉既壮观又温馨。路程、午餐、办公……每天在单位的时间平均十一二个小时，同事相处的时间比家人还多。何止是低头不见抬头见啊，是分分钟都在见着，谁冒出来一根白头发，谁长了一颗青春痘，谁打了一个喷嚏，不用抬眼都清清楚楚，一点私密空间都没有。

正如工作是生活的重要组成部分，办公室就成为我们的另一个“家”。我们这个“家”，家庭成员是八人（六男两女），年龄跨度是二十五岁到四十岁。本来是十二口人的大家庭，陆续调走了四位。即使他们走了，办公桌椅还在，桌上的绿萝依然翠绿。一起待了三四年了，习惯了他们的存在，感觉他们还是和我们坐在一起工作，只不过出差几天而已。

我们办公室在这个大单位只是很普通的一个科室，可是名气很大，那是因为我们这个“家”的构成很特殊——五个民族，真正的多民族家庭。刚搬到这个大办公室那天，收拾停当，小黄妹妹得意地说：“我们也算是小“联合国”了，说五种语言呢！”我们一时没反应过来，齐声问：“五种语言？”“是啊，俄、汉、哈、维、英，不是五种语言吗？”顿时，一种自豪感弥漫在每个人脸上，继而，传遍了整栋办公大楼。

小开是柯尔克孜族，“开”是他一长串名字中打头的那个字，大家为了方便称呼，就叫他小开。每次对外联系他都会这样介绍自己：“你好，我姓开，开关的开。”也许这样的介绍太别具一格了，也造成了另一种喜剧效果。无数次来访者或者是电话里总有人说“我找小关，小关在吗？”另一个声音会在空间响起：“小开，有人找小关。”

安德烈的身上流淌着汉族、俄罗斯和锡伯族的血脉。看他的长相，俄罗斯血统的基因优势更明显，圆乎乎的脸，深目高鼻，一头卷毛紧紧地贴在脑袋上。他的舌头在俄语、锡伯语和汉语之间神奇地转换着，令我们羡慕不已。他幽默、勤快、脾气好，上下里外都招人喜欢。我和他坐对面，一堆电线插板就在我们脚下，不小心就会踢掉插头。每次他都趴进桌子底下重新归置插头，无奈地说：“我又给你跪下了，小主，今天是第二次了。”我头也不抬地说：“快说娘娘万福金安。”

小叶是哈萨克小伙子，只听到他声音的人绝对想不到这个说一口标准普通话的年轻人是从深山里走出来的少数民族。“叶”也是他一长串名字打头的第一个字。小叶聪明嘴甜却做事毛糙，工作常常留下后遗症等着别人收拾。因为最年轻，大家也都惯着他，那些不怎么重要但是也少不了的工作都交给他干。他自诩为游牧贵族，特别为自己的民族自豪，常常给我们普及一些草原文化和游牧民族的历史片段。他妈妈有时会从草原带些哈萨克吃食给他，他一边与我们分享，一边给我们讲讲来历和做法。

老哈是维吾尔族，老伊犁人。也是这个“家”里年龄最大的兄长，上下班一般都是他接送。车上闲聊时，他会将路过的地方原来是什么样子说给我们听，哪条路上哪个馕坑的馕好吃，哪个摊子的烤肉美味他都了如指掌，可以说是伊宁市的“百事通”了。

其余的都是汉族了，选一个代表说说吧，小杨家离单位最近，加班的事他是怎么逃也逃不掉的。调进我们局室时三十一岁，还没有对象。忽然有一天早晨对大家说昨晚相亲了，感觉还可以。一个月后就在微博上高调宣布：“亲们，我要结婚了！”我们欢欢喜喜地参加完婚礼，他休完婚假来上班的第一天就给我们报了喜讯说要当爸爸了。我们全乐了，见识过闪婚的，还是第一次见识“闪孩”的呢。一个双手从没干过家务没洗过菜的大男孩就这样做了丈夫做了父亲，又累又忙的他难免苦恼和叹息。中午吃饭，就属他饭量最好，吃完第一碗，又盛了满满一碗，我看看他的饭说：“今天的菜不好吃，你还吃那么多，胃口真好。”他说：“我中午吃饱了晚上就不吃了。”“当爹了就是不一样啊，太会过日子了，把自己家的省下了。”“不是的，是我炒菜实在太难吃了，我自己都吃不下去。”一桌子人赶紧都捂住嘴，免得笑喷出来。如今，小杨的女儿一岁多了，他已经磨炼为资深主男了，可以炒一桌子佳肴待客了。

几年的相处，我们这个“家”越来越和睦了，家庭成员身份也变了。单身的成家了，结婚的生孩了，还有的调走了。我们一起相互学习语言，交流民俗文化；我们一起清晨列队做操，深夜加班工作；我们一起经历过的日子，有辛苦，有欢笑，有牢骚，有汗水，有牵挂，每个人都是我们的兄弟姐妹，这个“家”在我们心中的分量不亚于自己的小家。

有一次周末加班，我先写完了材料，一边翻书一边等着。在书上看到一句哈萨克谚语：“鞋子若夹脚，世界再宽有何用？老婆若撒泼，世界宁静有何用？”觉得很有意思，就念给他们听。大家都觉得这句话太有哲理了，生活难道不是这样吗——穿好自己的鞋，走得舒服；管好自己的家，活得安宁。中国地图上，漂亮的雄鸡尾巴上有一条通向幸福之路，终点就是我们新疆。在新疆这个多民族聚居的家园里，无论自己的小家庭，还是工作单位，任何一个地方，都不要出现夹脚的鞋，更不能出现撒泼的人。新疆是我们祖辈生活的地方，也是让我们懂得爱和美的地方，更是我们要为之奉献一生的地方。

雪夜酒趣

纷纷扬扬的大雪飘了一整天。暮色降临的时候，地上的雪已经没过了脚踝，一条银白的雪路伸向前方。路灯照在树影上，有种安宁的美，窗户里透出的灯光包围着一个暖暖的家。冬天的夜多好啊，是不是人人都需要这清醒而短暂的空隙时间，用来保留心底平淡而清澈的情感？就在这时候，忽然脑海里跳出白居易的《问刘十九》：

绿蚁醅新酒，
红泥小火炉。
晚来天欲雪，
能饮一杯无？

寒冷就是这样一回事，人在凄风苦雨中恐怕都有颗活不下去的心，可是一旦有个温馨的环境，即便外面天寒地冻，心里也是暖洋洋的。

古代的冬天比现在要冷得多吧，那时候没有暖气更没有空调。古人创造出很多取暖的方法和工具，大观园的姑娘们取暖的花样便看不过来。若说写火炉，最温馨最难忘的当然是白居易，他的《问刘十九》这首五言绝句成了古往今来冬季温情的佳作代表。中国文字的奇妙被白居易玩得出神入化，最直白最简单的20个字，10个说家什，5个说天气，还有一句问话，就把情调与情绪、情感全都包含在其中。

你想啊，泛着细小泡沫的新酿好酒，烧得红红的小泥炉，都是很普通的物件。在寒风阵阵即将下雪的傍晚，友人伴坐饮酒谈心。屋外越寒冷，屋里越温暖。那个境界，实在是太令人神往了。

每每下雪很多人都会想起这首古诗。是因为每个人心里都有一只暖暖的红泥小火炉在岁月里燃烧，每个人身边都有若干个刘十九，或许是陪你围炉闲聊的人，或许是陪你走过风雪的人，有了他们，什么样的寒冬都不惧怕了。

朋友和酒在生活中是必不可少的，酒和朋友的渊源更是穿越了千年。广为流传的“酒逢知己千杯少”“独酌无相亲”，都说明只有酒是不够的，还要加上知己，才能使生活更加有意义。杜甫的《对雪》中“无人竭浮蚁，有待至昏鸦”之句，就是为有酒无朋而发出的遗憾。不过白居易是比较幸运的，他不像杜甫那样茫然凄凉，除了挚友，还对寒冷天气里饮酒充满了喜悦。他向刘十九发问：“能饮一杯无？”是那样随意自然又充满亲切。可以想象，刘十九在接到白居易的手迹之后，一定会立刻穿衣前往，一路飞奔。于是，两位朋友围着火炉“忘形到尔汝”地斟起新酿的酒来。对于刘十九来说，除了泥炉、新酒和天气之外，白居易那种渴望把酒共饮所表现出的友谊是更令人神往和心醉的。夜深了，窗外飘起雪花来，小火炉是那样温暖，话语是那样推心，酒是那样沁润，简朴的生活在推杯换盏中泛起了明亮的光泽。无论古今，无论中外，生活就是这样，除了物质的因素外，还包含着动人的精神因素，如同粮食和爱，哪个都不能少。

我不善饮酒，然而一到下雪天，我就开始犯酒瘾。这个瘾，不是真的饮。我会不自觉地想起，“新雪对新酒，忆同倾一杯”“晚来天欲雪，能饮一杯无”这样的话。所以干脆就这个瘾，谈谈古人诗中饮酒的意境。除了武松这样的江湖豪客在景阳冈上连饮十八碗以外，抑或竹林七贤，饮中八仙这种天生海量，彪炳史册的酒徒，古人诗中，出现的关于酒的字眼，大抵是一醉，或一杯，说破了，怡情小酌而已。“对酒当歌，人生几何。譬如朝露，去日苦多。”即使不谙熟诗文的人，多亦朗朗上口。但曹公心绪又不全然类于我等凡俗，古人言道借酒浇愁，沉醉之时，仍是沉心思索。即便是纵情共醉之时，亦不曾磨损了心头灵智，那一点灵犀，仍可呼应天地。若你懂得，就该知道，若没有酒香，我们的诗意，会减损了多少。酒可做药引，纾郁气，熄心火，半醉半醒间，看现实更为深广，搏一个大日开怀；酒是良朋知己，检点心事，唤醒蛰伏的志愿，看自身机遇更为豁达。而今人饮酒作乐，真正是恃醉行凶，胡作非为，这等品行，说得再高，也就是水浒中泼皮无赖的水准。实在是浪费粮食，荼毒文化。我突发奇想，对付这些人，假如处置办法不是罚款拘留，而是罚他去种地，种到粮食长出来为止。恐怕会更有教育效果，如果白天种地，晚上抄诗词，写心得，这也不失为一个普及传统文化的好办法。我其实是不懂酒的，只能是以诗为酒，品其芳醇。话头既然说得从白乐天起的，那么就来看白居易的两首诗：蝉发一声时，槐花带两枝。只应催我老，兼遣报君知。白发生头速，青云入手迟。无过一杯酒，相劝数开眉。——《闻新蝉赠刘二十八》小园斑驳花初发，新乐铮摐教欲成。红萼紫房皆手植，苍头碧玉尽家生。高调管色吹银字，慢拽歌词唱渭城。不饮一杯听一曲，将何安慰老心情。——《南园试小乐》岁月的流逝，悄然改变的，不是容颜，而是心境，不过是几年前，我读白居易的闲适诗，仍是难得其深邃的。闪念想过的，总是那种豪情写意的诗酒歌篇。譬如：葡萄美酒夜光杯，欲饮琵琶马上催、醉卧沙场君莫笑，古来征战几人回。前年，独走西域古道，到甘肃武威，途经茫茫戈壁，想到的就是王翰这首凉州词。不是，“晚来天欲雪，能饮一杯无”这样的诗句。在古人诗中，出现关于酒的字眼，大抵是怡情小酌的意境。我们活得太匆忙，无论如何是回不到那种“寒夜客来茶当酒”的散淡又不失温情当中——你星夜来访，我煮茶温酒相待，你踏雪而归，我引月相送。这对于现代人到底是神话。

张小娴说喝酒最幸福的境界莫过于微醺状态，身心放松了，明明清醒地知道自己在说什么，却会说出埋藏在心里的平日不曾说出口的话。像这样恰到好处的酒劲，也是不好把握的，不在于你的酒量，而在于你与谁对酌。

人在酒外，情在酒里，酒要饮得恰到好处，醉也要醉得相得益彰。这样的佳境也是一种可遇而不可求的缘分呢！

宠物的命运

我居住的小区是一个超过五千人口的大型社区，景观和绿化都非常漂亮，就像走进了一个公园。小区中心是一个小广场，还有一个湖，修建着回廊和亭子。傍晚时分，沐着清凉的风，这里成了小区最热闹的地方。孩子嬉戏，老人下棋，还有跳舞的、打羽毛球的、滑旱冰的。夹在孩子们中跳跃的还有许多小猫小狗在撒欢。

搬到这个小区的第一个黄昏，女儿放学回家，放下书包就说："妈妈，你能不能给我五毛钱，我买一根火腿肠，外面有一只脏脏的流浪猫，饿得趴在地上走不动了。"女儿是个特别心软的孩子，只要在路上遇到乞讨者，就会停下脚步用央求的目光看我，直到我掏出钱来为止。正在做晚饭的我说："你给它拿点馒头吃吧。"女儿掰了一小块馒头跑了出去，一会儿又回来了，"妈妈，小猫不吃馒头，我还是给它买火腿肠吧。"我心里嘀咕：或许先前的主人曾经宠爱过它，养刁了它的嘴，饿成那样都不吃馒头。既然养了，又何必丢掉呢？小猫吃上了女儿喂给它的火腿肠，女儿也心满意足地吃上了晚饭。让人吃惊的是从此以后，这只小猫每到放学那个钟点就出现在单元门前，见到女儿就喵喵叫。一周以后，居然是五只流浪猫守候在单元门前的水泥台阶上。我家住在一楼，小猫的叫声使写作业的女儿心神不定，她比小猫更焦急地等待我回家，迫不及待地要钱去买火腿肠。女儿还在门口放了一个盘子，里面有骨头、剩菜里的肉丁、牛奶。喂猫成了女儿晚饭前后一件必做不可的事情。这种状况一直从早秋持续到冬天，一场大雪过后，那几只猫咪再也没有出现。女儿为此哭了好几回，她担心小猫被冻死了。

住得久了，发现祥和美丽的小区也有遗憾之处，草坪上、路径上随处可见小动物留下的粪便和尿迹。而且，在这个小区里，流浪猫狗越来越多了。常常半夜，会被它们的凄厉的呼唤声吵醒。

从 17 世纪开始，宠物成为英国中产阶级生活方式的一部分。宠物属于个人的概念慢慢蔓延到全世界，人与宠物的关系使人们意识到人和动物之间相互依赖的感情关系，间接决定了人主宰动物的观念。西方家庭的宠物都有自己的名字，意味着小动物成了家庭成员。国门打开之后，西方文明之风吹进来，养宠物的风气从官宦、富豪之家过渡到寻常百姓。

我从不怀疑人类关爱动物的爱心，也不怀疑宠物的主人对小动物发自内心的爱。但是，我有时候也很纳闷，既然生活条件越来越好，宠物市场的生意日益繁荣，宠物食品店和诊所都开得下去，为什么小区里、大街上被遗弃的流浪猫狗越来越多呢？

养宠物仅有爱心是不够的，还得有恒心，更要担得起一条生命的责任。如果不能持之以对为它善始善终，那么一开始就不要被它的玲珑可爱所诱惑。以免有一天，曾经在你的膝上撒娇的小猫小狗在大街上流浪却找不到取暖的地方而饥寒交迫地死去。别忘了，你的手里掌握的除了自己的悲欢，还有宠物的命运。

我想有个妹妹

春天来了，小区的孩子们脱掉棉衣撒欢，跳皮筋、踢毽子、玩滑板，小女孩们带着各自的家什办家家，玩得不亦乐乎，妈妈们要叫好几遍才回家吃饭。写作业的时候，外面传来尖叫和笑声，好动的悄悄自然是心神不定的，作业只求速度不求质量。作业本上“优”和“小红花”少了，老师的批评和我的训斥也一天比一天多，悄悄的烦恼来了。

前些日子悄悄几次提出要和我谈谈，我同意了。谈话在一个晴朗的午后进行，谈话的主题是我能否给她生个妹妹。她的理由是妈妈太烦了，她不自由，她要快快长大，到远远的地方，再不回来了，我们想死她也不回来了。但是她又担心爸爸妈妈老了没人照顾，最好再生个妹妹留在家里照顾我们。她的表情很严肃，语言表述很流利。我忍住笑告诉她生个孩子是一个家庭的大事，妈妈一个人做不了主，需要和爸爸商量一下。

可是悄悄却当真了，吃饭的时候嘱咐我多吃点，把肚子吃胖。每天起床就到我的房间看妹妹生出来没有。也许是连续的失望之后，她终于忍不住发火了：“妈妈，你说清楚，是你生不出来还是你根本就不想生？”

悄悄渴望有个妹妹是从两岁开始的。小区里有一对双胞胎，和她的年龄相仿，散步的时候常常遇到，她就露出无比羡慕的眼神。后来，她把我没生双胞胎的原因归结为太瘦了，“看人家的妈妈多有本事，吃得胖胖的，就生两个，你那么瘦，能生出来吗？”

悄悄四岁的时候，一天周末我擦玻璃，她给我当小帮手，忽然说：“妈妈，你给我生个妹妹吧，等我长大了，你们都死了，我一个人多可怜。”我无言以对，安慰她说：“你长大了，爸爸妈妈是老了，不会死，永远都陪着你。”“你骗人，人老了都会死，你们不是神仙也不是妖怪，你们会死的。”我只好对她说：“那时候，你就有自己的家了，有自己的孩子了，不需要妈妈陪着你了。”她爸爸下班回来，悄悄扑上去：“爸爸，让妈妈给我生个妹妹可以吗？”“不可以，再生个妹妹，爸爸就下岗了。”晚上，看爸爸在玩电脑，悄悄压低声音在我耳边说：“妈妈，我爸爸不同意你生妹妹，你生下来再告诉他好不好？”

我利用悄悄想要妹妹的心理，三言两语地提前实现她不到两岁分房间、轻而易举将刚满两岁的她送进幼儿园的计划。我做晚饭，她在自己房间把玩具摆一溜，模仿老师自己说话自己玩。我懒得陪她说话陪她游戏，就躺在沙发上装作生妹妹，她默默地自己摆积木。朋友的孩子们在一起嬉闹，她懂得谦让，给比她小的孩子擦鼻涕提裤子，在公交车上给老人让座。只要有小朋友来家里玩，她会把所有的吃食和玩具拿出来分享，如果有孩子喜欢哪个玩具，她也会大方地送给小朋友。只要她稍有不乖的表现，只需轻轻地说一声：“你这样怎么能给妹妹做榜样呢？”她立刻改正并且承认错误。可是，她的表现并没有给她带来妹妹，在我的欺瞒哄骗中，她孤单地长大了，上学了。

四川地震，她从新闻里知道领养孤儿，再次燃起希望，说我们家可不可以领养一个妹妹。我告诉她孤儿不是随便就能领养的，有好多条件，我们达不到国家规定的条件。她失望的眼神转瞬即逝，又对我说：

“妈妈，那你能不能多捐点钱，我一年不穿新衣服、不吃零食，你算算多少钱，能不能都捐掉？”我答应了，她又给爸爸打电话，让她爸爸多捐一点。她长成了一个有爱心不自私的姑娘，尽管贪玩学习不拔尖，但是她依然每天喜气洋洋地去上学，热心班里的杂事。

现在，面对即将满八岁的悄悄，面对她的严肃和愤怒，我不得不说出实情。告诉她的愿望永远不可能实现，其实是一件残忍的事情。我一直不忍心破坏她美好的愿望，才用最愚蠢的办法来糊弄她的童心。我用她能够听明白的表述说话了：“悄悄，妈妈也想生个妹妹陪你写作业陪你玩，可是，祖国妈妈的孩子太多了，汉族人家只能生一个孩子，我们是不是要听祖国妈妈的话呢？”悄悄惊愕半张的嘴巴、失望的眼睛里噙着泪水，脸上明明白白写着委屈，可她仍然倔强地陈述自己的理由：“妈妈，我做祖国妈妈的好孩子，可是我就想有一个自己的妹妹，也没有错呀！”

她最信任的妈妈击碎了她的美梦，我觉得自己就是一个刽子手。

“乡村路”的故事

在一座城市里，如果一个人对某一个去处或者某一道美食念念不忘，一定是和一个人有关。

我和“乡村路”就是这样，不常去却时常想起它。曾经我和宝宝妈闲了就在那里消磨时间。能把我们俩吸引在这个小咖啡馆的是一款奶酪蛋糕。

“乡村路”原先在伊犁师范学院附近，是一个韩国女孩和她的美国老公经营的，原木桌椅，墙上涂鸦，回荡着低沉的美国乡村音乐，是一个针对大学生群体消费的咖啡店。店面小而精致，像韩国太太的脸。

午后阳光慵懒，人少安静。我们至少每周去一次，相对而坐，汇报思想。美国男人个子不高，英俊消瘦，坐在吧台后面递给我们两块蛋糕两杯咖啡。我极少吃甜食却迷上奶酪蛋糕，渐渐上瘾，一旦上瘾，就很难戒掉。

我们认识的时候二十出头。她远离父母，一个人在伊宁打拼。我们一起住过两年，她比我小却自立能力很强，处处照顾我。她是一旦认你就掏心掏肺对你好的那种人，对朋友真诚大方，深信不疑，即使受了伤害，也总是找一百个理由去谅解。

那时候，我们上班，社交，逛街，互换衣服穿，很认真地谈恋爱，也毫无悬念地失恋，还想着法子兼职挣钱。她挣得钱比我多，毫不吝啬给我买吃的，买衣衫。我们也怄气也争执，背过身去气就消了。

她长得漂亮，崇尚精致生活，外表柔弱，内心强大，擅长整理家务，会做一手好饭菜。也许各方面差异都很大吧，很多人质疑过我们的友情，然而时间证明，当初那一群朋友日行渐远，我们俩却一如既往地亲密宽容。我怜惜她隐藏至深的孤独，她纵容我难以治愈的文艺病，我们的共同点是内心深处都住着一个长不大的小女孩。我们一起傻笑一起落泪，一起干过糗事一起谋划未来，感受年轻美好也经历世态炎凉，从青涩的小女子到成熟的大女人，我们一直对彼此好，是因为我们深深懂得对方的好。

结婚后依然三天两头见面，落单就想到对方。小城市的好处就是一叫抬脚就到了，还是一起吃饭一起逛街一起窝在沙发里吃着薯片通宵看

《流星花园》……从她单身到结婚到有了宝宝，搬了好几次家，每次我都和她一起收拾。有些物品跟随了她十几年，就像我和她在一起十几年一样有很多回忆。每次搬完家她都给我一把钥匙，对我说我的家你什么时候想去就自己开门进去。

就这样，我们都当妈妈了，我的女儿也叫她妈妈。她的宝宝在我家玩，天黑了推开我女儿就和我一起睡。每年的“六一”都是她给两个孩子张罗，搜寻到好吃的东西就一起去品尝。我们都以为一辈子就这样度过了，不会分离且日渐变老。

如今她住在乌鲁木齐，分别的四年里，我们没有断了联系。只要我过去，她立马放下工作来接我，带我去吃好吃的东西。她也回来过，办理卖房子的手续，处理房子里没带走的物品，还是我帮她收拾。房子易主便抹去了她在伊宁最后的存在形式。我经常梦见她和宝宝，总是记不住梦里的情节。第二天总要打个电话给她，听听她的声音，似乎有点迷信。

我们的人生和婚姻，一点也不像年轻时候窝在被子里脸对着脸无数次想象的那种样子，或许唯有这样的生活和爱情，是一种考验，才配得上坚持到最后的人吧。

相距 700 公里的路程就这样斩断了我对她的依赖，有很长时间我都沉默在难过里。我再也没去过“乡村路”，尽管奶酪蛋糕的味道依然跳出来诱惑着我。去年，“乡村路”搬到斯大林街四巷，我去过几次，有时候约朋友，有时候一个人，再没见过美国男人和韩国太太，不知道是不是已经离开伊宁了。唯一让我宽慰的是奶酪蛋糕依然是原来的味道。“乡村路”扩大了店面，添加了西餐品种，生意却并不好，坐在里面空旷而落寞。

我非常非常想念她！

像她这样的朋友

据说，伊宁市有 800 多俄罗斯族人，百分之九十是混血儿，她就是其中之一。她的眉眼和性格是热辣的，喜爱热闹的、丰富的、健康的生活。我说的是伊琳娜，如果你见到她本人，你会觉得眼前这个美女有涵养，有一股子气场，但是颇有些微微的傲然。

只有深入交往，才能领会她的热辣与丰富为哪般。

伊琳娜喜欢这个小城气候宜人又不乏热气腾腾的生活场面，最适宜滋养她这样的女人，兴致勃勃工作、兴致勃勃地过日子。她揶揄自己是小市民，喜欢世俗欢忧、喜欢新奇与古朴。在她眼中，日子的好就是日子的坏，谁也离不开谁，所谓幸福，就是看知不知足了。她曾经不止一次对我说过，她教育孩子热爱家乡，即使出国留学将来也要回到伊犁，奉献给这片土地。常常，我们俩一边小资地坐在西餐厅里大吃大喝着，一边谈些忧国忧民世风日下的话题。

这股贪恋市井喧哗的劲头，很有些意思。

伊琳娜热爱打扮，热爱美食，热爱一切美好的东西。她身上有着异族血统的妙曼与神秘，也有着汉族人身上干脆的世故。处世成熟达练，看问题一针见血，就像张爱玲说的那种“有一种奇异的智慧”。我们交往了十年，认识的时候我们都才做了妈妈，随着孩子的一路成长，我们也算是深交了，时间长了不见惦记得慌，见面了赶紧汇报思想，互相鼓励或者批评，无比认真地商量一个事情很久很久。如果一件事情在心里纠结着，忧虑着说出来得到对方的肯定，那就会长长地舒一口气，然后心里想，连她都这么认为，那我肯定是对的。

有时候忙起来，我们也好久不联系不见面，但是，一旦见到对方，那牢骚或者喜悦一定是真实的。

我喜欢伊琳娜的坦率、热心肠、做事利落，不拘小节，还有嘴巴尤其犀利畅快。在单位是业务骨干，职场上的白骨精。家里收拾得雅致温馨，厨房里烤起俄罗斯传统糕点来柔情款款。她近年热衷于户外活动，上山下河捡奇石，夜钓，学习打磨石头研究玉雕。像她这样既是贤妻良母又有着豪气勃发的男儿豪情，还不是一般的女人能驾驭的。

这是个思潮如烟花般变化的年代，每天有那么多新鲜的事情冒出来，网络就像一部万花筒般的教科书，只要会打字，有那么多人善于开讲座，都急于把很多有用没用的东西教给别人。可是我们还是沿着传统的老路踏步前进，周末陪陪老人，上早市买菜，为男人叠被熨衣，逛逛书店，买新款高跟鞋，吃吃火锅，看杏花开看树叶落，看着小荷般的女儿感慨一下岁月如歌……

伊琳娜显然是幸运的，工作单位不错，收入丰厚，老公体贴英俊，父母公婆安康，女儿学习亭亭玉立且成绩优秀。一切是那么圆满，她的脸上怎么可能不滋润如玉笑颜如花呢。我们也许称不上是知己，但是我们在这个小城十年里千丝万缕的联系，那种姐妹情已经密不可分。伊琳娜也有伤感的时候，世间情愫也有她牵肠挂肚的软肋。女儿生病的那几年，她也经历了别人体会不到的苦痛。总之，她是坚强乐观的，总之，她的幸福不是天赐的，而是她一点一滴积累的，是她的善良、智慧和毅力换来的。

对她而言，生活已不是传统意义上的那样有具体的格式标准，而是活在当下，快乐就好。就像她说的，我只有一辈子，如果那一切值得我付出，我会全力以赴，我不在乎别人的看法，我会为自己活。

我没有问过她手腕处的文身是不是提醒有些记忆是否真的可以永恒。站在车水马龙的街头，伊琳娜就是个普普通通的小女人，她是岁月里那条灵清的溪水。

晚秋

分明是十月了，天气反常地炎热，暖意十足，感觉伊犁大地依然夏意正浓。葱茏茂密的枝叶之间，夹杂着几片黄叶探出头，并不起眼地摇摇欲坠；胖嘟嘟的葡萄在架子上懒洋洋地晒太阳，一抬眼，被葡萄脸上的红晕诱惑，手一伸，那颗最诱人的果实就融进口腔；橡树枝叶繁茂立在街边，棕色的果实就像老人沧桑的眼神，阅尽树下匆匆来去的步履间不可言说的秘密。许多旅游的外地人在小巷里闲逛，兴趣盎然地在庭院门外张望，对着行人或者民居摄影。那当然，从潮湿闷热、人潮汹涌的地方来到安闲静谧的边城，辽阔碧蓝的天空之下，原本遇不见的人，原本见不到的风景，原本吃不到的东西统统会没有准备地撞个满怀。

秋收正在进行，收割玉米和稻谷的季节遇上艳阳天，足够让农民们欢喜不已。望不见尽头的田野里除了堆积着令人踏实的庄稼，居然还有大片大片盛开的薰衣草，土黄的秋天主调里跳出炫目的紫色，会在跃入瞳孔的那一瞬恍惚，还以为是六月呢，那可是薰衣草最盛美的时光，浓郁的气息就像青春一样，蓬勃着征服世界的欲望。

薰衣草在秋色的背景里开得稀疏寂寞，没有六月的赞美围观，也没有六月的炽烈芳香，那无人欣赏的美丽让人心头泛起淡淡的怜惜。早已不是六月，从夏天延续过来的一切，其实都在悄无声息地改变——伊犁河水丰满起来了，空气中明显多了干爽的气味，远处的山尖露出白色。是的，每一周、每一月，都有它独特的色调，树木是另一种模样，河水是另一种模样，田野是另一种模样，群山是另一种模样。十月是这样，晚秋也是这样，大地上的一切都隐瞒不了时光的飞逝。树叶是浓绿的，只要一场寒风，会在一夜之间调零。天空是蔚蓝的，会在一场雨雪之后变得灰白冰冷。那停歇的土地和被砍了头的向日葵，也在提示这已是晚秋，冬天即刻就到。

我们还有光滑的面庞，有怦然心动的时刻，有着健康的爱好，日子安稳地滑行，似乎一切都没有发生改变，就像我们曾经以为只要心不变，美好的东西都经得起季节的变化和时间的考验。有那么一个秋阳下的午后，重温旧时的书信和相片，老歌里传出的青春旋律足以瞬间打开泪腺，呼吸和心跳的节奏都大不一般。我们已经到了人生的中年，就像晚秋的薰衣草，开得从容自在却无人喝彩。

我们度过的每一段时光，就像四季，赋予我们不同的色彩和形态，斗转星移，改变着心理和容颜，似水流年，改造了思想和情感。岁月对我们，有剥夺，有增添，想好好打量路过的风景却停不下匆忙的脚步，因为前方还有太多的责任等着我们。也因为相信和感恩生活如此美好，我们依然觉得还很年轻。

晚秋的夕阳里，薰衣草默默无语，散发着成熟淡然的韵味。伊犁的晚秋啊，因着大地的一抹紫色而惊艳，随风摇曳着不与世俗同路的那份宁静高远，好像天生为一种情调而生。

植物之美

植物是大自然的儿女，在我们周围不可或缺。不能想象世界没有绿色的树，没有缤纷的花，会是什么样子。所有的植物自有光华，人类可以用数据记录它们的成长，却无能掌控它们的内心。

我喜欢和植物近距离接触，喜欢在花草间穿梭。它们就像我的朋友，我的孩子。每天，我用微笑向它们示爱问好。

最喜欢的是白桦树，枝叶扶疏，姿态婷婷，洁白修直的树干上仿佛有无数只眼睛。也许是那首歌《白桦林》的缘故，每次经过那片白桦林，都禁不住抬头看看天空有没有鸽子飞过。白桦是耐寒树种，是俄罗斯的国树，也许是经受过西伯利亚寒流的考验才成为那个国家民族精神的象征吧。马尾松、云杉像是绅士，树形端正，枝叶茂盛，枝头呈粉状青绿色，叶上有明显的粉白气孔线。雪后初霁，第一缕阳光照上去，白气缭绕，苍翠挺拔，荀子说："岁不寒，无以知松柏；事不难，无以知君子。"这也是松柏的细针叶面和坚韧木质里透出的智慧。法国梧桐是贵族之后，也许是不服伊犁的水土，长得缺少精气神儿，如同落魄的公主下嫁一般。皂角、小叶白蜡、垂榆、刺槐、圆冠榆都是一群皮实的乡下孩子，冷了旱了都没多大影响，沐浴着阳光，开开心心发芽，结结实实长大。夏橡树干发黑，顺着风的方向歪斜着生长，椭圆形的如手指状的坚硬果实，在深秋冷不丁地落到行人身上。粗糙厚实的木质，高大的树影流淌着凡夫俗子的性情。

开花的树是春夏最靓丽的风景。四月寒气还没褪尽，玉兰树就吐出花蕊，清冷的风里荡漾着迷离的暗香。它的脚下，连翘开着艳黄色的花串，依偎在爬山虎绿色的屏障旁边；五月，香花槐的枝头紫红色的花团尽显热闹，榆叶梅粉红的花瓣舒展着诗意。红叶海棠、红叶李在六七月里花枝招展，丁香花的淡紫平添了一份雅致。特别是当黄金树、绒柏、槭树、椿树、蜀桧、金丝垂柳这些南方观赏树种长势不如人们期望中的那番效果以后，苹果、杏树、山楂、樱桃这些本土的果木又回归了，给人以重返田园的惊喜。在这些质朴的花朵里，我能感受到在直接的物欲之外，还有心神的安宁和意趣的舒展，还能记起“人面桃花”和“四月芳菲”的不尽滋味。

植物名字对人的麻醉作用是不可低估的，人类对植物一厢情愿的爱恋，或许就是从给它起名字开始的吧？那些飘逸着无限想象的名字，以至于使人忘记了人世间的平凡。有一年春季我在林科所苗木基地，一棵没见过的树引起我的好奇，椭圆形的小叶片，和皂角相似又略显清秀。所长告诉我这就是大名鼎鼎的红豆，也叫相思树！我顿时兴奋起来，所里不卖，没有树源，只有几棵，也是南树北移实验用的。我就想种一棵，大家都说不一定成活。我不死心，固执地要在小区里种一棵，终于在我的软磨硬泡之下，抱着一棵树苗回家了，心里像淘了宝一样美滋滋的。相思树在楼后的草坪上落户安家了。每天，我透过阳台的窗户就能看到它。其实，我喜欢它是因为这种树被文人赋予了太多的情感色彩，王维的“红豆生南国，春来发几枝。愿君多采撷，此物最相思。”该是怎样的睹物思人浮想联翩？温庭筠的“井底点灯深烛伊，共郎长行莫围棋。玲珑骰子安红豆，入骨相思知不知。”该是怎样的至情至深刻骨铭心？这棵树长得很争气，枝繁叶茂，不知什么原因豆荚状的果实到深秋就干瘪了，至今还没收获到一颗红豆，但这丝毫不影响我内心秘密的喜悦。我常常陶醉于这样的臆想：在这个城市的一个角落里，我拥有一颗自己的树，别人都不认识它，没人知道它有个诗意的名字，只有我牵挂它。我靠在它身上看过晚霞数过星星，风轻云淡的夜晚眼泪也曾滴落在它的根下。抚着一年粗过一年的树干，我想，即使将来我不在了，也有这棵树替我活着，替我看春去冬来，云卷云舒。

我把那些灌木叫我的儿子，紫穗槐是小帅哥，黄绿色的嫩嫩的叶子，在小径上挥洒青春笑容；在不许行人踩踏穿行的地方是沙枣、水腊、红叶小檗等交错种植的篱笆；即使在冬季，红瑞木和忍冬也是小区的卫士，红得耀眼绿得青翠；卫茅是最调皮的小儿子，穿插在哥哥们身前身后；我最疼爱的女儿当然是那些花儿们，橙色的萱草又有“忘忧草”的美名，紫色的鸢尾在早春羞答答地闪亮登场，第一个爆出春天的讯息；粉的红的紫的白的草石竹，浓艳得如绸缎般的鸡冠花；各色的矮牵牛、月季，还有一串红、万寿菊、美人蕉；最让人误会的是蓝花鼠尾草，很多人都以为是薰衣草，大片大片的蓝紫色的确容易混淆。一场秋雨一场寒之后，各色的菊花相竞登场，白的素雅，黄的高贵，红的热烈，怎么都看不够爱不够。在花园里行走，呼吸着清晨泥土湿润的气息，腿肚上溅着露珠的凉意，像是走在一条通往希望的小路上，总是一件化解劳累身心愉悦的事。

在人的基因里，应该潜藏着在自身演变过程中，得之自然滋养、与天地共鸣的天性。而今，为什么越重要的东西，越容易忘记。例如母爱，例如健康，例如我们身边的花草树木也是生命！自然界的植物何等葳蕤、山水何等明媚，困在城市里，我们怎么能体会“山中一夜雨，树杪百重泉”的生机？现代人没有望见的眼，更没有抵达的心。每一个朝代，都有人和自然对歌的吟唱之作，那是人与自然紧密相合的音韵，在古诗里素净地流淌。“蒹葭苍苍，白露为霜。所谓伊人，在水一方”里，人与自然的关系是那样的和谐相依。而我们生活的这个时代的现实，是人类在扛着征服自然的大旗展示自己阴谋欲望的过程里，不断在制造破坏自然的悲剧。

为人类安守不息的树啊，花啊，草啊，以宽容的胸怀，包容着人类的放纵，清风投怀报以微笑，细雨入浴报以馨香。而美，就在热爱生活之人的瞳仁里，就在植物营造的色彩缤纷的视界里。

母亲的花园

周末的早晨，窗外雪花飘扬。我打理阳台上的花草，惊喜地发现花盆里几个莹白的、火柴头大小的嫩芽。想起母亲去弟弟家长住，临走时在花盆里撒下了仙客来的花籽，再三叮嘱我要记得洒水，保持盆土湿润。我一时很紧张，不知道怎么抚弄这娇弱的生命。想起当初生孩子的情景：护士把孩子包好放在我身边，面对哇哇大哭的小生命，我惊慌失措，傻呆呆地看着初生的婴儿不敢抱那柔软的小身子……我想，世界上最大的秘密，莫过于生命的秘密，而世界上最大的奇迹，莫过于生命的奇迹吧。

母亲热爱养花，幼年生活的大院子，葡萄架旁有一个花园，那是母亲的“自留地”。别人家都种菜，母亲固执地留着比菜地还大的一片用来种花，从春到秋，姹紫嫣红，花香满园。农村的生活单调贫乏，我想那时候年轻的母亲心里是有梦的，而拘于当时的社会条件，她的梦想只能寄予花蕾绽放。工作、家庭、养花——母亲的一生就这样一点点滑行着。时光在农村就像浮尘，悬在那里，看似静止、若有若无，缓慢悠长。而母亲的花园是浮尘中的一丝亮光，即使割一把韭菜或者掐几根葱也是从花丛里穿行的。母亲闲暇的时候，最喜欢坐在葡萄架下的木床上看书，一阵阵的凉风挟着甜丝丝的香味，吹拂着额前一缕发丝。母亲坚持在清贫的日子里为孩子经营一种诗意的向往，让我们相信未来像花儿一样。等我收起来去匆匆的脚步，坐在苹果树下，嗅着鲜花的芳香，光阴已经漫过她的腰身又漫上她的胸口。望着头发花白的母亲，心里泛起一丝怜惜的痛，我从来没有问过她，这样过一辈子有没有感到过委屈。母亲没受过高等教育，但是她始终相信，她听得到花开的声音，她也看得到伴着鲜花成长的孩子人生是什么颜色。俗话说花能解语，是不是母亲的心思只有花草知道，所以她的花儿才开得如此热烈？

母亲几十年来守着院子，守着果树和一畦花草，昼夜更迭、季节转换。除了花开花落，还有屋檐下呢喃的燕子和花丛间飞舞的蝴蝶，使她的生活丰盈鲜活起来。伴随着花苞和落英丰富起来的不仅是四季的景象、日子的颜色，还有她内心的悸动。母亲的花园里，多年生的宿根花卉——月季和菊花占了大半地方，单是月季就有十几个品种。夏夜的星空下，院子里浮动着暗香，虫鸣窸窸窣窣，母亲常常坐在月光的清辉里，牵挂着远方的儿女，哪个孩子不是母亲心头最疼痛的那朵花！母亲特别喜欢菊花，如同每个母亲都有一个偏心的孩子一样，她对紫色的菊花也是格外尽心。一场秋雨一场寒之后，别的花都凋零了，只有菊花傲立枝头，迎接着初雪的到来。边边角角是母亲随手而撒的花种子，奥斯曼、海娜花、鸡冠花……还有随风飘来落地发芽的野花。

我在四月的阳光里，带着即将为人母的惊慌和喜悦回到母亲的院子。正值种花时节，和煦的暖风吹拂着，母亲把土壤深翻一遍，施过肥的土壤经过一个冬天的霜冻，被铁锹叫起来伸个懒腰，接受阳光的烘焙，变得松软温润。母亲把土块一点点捣碎，泥土在太阳的蒸腾下散发出植物根茎腐湿的气息。母亲撒下花籽，用耙子梳理几遍，完成所有的工序要劳累好几天，然而母亲满足的神情仿佛是欣赏着一块巨大的刚出烤箱的蛋糕。此刻，我肚子里的小生命也和撒在土壤里的种子一样，即将在春天诞生。伊犁的春天短促而惊艳，一两场春雨飘过，果木的繁花、青嫩的荠菜，还有望不到头的绿油油的麦田，一切都像来不及奢侈就消失在时光长廊里的青春。母亲的花苗探出头，随着季节的露珠朝前拱动，一日比一日繁茂。当我抱着孩子，让她沐浴人生第一缕阳光的爱抚时，已是初夏，绿荫下花团锦簇，芳香馥郁，我的孩子来到人世间第一眼看到的不仅是明媚的阳光，还有遍地鲜花，这真是一份始料未及的礼物！花叶上安静的七星瓢虫，青梗上爬行的小虫，花蕊上忙碌的蜜蜂，母亲的花园让我感受到从未有过的新奇和感动。

搬进楼房以后，母亲失去了她的花园，整日沉默，还总是失眠。从她的表情里透出对岁月的无奈，而母亲又是个不喜欢倾诉心事的人，我急在心里不知如何是好。我带她去西郊花卉市场买花，温室里的植物既没有自然的野趣，也没有雨露的精气。即使母亲颇有不满，还是接受了阳台成为她另一个花园的事实，绿萝、米兰、茉莉、君子兰、西瓜美人，房间打扮得生机盎然。没过多久，母亲热衷于到花摊上寻觅花种子，她要的不是买来的盆栽装饰她的房间，她想要的是亲手种下一粒种子看着微小的生命从破土到绽放的过程。阳台上花盆越来越多，母亲呵护着新苗，心情也欢愉起来。一个月朗星稀的夜晚，晚归的我看到母亲静静地坐在黑暗里，月光洒在阳台上，夜来香细碎的花朵挑立在枝头，在澄净的月色下熠熠生辉。目睹了这样一副剪影，让我豁然明白：人总有一种惘然的愁绪挥之不去，和饥寒无关，与风月无关，甚至和幸福无关。每个人心里都有一个秘密花园，这是生命的花园，旁人即便有阿里巴巴的秘诀，也未必能打开这把心锁。

大自然的花草，自成一派，不言不语、不伤不愁，看起来仿佛静止的生命，其实也有感情，在四季交替中也有喧哗与骚动，那是人类无法破解的秘密。母亲的内心难道不是这样吗？我没有母亲的沉静和内敛，我也没有自己的花园，母亲在哪里，哪里就是我的花园，里面种了两种花，一种花的名字叫爱，另一种花的名字叫暖。

最好的时光在路上

周末淋着小雨，我来到伊犁州博物馆，这里正在举办一场展览——《千里走单骑——程学军艺术作品展》。

上了二楼，一个瘦高的年轻人穿着绿条纹的短衫从我身边走过。那一瞬，直觉告诉我他就是程学军，这种意识来自有点可笑的自我判断——诗人和画家大多是面目孤独、身形消瘦的。

此前，我从未听说过程学军这个人。今天我才知道，他不是名家，而是一名伊犁乡村美术老师。

一个人对旅行的态度，折射了他对生活的理解。一个穿行在大自然中的人，必然比困守一隅的人，有着更多了解未知的勇气和激情。单骑行走华夏大地的 3 年中，程学军走过了 24 个省市，行程 3 万多公里，写下 30 多万字的日记，画了 300 多张手稿，拍下 3000 多张照片。然后是沉寂 10 年的乡村教师生涯。10 年的创作，厚积薄发，有了展现在伊犁人面前的这 320 幅作品。诗人北岛说："一个人行走的范围，就是他的世界。"这场展览就是一个程学军沉淀了 10 年的回忆，他打开了尘封的世界，向所有他熟悉和陌生的人问候一句："好久不见！"

生于七八十年代的人都有过无数遍远离家乡的梦想，放过再也不回来的狠话。大多数是转了一圈又回来的，更多的是年复一年困顿原地的。程学军迎着太阳出发了，用他自己的话说就是："去实验，去流浪，去游戏人生。"这一走就是 3 年——与雨雪风霜严寒酷暑饥饿危险相伴的 3 年，不知道能不能活着回家的 3 年。对于青春热血的他，又有什么能够阻挡他对自由的向往呢？顾城的一首诗《我喜欢在路上走》，正是表达了每一个走在路上的人身心如风的喜悦。

我喜欢在路上走／一个人／看着太阳／看着她从草尖／从羚羊的角弯里／从干燥的秸秆上升起//我喜欢在路上走／我不要帽子／不要屋顶／不要那重复的墙／我不想看见上面的水迹／它像噩梦的影子//我喜欢在路上走／太阳爱我／也爱所有的人／我渴望成为一片陆地／在她的注视下／拒绝海洋//我喜欢在路上走／我喜欢在黄昏的路上／看见灯光／

新疆对于内地是遥远的，新疆对于艺术更是遥远的。远方的诱惑在哪里？路上的风景哪里更美？谁也说不清楚。远方总有一股魔力吸引着多少人义无反顾踏上征途，就像川藏公路上每天都有孤独的背影拖着太阳的影子。我曾经在一本杂志上看到过这样的文章，一个人的青春怎样才不算虚度，起码要做这三件事：义无反顾谈一场恋爱，独自一个人踏上远方的旅行，顽固地坚持某个信念。如果以此作为青春无悔的衡量标准，那么，程学军做到了。世界上没有一样东西可以取代毅力，也没有比艺术表达更为直接的方式来为青春做一个完整的回访。无论是否认可这种观点，不得不承认，最好的时光在路上，最美的自己在远方。

速写、油画、照片、手稿……一样样看过去。我不懂美术，对他的艺术风格做不出专业到位的评价。我不敢确定我能否理解程学军一路风尘的意义，就像面对他的作品一样，我不敢确定我能够理解里面的意或境。作为一个观众，我只能像海滩上筑城堡的孩子一样构建起我的想象，用眼睛去感知图片里的山河以及大地上劳作的人。于是我仿佛有了发言权。画面上的人物似乎挣脱了画框和画布，他们就坐在展厅里与观众无言地交流。旅途上穿过的衣服，破了旧了，依然以舞蹈的姿势有感情有生命地展现在画板上。他以自己的态度，用自己的视角，去画他行走的世界。以音乐为起点的程学军将美术作为了终身职业，他的画作里有音乐的旋律，有内心的节奏，那一朵朵小小的祥云，便是一个个变形的音符，跳跃在山川河流之上。

程学军带着在云南一见钟情的彝族姑娘回家了，在家乡过起了小日子。在村庄里有了自己的家，在学校有了他的讲台和围着他叽叽喳喳的学生们。就一个人的经历而言，时间对生命的限定是苛刻的，骑行岁月已经在他的回忆里了。他的身体停了下来，可他的思想依然在路上。他拿起颜料，用爱与被爱诠释着路上的故事，用作品证明着自己的存在，用艺术形式表达着岁月的疼痛。

巧合的是，我在展厅遇到了一位不常见面的高中同学，他把程学军叫过来介绍我认识，果然是先前猜测的那个人。回到家，我给一个认识程学军的朋友留言：我去看展览了，见到程学军了，他立在那儿，像一根竹子。

李想的理想

——柒零捌零书坊和它的主人

慕名而去的书坊隐没在一排商业店铺之中，没有招牌，绛红色宽条纹的帘子遮在门脸的上方。走进去，出于意料得小，容纳着太多零碎的物件：油画、涂鸦、照片；各种花色的杯子、盘子；布艺的小沙发，随处放置的盆栽；书柜又瘦又高，寂寞地立在墙边。我迅速浏览一遍书名，有一部分与我的书柜里存书是相同的。听到动静，店主漫不经心地从吧台后面露出半个身子，点头微笑。萨顶顶的《万物生》萦绕在有限的空间，我还没有看清他的样子，心理距离顿时缩短。其实，“我在哪里见过你”和“我也读过这本书”“这也是我常听的音乐”都是一种意思。

店主有个很文艺的名字：李想，瘦瘦的身子大众化的脸，这间书坊也是他的美术设计工作室。从书坊的选址、营业时间、经营方式、消费群体和容纳空间来说，这个书坊是不可能挣钱的。李想也不像是有钱玩格调的人，那么，他坚守的是什么？是他的梦想？我之所以这么说是因为我们留心一点就会发现，“梦想”这个词的书面和口头使用频率太高了，没有阶层和年龄之分，属于大多数人，它是一树高高挂在枝头的红苹果，诱使你一遍又一遍地为摘到其中的一枚而助跑。我们年少的时候，“理想”这个词是一团在心中熊熊燃烧的火，为祖国奋斗，为实现共产主义奋斗，为脱离面朝黄土背朝天的命运奋斗，一切皆是为理想奋斗！在社会滚过几圈以后，渐渐变成了为升职奋斗，为房子奋斗，为金钱奋斗，为孩子奋斗。理想被梦想代替了，理想去了哪里？理想已蜕变成人生真正的奢侈品，懂得它的价值并能够真正拥有的人，属于时代精英，不在多数。

我们这些生于70年代和80年代初的人，整个成长阶段刚好经历中国社会变化最快的年代。我们崇拜英雄，相信善良的价值，是拥有理想主义的现实主义者。这一代人普遍热爱文学，即使做着远离文学的事，也有一种眷恋情结在里面。对于上一代，文学可能改变命运，对于下一代，文学只是一种社会存在，而20世纪70、80们正好在这个夹缝当中，既不能无所敬畏，又不可能像上一代人那么敬若神明。然而又深深相信，在我们生存的世界上有这样的一群人，他们较之于大众是封闭、遥远的，而他们自身的世界却是开阔、深远的。他们对于生命所感知的丰富细腻及其深广度，要远胜于那些劳碌奔忙创造物质价值的人，正是这些人推动着人类的思想进程。虽然无法与他们同行，心怀深深的敬畏，沉迷于他们的文字中汲取点滴甘露。然而，在中国这样一个有足够的理由让文学枝繁叶茂的土壤中，文学本身却变得前所未有的杂草丛生。文学对于一个国家和民族重要吗？这个命题太深远，我们的水平探讨不了。但是，我们从自身成长的背景和经历知道，一代人，如果没有了优雅而深沉的文字，也就没有了人生的记忆和庄严的背影。

所以，我一厢情愿地揣测，李想所坚持的既不是他的梦想，也不是理想，而是一个20世纪70年代的人内心的一份坚守，他把这种坚守以书坊的形式来实现了。

“要么旅行，要么读书，身体和心灵至少要有一个在路上”。这是我特别欣赏和认同的一个观点。现实中我不得不悲哀地承认，我身边读书的年轻人远比热衷于打网络游戏的人少得多。在这里，我想起以前看过的一个历史故事，茨威格的“所有命运赠送的礼物，早已在暗中标好了价格”这句话的来历。玛丽·安托瓦内特原是奥地利公主，14岁的时候就成为法国的王太子妃，18岁成为法国王后，威风跋扈，由着她的性子建宫殿，办宴会，夜夜笙歌。以至于她的亲哥哥从奥地利专程来法国规劝自己的妹妹，对她说你现在是法兰西王后，你能不能每天读一小时书，这并不难。玛丽对哥哥说，我不喜欢读书，我喜欢享受生活。20年后，玛丽·安托瓦内特上了断头台，被称为“断头王后”。茨威格给她写的传记中，提到她早年的奢侈生活，无比感慨地说：“她那时候还太年轻，不知道所有命运赠送的礼物，早已在暗中标好了价格。”

我读这个故事的时候也很年轻，那时候心中想的特浅薄——读书还是很重要的，要不王后的哥哥干吗不劝她画画、习武或者女红呢。而太多事实也证明，一个人思想有多远就混多远，也早就在暗中标好了方向。现实生活并不美好，太多的读书人揣着一腔书生志，将自己困惑在贫穷里。可是对于执着于文字的人来说，读书是日常生活的组成部分，和粮食一样重要。我们相信文学无论过去、现在还是将来，仍然是心灵救赎的一剂良药。这是自恋的，也是自爱的。

北岛有言："一个人行走的范围，就是他的世界。"我们身处天远地偏的小地方，文化水源并不宽泛，我的世界就是一条东西走向的路，一端是办公桌，一端是厨房，在我成天被工作以及凡尘俗事缠裹的日子里，如此安静的处所和一本纯净的书的确给我带来了惊喜。正如此时，外面天寒地冻，捧一本书，蜷缩在绵软沙发里，不为跋涉千里的向往，不谈悲喜，不争朝夕。

李想谋生之外的坚守，到底还是理想化的。他想换个地方做得比现在大一点，好一点，又顾忌财力不支。理想那么奢侈，喜欢和欣赏的东西并不一定非要得到不可。就这样边走边唱吧，那也是理想的花火影影绰绰在四季流转之间，懂他的人自然看得见。

手足

故乡对我来说，就是和父母一起居住的大院子，院子里有高高的葡萄架，繁茂的果树，还有一大片菜畦，周围种着海娜花、刺玫和大丽花，围墙上爬着啤酒花的藤蔓。早上，母亲煮好热气腾腾的奶茶，遇着下雪天，父亲就煮上一锅牛骨头汤为我们驱寒。那时候，下雨我们从来不打伞，父母也不坚持要我们带伞加衣服，总说孩子还是皮实点好。赶巴扎时，四口人只有一辆自行车，车把上，捎架上都是物件，一家人喜气洋洋地跟着车轱辘步行。晚上的星星很繁密很亮，随风飘来苹果花幽幽的香气，飘进睡意蒙眬的睫毛里，那是一个温暖安心的家，却是我们全部的世界。

白杨树也是家园的另一种象征，一排一排矗立在田野里，守护着庄稼，那是我们赖以生存的物质之源。白杨树就像一把白胡子却依然弓着腰劳作在农田里的老人，坦然地接受生命的馈赠与岁月的洗礼，眼神安详，充满对时间与速度的蔑视。正值壮年的父母，对待家常日子安闲自在，对待社会变化变革而来的种种前所未有的新气象忽而热烈狂喜忽而深沉惆怅。白杨树围绕的校园里，课堂上听老师用天南海北的口音给我们上课，窗外蓝天开阔浩淼。年少的我，满脑子白云般飘浮的迷茫和期待。

这样的时光一直延续到高中毕业，直到外出求学，踏进长途班车那个转身时刻戛然而止。那也是十七八岁心比天高的年纪，根本没有回头看看父母不舍担忧的眼神，无比坚定地将目光望向车头的前方，那才是我将要奔赴的未来。

我和我的弟弟，父母手心里的一对宝，一前一后离开了家。我在异乡简陋的宿舍里，初次尝到了想家的滋味。节假日坐在六楼宿舍的窗台上，看着没完没了从天而降的雪花，孤苦而凄凉。幸运的是三年后，我回到出生地，回到父母身边，在一个普通的单位做了一名普通的职员，以前住哪间卧室还是住哪间卧室，甚至连床单和窗帘都没有更换。只不过以前早晨出门往左，走向学校，现在是出家门往右拐，汇进辛苦谋生的人流。我终究没有实现流浪远方的愿望，我在这个出生长大的边陲小城安身立命，只要我不离开这里，我就再也没有转换生活背景而遥望故乡的机会。实际上，从出嫁的那一天起，我已经永远失去了这种可能。

曾经有那么一个时期吧，心向远方，抱着“生活在别处”的那种论调，浮躁的心就像系在白云上，根本不踏实。特别是和外地人聊天的时候，更让我充满了自卑和纠结，当别人说起故乡往事的时候，那张写满乡愁的脸顿时由明媚转为惆怅，原本很普通的眉眼立刻弥漫着一种诗意的伤感，让我不敢直视对方的眼睛。青春多么需要背井离乡的苍凉来点缀啊，似乎只有孤独的背影更能证明一个人的年轻岁月是轻飘虚度还是历经沧桑。

而我的弟弟，再也没有回到家乡，回到父母温暖的家里。他从二十岁以后辗转于一个又一个陌生的城市，适应着一个又一个工作环境，栖息在一个又一个临时居住的房子。他的一些物品总是在运输的路上，必需的生活用品就在每个落脚的城市里一点一点添加或丢弃。几千公里的阻隔，父母对儿子的关心殷切而无力，落到实处的亦是二十年来关注每一天儿子居住地的天气预报。

弟弟很恋家，给父母打电话很殷勤，他总说自己过得很好。有时也说台风刚过去屋子里潮气很重，或者是这个地方正在流行吃一种什么食物之类。对他来说，那不是他的城市，也不是他的家。尽管每一个城市他都居住两年以上或者更久一些，每一间房子都留下他住过的痕迹。可是，无论春运的机场或车站多么拥挤和辛苦，他都赶在回家的路上，哪怕回到家里只能待上几天。二十年来，他也算是走遍半个中国，过了无数的桥，吃过各地的美食。对他来说，最可口的饭菜还是来自妈妈的灶台，最高级的享受莫过于饱胀后的入梦，一觉起来天已黄昏。天南海北的缤纷筵席，吃不出团圆，更吃不出来安心和踏实，不如母亲的一碗奶茶一盘拌面，尽是温情的滋味。年复一年，四季轮回，他总是从年头忙碌到年尾，也只有在过年的时候，才能暂时抛开好多事情，才能暂时放下去年的总结和来年的任务，回到父母的家过一个团圆年。我们长大以后都不喜欢过年了，嫌过年太劳累，太麻烦，可他和小时候一样最盼望过年，除夕年夜饭的鞭炮，依旧由他来点燃。就是在这个家里，他在寒冬出生，在呵护中成长，在年复一年又无期无限中远行。对于游子来说，无论行色匆匆还是步履蹒跚，一双脚却始终是走在回家的路上，终点是自己家的门槛。南方发生最严重雪灾的那个春节，他在济南没能回家。一次酒后心酸地吐露，那几天，他夜夜做梦都在赶飞机，困在人群中冲不出去，他说没有父母的年，吃得再丰盛、住得再舒坦都不能称之为过年。我知道他是心里内疚，唯有过年，父母所期盼的“夜深儿女灯前”才能像一幅剪影贴在夜幕下的玻璃窗上，那也是他们心中最美的花好月圆。我还知道，他内疚不仅是因为让父母的愿望落空了，而是让父母跟着天气揪心，担忧他的安危。父母心里有一张地图，这张地图上不是国家，不是城市，不是街道，而是孩子走过的每一步路，每一步都踏着父母对孩子的担心。

在我的印象里，弟弟还是小时候的样子，什么都好奇，什么都要拆开来看个究竟。他要试验啤酒里掺上白砂糖喝起来是否就像甜丝丝的汽水而把自己喝得满脸通红，他把收音机拆得零件散落一地无法拼装，他偷偷地开着舅舅的拖拉机前行几公里被人告状而招来一顿暴揍……在我的停滞不前和自以为是里，他始终是我的跟屁虫，胆小怕黑，十来岁还不会系鞋带，受一点伤流一点血就大喊大叫。虽然现在，他明显因为走过天南海北的路，经过五湖四海的人和事而成为我的前行者。我仍然溺爱他，从前、现在、以后。在我心里、眼里、所有的认知里，他还是一个不会不曾又从未改变的小男孩。

我们住过的老房子里，墙上挂着一个镜框，里面的照片三十年没有换过，年幼的我们笑得龇牙咧嘴，还是手工涂色的红唇黑发。我去过弟弟在南宁住的高层公寓，墙上没有一点装饰，一把旧吉他寂寞地缩在卧室的墙角，那是我送给他的十五岁生日礼物。我问他既然是常住为什么不把房子装饰一下，墙上挂个画什么的。他说墙是暂时的，挂不住真正和记忆终生不渝的东西。他是一个在异乡有家有孩子的人，可他总是认为他住的房子只是他暂时落脚的地方。或许，一个人在暂时里，没有真正的踏实，只有假设性的永久和不敢放心的永恒。

这些年我写许多的往事，亲人和朋友，大地上的风光和庄稼，写被我的眼睛抚摩过的一切。唯独，没有写过他——我唯一的手足。此刻，他在我的文字里缓缓走来。我不忍去想，那个许多年前坐在屋顶上吹口琴的小男孩，那个奔跑在白杨树下的少年，如今行走在南方的绵绵细雨里，奔忙于他自己的生活是怎样的心境；那些白发和皱纹，不说一句话，悄悄出现在他的身上和镜子中，没有亲人见证过他这样的岁月改变是怎样的酸楚。我也不敢问，这些年陪伴他在异乡谋生的是自己孤独的背影还是梦里从未消失的星光？就在看到墙角那把旧吉他的瞬间，我把咸咸的泪水逼回去，浇灌回忆里的那块田。泪水有什么作用，是能清洗掉岁月的痕迹还是能冲刷出一个明亮的未来？流泪再多也于事无补，唤不回遥远的童年，也唤不回流逝的青春。当我能控制住眼泪的去向，是不是也在证明，我在日益成熟坚强的同时，也在失去一颗容易感动的心？

命运是个魔术师，它不和你开玩笑，更不和你好好商量，而是自作主张将你的身体和愿望劈成两半，甚至永远没有重合的机会。年幼的时候，我并不是个乖巧的小女孩，幻想太多而让父母一路担惊受怕，我的远大理想是当一个走遍全国伸张正义的记者。弟弟虽调皮捣蛋却是非分明很让父母省心，他只想在家门口开个糖果铺子，卖各式各样好吃的糖。长大成人以后，远走的是他，留守的是我。就这样，我成了一个有家却没有故乡的人，他是一个拥有故乡却没有家的人。

有一次他半夜给我打了一个电话，说梦见自己在菜窖给妈妈拿洋芋呢。那时候家家院子里都有一口菜窖，秋收后菜窖里的洋芋萝卜、白菜要一直维持到来年春天。我害怕癞蛤蟆从来不敢下菜窖，这个任务就落到他头上。他灵活单薄的身子从菜窖窄小的洞口下去，手里拿着一个筐子在窖里捡拾，菜窖很小却很深，他举着筐子顺着梯子艰难向上，小脸挣得通红。想来在他的梦里，自己还是妈妈勤快能干的小帮手吧，才抑制不住梦醒后的兴奋忍不住打电话分享。是的，我也经常梦见我们俩坐在房顶上，俯视屋檐下我们视线所及的人间，梦见考试没考好，父亲拿着树枝满院子追打我。往事就像泥沙，沉在时间的河底流失着，总有那么一些场景会在我们的梦里猝不及防地出现。我挺喜欢这样的梦境，似真似幻的感觉，让我们触手可及且相依为命。

孩子

哈萨克族有句谚语说“想要牛羊肥壮，赶它们到夏季的草场牧放；想要儿孙成长，让他们到外面的世界闯荡”。长城内外，大江南北，无论哪个民族，他们的孩子都是要到外面的世界经历风雨成家立业的。在年轻人心中，外面的世界比家乡要精彩得多，即使不让他出去闯荡，家门也关不住一颗狂热的心。在养育子女这件事上，我的父母很开明，无论就业还是择偶，从来只给建议不予强加干涉。其实，这也是一个双向互动社会化的过程，父母在教导孩子人情世故的同时，孩子也会给思想日渐陈旧落后的父母带来最新的时代观念。大多数时候，儿女的新生活是怎样的世界，父母是无言过问的。特别是工作以后，他们明白孩子们打拼也不容易，有些话问了孩子也未必愿意说。当我到了成家的年龄，有时候看着父母操劳的身姿，不禁胡思乱想——家是怎样诞生的？难道是一个人渴望安定和温暖时，原本不相干的两个人组建了一个家，渴望自由时，又有人逃离一个家吗？那如果是渴望安定的人遇见的是一个渴望自由的人，寻找自由的人也许爱上的是一个寻找安定的人呢？

那时候还是太年轻，根本没有仔细去体会和感悟家的意义，根本不明白一方小院这样一个恋着菜蔬米面的地方，靠蒸煮饭菜，靠双手操劳的地方就是我们终身依恋的家，就是一个人生根发芽的园田，以及这个家决定着一个人一生怎样的精神走向和心灵格局。

沿袭着世俗生活的轨迹，我成家了。新家在城市西端一个住宅小区的五楼，然后就有了一个粉嘟嘟的女儿。我的家从父母所在的一院平房变成了女儿调皮嬉闹的八十七平方米的一方天地。当女儿能够用语言比较清楚地表述她的想法时，居然是表情严肃地和我谈话，要求我给她生一个妹妹，并且加重语气强调是自己的妹妹！亲生的妹妹！她的道理充分不容置疑——我长大了，你们都死了，我一个人多可怜，所以，你要给我生一个妹妹。我当时很惊诧，对这个问题没有任何思想准备，一时无言以对，又自作聪明地低估了一个四岁孩子的智商，对她说，你长大了，爸爸妈妈是老了，不会死，永远都会陪着你。她犀利地揭穿我的谎言，妈妈你骗人，人老了都会死，你们不是神仙也不是妖怪，你们会死的。我为什么不能有一个自己的妹妹，就像你和舅舅那样！她以为自己做一个好孩子，唯一的愿望就能得到满足，我一直不忍心破坏她美好的心愿，就找各种理由拖延，用各种愚蠢的谎言来糊弄她的童心。

楼房里出生的独生子女，从出生的那一刻起，孤独便与生俱来，如影随形。这种孤独是天生的，是我们后天用尽办法也无法弥补的。她孤单地长大了，上学了，长成了一个有爱心不自私的小姑娘，尽管贪玩学习不拔尖，但是她依然每天笑盈盈地去上学，热心班里的杂事。八岁那年秋天，她因为牙龈发炎半边脸肿起来，眼睛眯成一条缝。清晨看到她这副模样我心里一惊，装作没事的口吻问她要不要请假去医院，她不回答却去照镜子，自言自语说，哇，我怎么这么丑。照旧快速刷牙、梳头、喝牛奶，穿上她最喜欢的玫红色运动鞋，背上书包，临出门对我说中午放学去看牙医吧。我被关门的声音镇住了还是被她的淡定镇住了——她只是个白净漂亮的小姑娘，衣服上有一点污渍都不愿意穿出门，却在光天化日之下仰着一张丑脸上学去了。窗外，一个背着沉重书包的背影，马尾辫有节奏地晃动着。那一刻，我有种莫名流泪的冲动。有一天她写作业累了，和我依偎在一起，她的小手抚过我的眼角说，你有皱纹了，并且你的皱纹力量很强大，脸上会有，身上会有，然后遍布全身，你就老老的了，你再也生不出妹妹了。孩子清澈的眼睛总比成人看见更多的东西却不一定揭示出来。我一直以为她不再提起就是忘记了自己在更小的时候想要一个妹妹的愿望。我忽略了由于孩子比成人专注，她惦念的事记得更牢看得更紧并且刻不容缓。其实，她一直在等，用沉默在等，像石头压着草芽不见阳光那样忍耐着在等，只不过不再倔强地陈述自己的理由罢了。她十三岁生日那天，她爸爸给她买了一辆自行车，邀功似的对女儿说，送给你的生日礼物。她并没有表现出我们期待的欣喜，而是淡然地笑一笑，客气地说了声谢谢。“我最想要的是一个自己的妹妹，你们又不是不知道。”就在她的长腿跨上自行车的那个瞬间，低低地说了这句话扬长而去，甚至说话的时候都没有看着我们，我分明感觉到一股鄙视飘到我的脸上。在爱里浸泡的孩子是善良的，他们对物质的需求很低，甚至是趋于零的。物质方面你给她的再多，她不在乎也不会感恩。恰恰相反，孩子更重视心灵，会很轻易地看穿父母有没有重视她的思想。对于孩子来说，山珍海味、名胜古迹又怎么样，没有一个玩伴，这些对她来说毫无意义。她只是太孤单了，想要一个姐妹，与她有着奇妙的相像，能够陪她玩陪她写作业，分享小秘密，一起挨打挨骂。她觉得自己的要求不过分，过分的是父母——这两个自称在这个世界上最爱她的人联手击碎了她的美梦，还丝毫不觉得自己就是刽子手。她似懂非懂地接受了我们讲给她的大道理，她彻底失望了，此后再也不提有关妹妹的话题。理解是一回事，失落是另一回事，她不会说出这种失落，说了也改变不了什么，只会陷入更深的孤独中去。这么说起来可能没人愿意承认，只有成年人才注重物质并且无限地夸大物质的附加值，还会随着外界那些不相干的评价兴奋或沮丧。有谁还记得，自己在未成年之前曾经也经历过只在乎灵魂的美好时光，哪怕成人之后对此不屑一顾。

也有怄气、嘶吼的时候，如果遇到雨雪天，先是苦口婆心地说服她添加一件毛衣或者让她带伞，而她总是不愿拿伞，更不愿意身上穿得臃肿，她认为有损美少女形象，找种种理由推脱开溜。晚上我把一杯牛奶搁在书桌上，她从作业堆里抬起头，一边喝牛奶一边给我说班里某个同学的怪样子，看着她嘴角的白沫，好像突然看到好多年前的自己，似乎鼻孔里闻到苹果花幽幽的香气。我们也吵嘴，也冷战，这些并不影响周末手挽手去书店或甜品店的心情。灯光下我们一起翻看绘本，蜷缩在沙发上看动漫电影。唯有此刻，女儿贴在我身上，她的体温和红晕离我如此之近，她的笑声甜蜜可爱。“我的妈妈有时很温和，有时很暴躁。”这是三年级的女儿平生所写的第一篇作文里的第一自然段，十四个字。或许这素描式的形象一生都将贴在她的记忆里。现在站在我面前这个刚刚洗完澡走出浴室像热气腾腾刚出炉的小面包一样的姑娘年满十四岁了。就在她擦头发的时候，我刚和她爸爸争吵过，我愤怒地将“你老了自己住到养老院去，我才不伺候你呢”这句话撂给他。她爸爸转头问女儿，我老了你会管我吗？我当然会管你们了，但是，我不知道那时候我在哪儿，也不知道那时候会不会很忙，所以，现在我没办法给你一个承诺。孩子的心是透明的，孩子的想法从大脑到嘴巴从不拐弯抹角。

现在最常听到的一句话是，哎呀，你的孩子都这么大了！人的变化总在不经意间，在别人还未曾留意的时候，甚至连自己都还未来得及察觉的时候，过去的那个自己已经一去不复返了。曾经以为四十不惑只是书里的一句话，我居然也伸出手来接住了，虽然是那么的不情愿。很多正年轻着的人一定不这么觉得，就像没养过孩子永远不知道为人父母的艰辛一样，人生中的很多事总是在经历过之后才明白最初不一定能感受到点点滴滴日子的真正味道。

龙应台说“孩子在哪里，哪里就是家。可是，这个家，会怎样呢？你告诉我，什么是家，我就可以告诉你，什么是永恒”。我也想问啊，什么是家？谁能告诉我？或许如纪录片《舌尖上的中国》里描述的：这是盐的味道，山的味道，风的味道，阳光的味道，也是时间的味道，人情的味道，故乡的味道。在我写下这些文字的时候，窗台上茉莉花的味道，茶几上橘子的味道，男人身上汗的味道，孩子发丝里的味道，还有隐约残留的西红柿蛋花汤和红烧鱼的味道——一切一切的味道，都抵不过家的味道，抵不过孩子拥住我时传递的爱的味道。我使用了女人的权力创造了这个孩子，她的全部和我有关，她是最令我疼痛的那朵花。她的未来是什么样子，是我今生最想揭晓的谜底。

双亲

这里本是繁华都市之外的一片净土，现在也一天天变得喧嚣，高楼拔地而起，车流日渐拥堵。我的父母不愿意住楼房又不得不住进去，他们依恋住平房时邻居们之间的欢笑和信赖，还有那些如同亲情般的爱意。在他们寂寞的心里，不断地追忆他们的年轻时代，追忆城区过去的样子，脸上掩饰不住感伤和失落——无论是乡愁的驱使还是灵魂深处的依恋，我知道我们几辈人都绕不过脚下这片土地。我的童年，母亲的青春，外婆的回忆和先辈们字迹斑驳的墓碑都在这片土地上留下抹之不去的烙印。

随意走进任何一条巷子，一排排民居首尾相接，绿荫巷道里，白墙和蓝色门窗形成鲜明的对比，透过半掩的木门，院子里是另一番世界。屋顶上的雕檐虽已褪色但难掩它如初的精致，庭院繁花盛开、果木繁茂，素简的小院盛满了天长地久的故事。

可是，我们的家呢，也曾经是这样绿荫围起的溢满笑声和饭菜香味的小家小户。孩子长大成人就另立门户了，父母也搬进了砖头垒砌的盒子里。家，一不小心就变成一个没有人气、只有期盼的地方。那些年，我和弟弟的孩子都出生不久，正巧都处在夫妻工作两地的局面。我的父母不得不过起了游移的生活帮我们照看孩子。他们锁上家门，把钥匙交给邻居，拎着一个大大的背包，游走于两个孩子之间。那个背包，在两三年里，就是一个流动的家，在不同的省市，在我的家和弟弟的家之间游移，包里除了他们换洗的衣服，常备的药品，还有母亲给父亲没有织完的毛衣，奶瓶子，小玩具。父母到了弟弟所在的城市，给我打电话报平安，我接到电话习惯性的第一句话是还顺利吧？第二句话是你们啥时候回来？还有一年，父亲跟着我，母亲跟着弟弟，最受累的就是电话了，先是父亲和母亲说话，接下来我和弟弟扯点闲话，最后是两个小家伙通话，那边的孩子要爷爷过去，这边的孩子叫姥姥回来，总以一个孩子噘嘴生气挂了电话告终。我们商量了好几种办法，怎样搭配都不理想，为难了三代人。

后来，我在某个城市的书店里翻到一本书，是韩国诗人徐世旭的散文集《城主与草叶》。其中有篇“移动的故乡”，扫了一眼瞬间就打动了我。诗人写自己年迈的母亲晚年在儿女之间流动生活时，只带着一只塑胶手袋，文章里这样写道：“里面有一两套外衣、内衣，还有我买给她的强胃散药瓶、茄子、苹果、破碎的饼干、口香糖，另一角有用破烂的手巾包着的梳子和小镜子……”最让人心颤的是最后一句：“不管别人怎么说，我是有故乡的，而我的故乡被浓雾遮掩，随着母亲所在而移动着，又随着母亲那憔悴的塑胶手袋搬来搬去。”是的，移动的故乡！除了诗人，还有谁能这样贴人心腑地比喻如此母性的背包呢？我当即买下这本书，一直放在枕边，父母不在身边的日子，一遍一遍阅读，有些片段都能脱口而出。后来，我把这本书送给了弟弟。当然，孩子送进幼儿园，父母也结束了这样游移的生活，我们不能自私地打着所谓孝心的幌子而将他们连根拔起。

女儿上三年级的时候，我和父母同住过短暂的半年，那半年里没有为父母做过什么贡献还惹了事端。父亲出去买牛奶了，母亲正在做晚饭，刚把油倒进锅里准备炒菜，客厅里电话响了，她没有关火就出来接电话。怕油锅起火，母亲跑得急了，脚下一滑，手腕杵到地砖上骨折了。母亲疼得一夜未眠，我也懊恼得一夜未合眼。那个该死的惹祸的电话是我打的，我是告知她有应酬不回去吃饭的。我和父亲从医院里接回做完手术的母亲，我愧疚得好几天都不敢抬眼正视他们。

这次事故也把我从混沌中惊醒，我一直觉得自己的父母还没老，而且我是有充足理由的。理由之一是从上小学的时候起，我的父母就比我见过的同学的父母都年轻，当然我的大多数同学们上面都有哥哥姐姐，而我是老大，我的父母明显年轻得多，这让我开家长会很有面子。理由之二是我的父母很少给孩子添麻烦，小病小恙自己吃点药对付了，能处理的事都是自己处理，所以，我也没感觉到他们老了。看着母亲打着石膏躺在床上，每一道皱纹都有着痛苦的走向，我才真正觉得岁月残酷，她的头发都白了一半了，她是真的老了！我像是做了一个很长很长的梦，母亲的断腕如同一记看不见的耳光把我从梦中打醒。

我属于不善于表达情感的那种人，善于做事而拙于表述，好像刚要张嘴说什么，内心的矛盾已将要表达的内容抵消一空。打小母亲就说我嘴太紧，不甜。我不好意思在父母面前撒娇，心里对父母的爱，表现出来也很平淡和随意，当面也说不出来对他们关心的话语，对父母的节俭和关切甚至还不耐烦。我不喜欢和父母在一起谈心，不喜欢有事和他们商量，不喜欢过多干涉他们的生活，更不喜欢他们问东问西。父母脾气越来越执拗，有时候想法趋向幼稚还理直气壮。这些年父母的生活都是我在跟前照应，可是我说话夺理做事强势，这令他们欣慰的同时也会带给他们压力。我承认我的耐心不够。当我正视父母步入老年的时候，心里还是很酸楚的。我和朋友交流时一致看法是“老了真可怜，真没意思”。问题是谁都会老，我们也会有那么一天。我和身边人无数次讨论过老年后会怎么样，但是，那时候的事，又岂能是由我主宰的呢？

母亲这次受伤，给了我反省自己的机会。我悄悄地站在她的床前，安静地看着她，我能感觉到自己头上的血液经过心脏的声音，听见自己灵魂从未有机会向肉体倾诉的声音。这血液首先流淌在父母的身体里，我身上流淌着与她相同的血，基因与生俱来，无法更改。母亲往日的一个同事在街上碰上我，叫住我问，你是谁谁谁的女儿吧？我诧异地点点头，那人说，你和你妈妈年轻时很像，身材一模一样，笑的样子一模一样，连脖子上的痦子都一模一样。儿时居住在一条巷子的大妈看到我的小女，问妈妈，这是谁谁的娃娃吗？妈妈说是呀。大妈说，和她妈妈小时候长得一模一样，日子过得真快呀，谁谁都当妈妈了，我们还有不老的嘛。世上的事，我们或许能够选择和主宰自己的生活，甚至决定自己的命运。唯有遗传，与我们后来所做的种种努力没有半点关系，血缘的标签始终如一。

如今呢，儿子走得很远、很久，只有一年一度的春节几天里，屋子里灯光闪亮，人声喧哗，进出杂沓数日，然后又归于沉寂。女儿每个周末来待上半天，一起吃一顿饭，说些无关紧要的家常话就走。留在里面的人，体态日渐孱弱，话语日渐迟缓。屋内愈来愈清静，墙上时钟嘀嗒的声音也停了，父亲想换块电池让它继续旋转，母亲制止了他刚踩上凳子的一只脚，也是，时间对于他们又有什么意义呢？

有时候我下班后去超市买些东西送过去，屋里没人，他们去散步了。窗台上的海棠花开着，只是在黄昏的光影里看它，怎么看都觉得凄凉。不过这依然是一个温暖的家，幸亏两个人都健康，还能做伴。母亲总是把玻璃擦得透亮，窗沿上摆满了花盆，花也开得很旺。她说窗户就是一个家通向外界的镜子，这个家什么脾性能从窗户里看得到。每次家里来人，她把客人迎到窗台前，一一向人介绍：这是紫薇，这是马蹄莲……眼睛里满是对植物的怜爱，一如小时候爱抚我们的目光。阳光好的时候，母亲烧一壶清茶，和父亲坐在阳台上饮茶。母亲做着手上的针线活，父亲翻阅报纸，有一搭没一搭地说着话，度过一个漫漫午后。母亲年轻时就爱养花，老院子的葡萄架旁有一片空地，别人家都种菜，她固执地留着比菜地还大的一片用来种花，即使割一把韭菜或者掐几根葱也是从花丛里穿行的。如今，她把阳台经营成了葱郁芬芳的小花园，捡起外婆留下的针线盒动作娴熟地飞针走线，给我女儿缝制的马甲上，前胸绣着一只奔跑的小鸭子。

家意味着根，是亲情血脉。人到中年以后，日子越往深处走，越能在平淡中感受到细微的快乐。年轻时很崇拜遥远的东西，现在专心于周围和自己相关的人和事，感受和触摸生命境地的脉搏与宁静。父亲年幼丧父家里很穷。他说，二十岁之前，他没有穿过新衣服，三十岁之前没有穿过皮鞋。现在，我们给他买的新衣服新皮鞋，他说到死那天也穿不完。那是他很少穿新的，他最爱穿的还是布鞋和旧衣衫。人生就是一条回旋路，走了那么长的岁月，总有一天会以另一种形式，另一种自我，回到最初。当我们真正理解生活时，大都到了生命的晚年，我们都像父母一样，安静地成为坐在阳光中的茶客。

血缘痣

我的脖子上有一颗痣，黑紫色的痣贴在洁白颀长的脖子上，像极了熟透的桑葚，凸出而醒目。

很多朋友对我这颗长相特殊的痣很好奇，认为既不好看又容易引发病变，建议处理掉它。一两岁的孩子抱在怀里，清澈的眼睛盯着这个黑肉球，小手就不由自主地在上面活动，不止一个小孩曾经想把它抠下来，而给我抓出血来。

我从来都没想过要处理掉它，因为这是一个礼物，是奇妙的血缘和遗传基因赐给我的礼物！

外婆、妈妈和我，年龄加起来快有两个世纪了，长相、人生、兴趣各有不同，脖子左侧却都有这样一颗痣。当我们三代人坐在一起的时候，我会感叹生命的奇迹——血缘的河里游动着一颗痣，仿佛是上天特意为我们的身体打上相认的标签。

我从不敢问外婆她的妈妈脖子上是不是也有一颗痣。出生于1927年的外婆，她的一生就是中国妇女历经社会变革的真实版本：一个七岁到大家做童养媳再也没有见过爹娘的小姑娘，一个养老抚幼却没有兄弟姐妹的媳妇，一个生养了五个孩子背井离乡的女人，一个四代同堂儿孙绕膝的老人。

清瘦的外婆一辈子衣衫得体，心灵手巧。她没有文化也没有职业，操持着一大家子过日子，带大了儿女带孙子。巷子里老人去世婴儿降生，都请她做手工。我的女儿出生时，七十多岁的外婆还在替我打点，小鞋子和小衣服上细密的针脚，绣着花鸟，像工艺品般精致。在我的记忆里没有外婆大哭或者大笑的样子，也没有过她吵架的样子，她总是安静地做针线活，安静地走动，轻声细语地讲话。

妈妈喜欢穿浅色的衣服，脖子上的痣就显得很扎眼。出生于建国之初的妈妈有文化有思想，性格和外婆迥然不同。在妈妈身上，热情与沉稳浑然一体。她不似外婆爱做针线活，她热爱养花，别人家院子里都种菜，妈妈固执地划出葡萄架旁的一片地用来种花，从春到秋繁花锦簇。农村的生活单调贫乏，我想那时候年轻的妈妈心里是有梦的，而拘于当时的社会条件，她的梦想只能寄予花蕾绽放。工作、家庭、养花——妈妈的一生就这样一点点滑行着。时光在农村就像浮尘，悬在那里，看似静止、若有若无，实际上缓慢悠长。妈妈的花园是浮尘中的一丝亮光，即使割一把韭菜或者掐几根葱也是从花丛里穿行的。她坚持在清贫的日子里为孩子经营一种诗意的向往，让我们相信未来像花儿一样。等我收起来去匆匆的脚步，嗅着鲜花的芳香，光阴已经漫过她的腰身又漫上她的胸口。望着头发花白的妈妈，心里泛起一丝怜惜的痛，我从来没有问过她这样过一辈子有没有感到过委屈。妈妈没受过高等教育，但是她始终相信，她听得到花开的声音，她也看得到伴着鲜花成长的孩子人生是什么颜色。俗话说花能解语，妈妈的心思花草是知道的，所以她的花儿才开得如此热烈。

我生于七十年代，我的整个成长阶段刚好经历中国社会变化最快的年代，我相信善良的价值，并且成为我安身立命的底色，是一个拥有理想主义的现实主义者。我上学的时候，正值教育全面复苏时期。初一的时候，来了个师范毕业的实习老师，每天在课间给我们读一段《基督山伯爵》，把我的胃口吊得高高的，脑海里充满了联想，似乎踏入了一个神奇的境地。初二的时候，班主任老师又组织高年级几个作文写得好的学生办起了油印校园小报，妈妈也给我订阅了《少年文艺》《读者文摘》等杂志。从此，文学因子在体内慢慢沉淀，潜伏在某个隐秘的地方，如同脖子上的痣在悄悄生长，无声而有迹。我与外婆、妈妈的喜好完全不同，我对女红无动于衷，对养花不感兴趣，我做起了绵长、幼稚而又艰辛的作家梦，我的业余时间几乎全部用来读读写写——再后来，我的名字陆续出现在新疆多家报刊上。

我已人到中年，依然在文字里蹒跚前行。这个时代思潮像烟花般变幻着，除却传统的纸质媒体，网络写作已经发展为一个产业。很多时候，我会有这样的迷茫：文学还是梦吗？我们的上一代，文学可以改变命运，我们的下一代，文学是什么样儿？我们生活在这个夹缝当中，既不能无所敬畏，又不可能像上一代人那么敬若神明。文学于我，已是一种修行，我有自己的本职工作要付出很大的精力，写作的路能走多远，能取得多大成就，我从来不去想，只是年复一年感恩并坚持着。如果年少时我的梦想是一个轻狂的文学梦，那么至今我也没有感到过后悔。相反，我庆幸自己赶上了那个真诚而热闹的文学年代。今天，当我穿行在阅读与表达之中时，当我用文字铭记活着的美好、生命的感动时，一种幸福感依然充溢着我的心。

每个人都在成长中成熟，在成熟中衰老。我曾经的梦想是当作家，现实却让梦想不停地打折、低头，甚至让我怀疑它的存在。外婆和妈妈把对生活的希望寄托在针线和花园中。不知哪一天，我蓦然发现，妈妈竟然捡起外婆留下的针线盒动作娴熟地飞针走线，而我的阳台已成了葱郁芬芳的小花园。这似乎是一种轮回——妈妈注定会走到外婆曾经驻足的路牌下，而我亦不会偏离她的方向。似乎我们体内一种沉睡的东西被岁月唤醒，从血液里渐渐渗出。这颗痣，在我们的生命轨迹里成为一种命运的暗示和隐喻。

2010 年冬天，外婆在睡梦中溘然长逝，安详的容颜和一副黑木匣子终结了她八十三年的人生之旅。她留下一个相框，妈妈一直放在枕下，照片里的外婆端坐在开满白花的苹果树下，在阳光里望着远处，那颗附着她体温的痣在领口上方处冒头。

外婆走了的日子里，她就像我脖子上的痣，以为自己看不见就忽视它无比真实的存在。我无意中看见妈妈床头柜的抽屉里，刊登我文章的样报和外婆留下的绣花纸样重叠在一起，让我流下伤感而又温暖的眼泪。平淡的日子一天天滑过，我们从来不提起外婆。然而，想念是一种看不见的痛，是黄昏里太阳淡淡的影子，不温不火，似有还无，却又难以真正挥散。

我的女儿曾经奶声奶气地问过我为什么她的脖子上没有一个记号，如果她丢失了我凭什么去找她。如今，她脖子上的痣像一粒黑芝麻若隐若现，我也从来不问她心中的梦想是什么。终有一天，她会有她自己的梦想和人生，就像血缘痣在延续着它的使命，在某一天停止生长后定格为一个标记。

一颗痣在遗传基因里代代相传，人性里高贵的灵魂、善良的品质和飞扬的梦想也一样在岁月里传承着，如山涧泉水般清凉，如脚下大地般深沉。

对此，我深信不疑。

后记

沿着最初的理想走下去

在我们新疆伊犁，每当冰雪消融的时候，就会迎来一个特殊的节日——纳吾鲁孜节，即每年阳历三月二十一日，这一天的白天和黑夜一样长，正值农历节气的“春分”。这是世代居住在这片土地的维吾尔族、哈萨克、乌孜别克、柯尔克孜、塔塔尔、塔吉克等民族的共同节日。“纳吾鲁孜”一词来自波斯语，意为“春雨日”，也是迎接春天到来的节日。

为了祈祷粮食丰收，这天早晨，各家各户都要做纳吾鲁孜饭，至少要用七种原料，如小麦、大麦、米、面粉、肉、奶疙瘩、牛奶等，把这些混合之物加水煮成稠粥。烹制这种食物是有讲究的，不宰杀牲畜，要用往年剩余的粮食和冬宰后储藏了一个冬天的熏肉，并尽可能做得丰盛些，以示年年富足有余。

虽然我是汉族人，但是每年的这一天早晨，邻居大婶就派孩子给我们送来一大碗纳吾鲁孜粥。我们就和其他民族一样，以这种方式，向神圣而恩慈的伊犁大地献上素朴虔诚的祈愿，开始一年的耕作。不必为我们的行为感到惊讶，在中国历史上，新疆一直以融合、交汇而载入史册，可它并没有因为被写进历史就成为历史，新疆是中国几千年来无数次民族融合的缩影和重复。直到今天，它依然在敞开怀抱容纳天南海北的人。我就在新疆伊犁这种多民族混居、风俗习惯杂糅的地方出生长大，安身立命。我对新疆的感情，热烈而复杂，我对新疆人的身份，认同并骄傲。在地理概念上，新疆仿佛是世界的尽头，伊犁更像是天边一样遥远。越是边缘的地方，越是能把人的力量凝聚、挤压到一起。在这里，无论什么民族，热爱家乡的感情是相同的，任何一个民族的节日，都有我们共同的快乐和祝福。

此时此刻，我在伊犁，在春天的夜里。作为一个业余作者，一个边疆的写作者，我的第一本书无疑是我的另一个孩子。这个孩子孕育了六个春秋，面对即将诞生的它，突然失去了自我言说的能力。

伊犁——我——文字，成为我的另一条生态链，三个元素的组合，缺一不可。很多个夜晚，我在文字里默默躬耕，就像此刻这样，在一盏灯下，似乎与世隔绝。我晚睡早起，白天的忙碌和夜晚的冷寂，让我活在两个极端的世界里，一半是虚幻，一半是真实。

我确信一个人需要精神的天空，特别是在一个物质主义的时代。而我的天空，就是在键盘上敲下生命的悲欢和感动。我写温情的乡村，大地上的风光和庄稼，写被我的眼睛抚摩过的一切。那些来自我的成长年代的朴素愿望，那些被今天的繁荣嘈杂所淹没的生活场景，那些在年轮中逐渐消失于民间的工具与词汇，如果还能感动我，为什么就不能感动更多的人呢？至少，我可以在写作中恢复遥远的记忆，然后讲给别人听。

可能我是没有大追求的人吧，我觉得生活在伊犁这样的地方，与景色分明的四季相伴，有山有水有人情，是我的幸运。我对幸福的定义是岁月静好的居家生活——自力更生、洗衣煮饭、相夫教子，在经济收入稳定的前提下过烟火小日子。事实上，我过的就是这样的生活。写作于我，是一项业余爱好，是一个理想，也是一种修行。我的本职工作要付出很大的精力，写作的路能走多远，能取得多大成就，我从来不去想，只是年复一年感恩并坚持着。

因为有了这些，我才能够在伊犁诗意地栖居，执着地思索，松弛地写作，找到了一种以地域风情为基点的属于我自己的表达方式。正是这种对理想的守望给我提供了一分难得的安心。这里的宁静，这里的缓慢，安妥了我自由的灵魂。当我写出一行行文字的时候，我能看见生命的苍凉萦绕在我的头顶上，它的幻影来自旷野、河流和雪山。西域的民族历史与文化源流，土生土长的生活经历，是我通往伊犁多民族混居的地域文化和生活内涵之间的窄门，最终会成为我写作的源泉和力量所在。

一个人爱什么，就会对什么产生快感，即使这样，比快感更持久的是苦和累。写作是我最初的理想，被搁置了许多年，但依然是可以被我掌控的理想。沿着最初的理想走下去，生活的确更累了，不过精神随之安定了。

时光之舟载着我，晃晃悠悠划行到了四十岁。如今，我操劳的事务，写下的文章，希望都能够转化为宽慰父母的一杯水，养育孩子的一把米，送给读者的一束花，这也将是我毕生的心安。就像智慧大师对牧羊少年所说的，幸福的秘密就在于，既要看到世上的奇珍异宝，又要永远不忘记勺里的那两滴油。

未来的日子，我还是这样——颈椎疼痛，心思敏感，过着简单的生活，把自己散淡的文字写给你们看。

张惜妍

2015年4月28日晚

